No preguntes de dónde soy

No preguntes de dónde soy

Jennifer De Leon

Traducción de José Alejandro García Escobar

VINTAGE
ESPAÑOL

Título original: *Don't ask me where I'm from*
Originalmente publicado por Atheneum Books for Young Readers,
un sello de Simon & Schuster Children's Publishing Division, Nueva York, en 2020.

Primera edición: junio de 2025

Publicado por Vintage Español®, marca registrada de
Penguin Random House Grupo Editorial USA, LLC
8950 SW 74th Court, Suite 2010
Miami, FL 33156

Traducción: José Alejandro García Escobar

Impreso en Colombia / *Printed in Colombia*

Información de catalogación de publicaciones disponible
en la Biblioteca del Congreso de los Estados Unidos

ISBN: 979-8-89098-301-5

25 26 27 28 29   10 9 8 7 6 5 4 3 2 1

Dedicado a mi madre, por creer en mí.

1

Imagínatelo: estoy en plena clase de *Making Proud Choices!*, es decir, educación sexual para los que no nacieron en este siglo. Ya sabes, esa clase para la que tienes que pedirle a tus padres o guardianes que firmen una hoja amarilla que dice que están de acuerdo con que aprendas ese tipo de cosas. Como si no supiéramos ya qué es el sexo, pero *whatever*, da igual. La conferencista invitada, la señorita Deborah, nos entregó condones. No es la gran cosa. Digo, yo no había tenido sexo aún, pero, aun así, condones = no es la gran cosa. Mi mejor amiga, Jade, tiene un montón de condones escondidos en su cuarto, pero los que nos enseñó la señorita Deborah ese día fueron condones para mujeres.

¡Ya sé!

¿Alguna vez has visto un *freakin'* condón para mujer? Di la verdad. ¿Sabías siquiera que existen condones para mujeres? ¡No mientas!

Si mamá me escucha hablando de condones para mujeres, diría algo típico de una gringa bien gringa. Lo digo en serio.

Hice como todos mis compañeros de clase, incluyendo a Jade y grité: "¿Queeeeé?" y "Noooooo" y "¿Eh?" hasta que nuestra maestra, la señora Marano —que estaba sentada en una esquina y como con veinte meses de embarazo— nos dijo que nos calmáramos o de lo contrario...

La señorita Deborah continuó repartiendo los condones (para mujeres). A Jade le tocó uno color rosa. A mí, uno color menta. Tenía una textura como de caucho, igual a los guantes que mamá usa para lavar los trastos y bordes en zigzag, como si alguien se hubiera tomado la molestia de hacerle un diseño bonito en todo el perímetro. Lo juro. Y, pues, tenía esa cosa en mis manos cuando Alex, un chico muy lindo, se detuvo en el pasillo y me miró a través de la puerta de la clase. Por supuesto, me congelé, pero la señorita de *Make Proud Choices!*, la señorita Deborah, empezó a guardar sus cosas en una gran bolsa de lona y yo tenía que, ya sabes, regresarle el condón para mujeres. La señora Marano caminó hasta el frente del salón y dijo: "Bueno, chicos y chicas. Saquen sus libros de lecturas independientes".

Todos gruñimos.

—¡Oye, chica! ¿Tienes algo de comer? —me dijo Jade.

—Nah —respondí.

Jade creció en el apartamento vecino al mío. Las ventanas de nuestras habitaciones están una frente a otra, así que cada vez que necesitamos a alguien con quien hablar, tocamos la ventana muy fuerte, tres veces seguidas y, como siempre nos quitan nuestros teléfonos, eso de tocar la ventana es muy útil. La familia de Jade es de Honduras (su playera favorita tiene un mensaje escrito en el pecho que dice "Afrolatina").

Ella es fanática de los zapatos tenis; juro que tiene unos diecisiete pares de zapatos y, además, todos los días peina su cabello de forma diferente (en un moño, alisado, con trenzas o muy rizado). Jade y yo somos muy geniales, a pesar de que pasa mucho tiempo con su chico, Ernesto, pero *whatever*, da lo mismo. Hemos sido amigas desde niñas y la considero parte de mi familia.

—¿Tienes chicles o algo? —preguntó Jade.

—No, chica, yo…

—¡Chicas! —dijo la señora Marano.

—Chicas —repitió Jade muy suave, como burlándose de la señora Marano. No pude evitar reírme un poco.

—¡Liliana! —exclamó la señora Marano.

Me enderecé y saqué mi libro de lecturas independientes.

—Perdón, señora Marano—respondí.

—Espero más de ti, Liliana —advirtió. Alcanzó un marcador marca Expo y escribió mi nombre en la pizarra.

Seguramente me puse roja como un tomate porque Jade se acercó a mí y susurró:

—Ella es como *whatever*, Liliana. No es la gran cosa. Ni te preocupes por ella. —Luego tomó su mochila, la puso sobre sus piernas y escribió un mensaje de texto sin que se diera cuenta la señora Marano.

—¿Ernesto? —dije. Ni siquiera sé por qué me molesté en hacerle esa pregunta.

—Sí. Quiere ir a este evento en Urbano Project el sábado. ¿Quieres ir? Digo, así conoció a Jade. Es cierto que Urbano

Project ofrece también talleres de arte y a Jade le gustaba dibujar, pero igual.

—Nah. estoy bien —aseguré.

—Vamos, Liliana. Puedes llevar tus poemas o algo para leer—insistió Jade.

—¿Con un micrófono? ¿Ante un grupo de extraños? Sí. No me interesa —anuncié.

Apenas pude escuchar la respuesta de Jade, a pesar de que estaba sentada a la par mía. La señora Marano no podía controlar a los chicos de la clase. Nadie ponía atención a la lectura. Jade sí tenía el libro sobre el escritorio, pero nada más. Aaron jugaba con los vasos de papel que se supone debían estar apilados cerca del bebedero. Se llevó uno a la boca como si fuera un megáfono y lo dejó ahí, incluso después de que la señora Marano escribió su nombre en la pizarra. Chris R. hacía una pirámide de vasos en su escritorio. Marisa preguntó si podía hacer diseños para los nuevos pases para ir al baño que su padre carpintero iba a ayudarle a hacer para nuestra clase. La señora Marano dijo que no y empezó a escribir más y más nombres en la pizarra. Chris R., Aaron, Marisa… Y de todas formas, Marisa sacó un trozo de papel.

Después de un rato y con una mano sobre su enorme estómago, la señora Marano llegó a su límite y empezó a contar: "Cinco… cuatro… tres…".

Saqué mi diario y empecé a escribir. Pensé que tal vez debería escribir una historia situada en esa clase tan loca. Se me ocurrió que tal vez la señora Marano daría a luz a su bebé enfrente de la clase y había tanto ruido dentro que no me di cuenta cuando el subdirector, el señor Seaver, apareció junto a mi escritorio.

—Liliana —dijo.

Diablos, pensé. ¿Estoy en problemas? Si alguien debería estar en problemas es Yulian, quien hace crujir su botella de agua una y otra vez; o Johnnie, el que está lanzando un balón de básquetbol imaginario a una red invisible.

—¿Señorita Cruz? —dijo el señor Seaver. Tenía una voz profunda y, de repente, todos se callaron.

—¿Y por qué la va a regañar a ella? —preguntó Jade y entrecerró los ojos.

—Regrese a su lectura, señorita —dijo el señor Seaver—. Señorita Cruz, necesito hablarle un momento. ¿Puede salir al pasillo, por favor?

Sentí calor en toda la cara. Nunca me había metido en problemas. Siempre saco excelentes notas… Bueno, no tan excelentes. Siempre saco buenas notas… ¡Está bien! Soy una estudiante promedio. Pero no sé por qué el subdirector quiere hablar conmigo.

Me puse de pie y fui detrás de él. Desde el rabillo de mi ojo noté que Chris R. empezó a mover un dedo en el aire como burlándose de mí. ¡Ay, por favor! Él es tan molesto y tiene un corte de pelo igual al de Justin Bieber.

Casi no había ruido en el pasillo. Me sorprendió que el señor Seaver no dijo nada de las cincuenta y cinco reglas que habían roto los chicos de la clase, pero eso me hizo darme cuenta de que lo que él estaba a punto de decirme era algo importante o, peor aún, algo muy malo. Cuando llegamos al final del pasillo, el señor Seaver abrió la puerta de "la baticueva" —los estudiantes le decimos así a una pequeña oficina que antes había sido un armario para las cosas del conserje— y me pidió que entrara. Ahí es donde envían a los estudiantes que causan problemas, como cuando Joshua le dijo a la maestra sustituta que era una maldita perra.

Oye, no quiero que pienses mal. No todas las clases son así de locas y eso no pasa todos los días. Al final del pasillo está la clase de la señora Palmer, que hace que todos se comporten como unos empleados modelo. Todos saben qué hacer y cuándo, y cómo, y dentro hay olor a manzana y canela, y todo es paz. O incluso nuestro maestro de Matemática—que tiene muy mal aliento—, nos pide que, en su clase, nos sentemos en filas . A veces hasta vienen de la Simmons College, que nos ayudan cuando tenemos preguntas. Mi punto es que la clase de la señora Marano es un caso particular.

El señor Seaver y yo nos sentamos en dos escritorios para niños porque (1) a su oficina le estaban quitando el asbesto que había adentro, y (2) dentro de la baticueva no cabe un escritorio de tamaño regular. Entonces sacó de su chaqueta un sobre con un broche de oro.

—Señorita Cruz, fue aceptada para el programa METCO. Se abrió un puesto para los seleccionados en la lista de espera. Debe empezar el programa este lunes. —Levantó las cejas y se echó para atrás. Era obvio que esperaba que yo diera un brinco de la alegría.

Abrí la boca, pero no fui capaz de pronunciar ni una sola palabra.

—Sí —dijo el señor Seaver—. Sé que iniciamos el año escolar hace unas semanas. Sin embargo, creo que es una gran oportunidad y es en Westburg.

Se ajustó los lentes; yo sabía que él seguía esperando que gritara de la emoción.

Yo aún intentaba entender qué era eso del programa METCO. Em… ¿Cómo así?

Una docena de preguntas rebotaban dentro de mi cerebro y lo primero que dije fue:

—¿Y eso dónde es?

—Como a unas veinte millas al oeste de aquí. Ponga atención —respondió el señor Seaver.

—¿Esto tiene que ver con aquel como concurso de ensayos que gané hace poco? Porque le dije a la señora Marano que no iba a leer nada en la asamblea, o lo que sea —aclaré.

—Pues, eso, sin duda, hubiera hecho que su solicitud fuera aún más impresionante, Liliana…—aseguró.

—Señor Seaver, ni siquiera sé qué es un METCO.

—Tenga. —Me entregó un volante muy brillante—. Significa Metropolitan Council for Educational Oportunity, el consejo metropolitano para oportunidades educativas.

Toqué el volante. ¡Tiempo! Había escuchado algo al respecto. Una chica de la iglesia a la que vamos está en METCO. Tiene un acento como de chica blanca, pero a ella la aceptaron en la universidad, así que… Ah, sí, creo que otro chico que vive en la misma calle de mi edificio de apartamentos estuvo en METCO. Lo vi una vez muy temprano en la mañana, mientras estaba esperando el autobús, cuando mamá me llevaba a una cita con el doctor antes de ir a la escuela. Pero ¿me escogieron a mí? ¿En serio? Me recosté en el respaldo del asiento. *Cool*. Aunque tenía suficientes cosas que hacer como para tener que ir a una escuela para ricachones. Así que, gracias, pero no.

—Señor Seaver, le agradezco mucho —dije de la manera más cortés y educada que pude—. Pero no me interesa unirme a ese programa. Estoy bien aquí.

Me miró por encima de los lentes.

—¿Disculpe?

—No quiero ir a otra escuela —aclaré y le eché un vistazo a las imágenes del volante. Sí, ¡tiene toda la pinta de ser una escuela para ricachones!—. Además, mis padres nunca me darían permiso para ir ahí.

De nuevo se ajustó los lentes y dijo:

—De hecho, fueron sus padres los que enviaron la solicitud.

—Ah ¿sí? —¿Mis papás hicieron qué cosa?

—Así es.

—¿Cuándo? —quise saber.

—De hecho, fue hace ya varios años —señaló.

¿Por qué dice "de hecho" una y otra vez? No estamos en un juzgado.

Y, de repente, escuché unos gritos y el sonido de pies yendo a prisa. "¡Señor, Seaver! ¡Señor, Seaver! ¡La señora Marano está dando a luz!". Era Jade.

¿Qué? ¡Era como si mi historia se hubiera vuelto realidad! El señor Seaver salió disparado de la baticueva y yo corrí aprisa detrás de él. Cuando llegamos a la clase, la señora Marano apretaba la mandíbula con fuerza y tenía su vientre entre sus manos. Jasmine corrió a darle un vaso de papel lleno de agua a la señora Marano mientras Aaron sostenía un ventilador de mano cerca de su cara. El resto de los niños habían perdido el control; estaban todos de pie intentando ver qué estaba pasando. Otros maestros llegaron corriendo y, de inmediato, empezaron a hacer llamadas. De alguna manera eso motivó a los niños a hacer lo mismo, solo que ellos no marcaron el 911, sino que empezaron a tomar fotografías y revisar sus cuentas de Snapchat.

Me acerqué a Jade. Qué. Diablos. Pasa. De ninguna manera iba a ir a otra escuela en algún pueblucho llamado Westburg. Extrañaría demasiado mi mundo. Además, yo soy la mejor escritora en mi clase y puedo probarlo. Ya gané un concurso para ensayos.

Metí el volante de METCO en mi mochila y también agarré mi teléfono. Le envié un mensaje de texto a mamá para preguntarle: **"¿Qué es METCO?"**, pero no me respondió.

Jade me bombardeó con preguntas y más preguntas.

—¿Liliana? ¿Hola? ¿No te das cuenta de que nuestra maestra está a punto de tener un bebé? Y, además, ¿qué quería el señor Seaver?

—Nada, nada —dije y la ahuyenté.

—*Dang*. Pero ¿qué te pasa?—quiso saber.

—Nada—respondí.

El señor Seaver y otro maestro ayudaron a la señora Marano a que saliera del salón y la llevaron por el pasillo hasta llegar al elevador. Escuché el aullido de las sirenas. Llegó otra maestra y asumió el control de la clase. Repartió unas hojas de ejercicios, pero no podía concentrarme. No podía dejar de pensar en METCO, en el señor Seaver y en lo que me había dicho; eso de que mis papás habían enviado la solicitud. Mis papás. Es decir, mamá y papá, juntos. ¿Acaso papá sabe al respecto? A veces uno me inscribe en algo sin avisarle al otro. Además, de momento las cosas están… un poco raras porque, pues, papá no está. Se fue. Otra vez se fue. La verdad es que tiene que estar al tanto. Fue él quien me motivó a leer y eso me llevó a escribir.

No puedo preguntarle y punto. Tengo que averiguar más sobre el programa METCO.

2

Pasé pensando todo el día en METCO. ¿Qué hago si todos los niños son mala onda? ¿Qué hago si Jade y yo dejamos de hablar? ¿Qué hago si las tareas son muy difíciles? ¿Y si vomito en el autobús? En el último período de clases pedí permiso para ir a hablar con mi orientadora académica. Tenía la esperanza de que la señorita Jackson apoyara mi decisión de NO ir a METCO. Tomé asiento en una silla de metal plegable y esperé a que me llamaran. La oficina de la señorita Jackson siempre huele a *muffins*. Había una caja llena de *muffins* en el escritorio de la señora Patricia, la secretaria de la escuela. Ella da lápices y barras de granolas y, a veces y si tienes suerte, te da un *muffin*. Yo tuve suerte. Era el día de los *muffins*. Tomé uno de arándanos, le di las gracias y ella retomó su lectura del *Boston Globe*. No sé por qué a las personas mayores les gusta tanto leer el periódico. Empecé a leer el volante del programa de METCO. Era un montón de bla, bla, bla.

- La misión de METCO incluye dos pilares.
  Primero: darles la oportunidad, a estudiantes de

los distritos escolares de bajo rendimiento de Boston, de ir a una escuela de alto rendimiento y así aumentar sus oportunidades educativas. Segundo, disminuir el aislamiento racial y aumentar la población diversa dentro de las escuelas de los suburbios.

- Para calificar al programa, el estudiante debe ser residente de Boston y no ser blanco. La admisibilidad no considera el rendimiento escolar de un estudiante (rendimiento académico o de comportamiento), dominio del idioma inglés, estatus socioeconómico, historial de asistencia o estatus migratorio.

- Las familias anfitrionas del programa METCO están diseñadas para promover la unión en las comunidades y brindar apoyo a los estudiantes del programa en los pueblos o ciudades en donde van a la escuela. A los estudiantes del programa les son asignados "compañeros METCO".

—¿Liliana? —gritó señorita Jackson desde el pasillo y me pareció que estaba sorprendida de verme.

La mayoría de los orientadores académicos son hombres viejos y blancos, excepto la mía. La señorita Jackson es una mujer afroamericana joven. Es tan joven que parece una estudiante igual que yo. Su cabello tiene docenas de largas trenzas y le gusta vestir faldas con patrones muy geniales, como con estampados de cebras.

—¡Ay, hola, señorita Jackson! Tenía una pregunta. Es sobre este programa—. Le mostré el volante desde lejos.

Me llevó hasta su oficina dentro del salón de orientación. Empezó a sonar su teléfono e hizo un gesto con la mano.

—Espérame, *baby* —dijo.

Así que me puse a ver las fotos que estaban fijas en una pizarra de corcho junto a su escritorio. Eran fotos nuevas, pues no las había visto la última vez que había estado ahí adentro. En una, aparecía la señorita Jackson vistiendo una toga y birrete. En otra, aparecía ella gritando, con el aire golpeándole el rostro porque acababa de saltar de un avión. No tenía idea de que a la señorita Jackson le gustara hacer ese tipo de cosas, tirarse de paracaídas y cosas así. Yo NUNCA haría algo así; primero tendrías que matarme. Ni siquiera me gustan las montañas rusas. La señorita Jackson terminó de hablar por teléfono y colgó. Ella era apenas una de tres adultos , en toda la escuela, que se habían ganado el derecho de decirle "*baby*" a los estudiantes.

—Ahora, dime cómo te puedo ayudar, Liliana—quiso saber.

—Me aceptaron en este programa que se llama METCO. Es un programa que lleva en bus, a niños de la ciudad, hasta los suburbios. —respondí.

La señorita Jackson se inclinó hacia adelante y parecía que de sus ojos salía una luz muy brillante.

—Conozco el programa METCO, Liliana —dijo y sonrió—. Fui parte de ese programa.

¡*Quéeeeeeee*!

—¿Es en serio?

La señorita Jackson juntó sus manos hasta que, juntas, formaron una pequeña tienda de campaña.

—Sí, es en serio—aseguró.

—Bueno, pues, yo tenía la esperanza de que, tal vez, pudiera ayudarme a decirle a mamá que no quiero ir. Es muy lejos y ahora, emm, tengo que ayudar más en casa.

—¿Ayudar más en casa? ¿Por qué? ¿Ocurrió algo?—preguntó la señorita Jackson.

—No.... —De ninguna manera iba a contarle que mi papá se había ido otra vez.

—Liliana. Todos los cambios son difíciles. Lo entiendo. Pero este programa vale la pena. Estas oportunidades no se dan con tanta frecuencia. ¿Qué es lo peor que puede pasar? ¿Qué lo odies y luego vuelvas a alguna escuela en Boston?—añadió.

Mmm. Okay. Buen punto. Pero, mejor no.

—No, señorita Jackson. Lo siento, pero no tengo ganas de ir a otra escuela. Acabo de empezar mi segundo año. Además, no conozco a nadie allá—insistí.

—Escúchame, *baby*. Intenta escucharme con atención. Sé que parece que la escuela nunca termina y que tus amigos son todo para ti. Lo entiendo. Pero lo que haces hoy o lo que no haces, realmente puede incidir en tu futuro y en las oportunidades a las que puedes aspirar más adelante— quiso convencerme.

—Pero ¿qué tiene de malo esta escuela? Usted trabaja aquí —dije con una sonrisa en el rostro para que no pensara que estaba faltándole el respecto o algo parecido.

—Es verdad y me encanta mi trabajo—respondió.

—¿Pero…?

—Pero nada—señaló.

—Bueno. Está bien. Creo que entiendo lo que me quiere decir. ¿Por qué no, al menos, intentarlo?

Ella sonrió.

Pasé el resto del período escuchando a la señorita Jackson hablar del programa, de las oportunidades a las que tendría acceso, de las clases de honores y sobre capital cultural y otros términos —que no entendía del todo— como "amenazas a estereotipos". Incluiso, dijo que ella creía que la razón por la que la aceptaron en una buena universidad fue por haber asistido al programa METCO.

—Además, creo que podrías crecer como escritora ahí— añadió. No estaba 100% convencida, pero sí me sentía mejor al respecto.

Quizás fue por el *muffin*.

Después de clases, fui a recoger a Christopher y Benjamín a la parada de bus.

—¿Liliana? —dijo Christopher intentando sonar muy inocente mientras el autobús se alejaba de nosotros. Advertí que mis hermanos seguían enojados. La noche anterior habían estado jugando a las luchitas en la sala y, por accidente, botaron una lámpara, así que mamá les había prohibido jugar videojuegos hasta nuevo aviso. Benjamín gritó como si estuviera en llamas y Christopher dejó de respirar como por un minuto entero. Los videojuegos son su VIDA ENTERA. Aun así, mamá les dijo que no más y le empezó a temblar la nariz como cuando está muy enojada. No dejes que sus ligas brillantes te engañen. Mamá puede ser una mujer muy feroz.

Ya sabía cuáles eran las intenciones de Christopher. Esa voz tan dulce lo delataba.

—No digas nada —dije para pararlo en seco.

—¡No seas así! —se quejó.

—¡Por favor, Liliana! —suplicó Benjamín. De los gemelos, él es el que tiene una peca en la barbilla, igual que mi papá. Esa peca nos ayudaba a distinguirlos cuando eran bebés.

—Miren, mamá les quitó esos juegos tontos, así que no los hubiera podido ayudar incluso si hubiera querido—señalé.

Una vez llegamos al apartamento, empezaron a ir de un lugar a otro, como sin rumbo y me ignoraron cuando les dije que tenían que hacer su tarea; me ignoraron como si *yo* les hubiera quitado sus videojuegos. Mamá nos había dejado una nota diciendo que había ido a la tienda. Tal vez había ido al Super 88, el supermercado vietnamita de por acá. No porque me enloquezca la comida vietnamita, sino porque mamá está obsesionada con la comida vietnamita. O sea, a pesar de que mamá creció en El Salvador, ella está requete obsesionada con la comida vietnamita y se siente muy feliz cada vez que cocina comida vietnamita. La primera vez que la probó fue cuando recién llegó a Boston y eso era lo único que quería comer cuando estaba embarazada de mí. Fue igual seis años después, cuando estaba embarazada de mis hermanos.

Así que, mientras mamá estaba —esperaba yo— comprando un poco de hierba de limón y salsa de pescado, yo estaba en el apartamento sudando hasta más no poder (sí, había calor pues estábamos a mediados de septiembre y no tenemos aire acondicionado adentro del apartamento) e intentaba escribir en mi diario. Digo "intentaba" porque Benjamín y Christopher le dieron vuelta al apartamento intentando encontrar dónde había escondido sus videojuegos. O sea, hicieron el sofá a un lado, buscaron debajo de los cojines, revisaron dentro de las fundas de almohadas de mamá, hasta se asomaron detrás del inodoro. Parecían un par de policías buscando drogas. Después de unos cuarenta y cinco minutos de búsqueda, Benjamín finalmente halló los videojuegos dentro de una caja y casi llora. Lo digo en serio. Conectó todos los cables y se sentó en el piso de la sala. Fue muy estúpido de su parte porque, cuando escuche o se dé cuenta de que mamá está de vuelta, no le va a dar tiempo de regresar la caja a donde ella la había escondido. Es decir, dentro de otra caja de cartón para zapatos con un rótulo que dice "Fotos" y que estaba al fondo de su armario. Pero mi hermano es un idiota, así que, qué más da.

Pues resulta que Christopher y Benjamín, aun así, no podían jugar porque mamá había escondido los controles en otro lado, quizás en otra caja. ¡Ella es tan astuta! Entonces mis hermanos iniciaron otra misión de búsqueda. La diferencia es que, para entonces ya estaban bien bravos.

—¡No te quedes así sentada, Liliana! ¡Ayúdanos a buscar los controles! — dijo Christopher.

—¿Quéeeee? ¿Con quién crees que estás hablando, jovencito?— respondí y me quedé en el sofá; estaba escribiendo un cuento corto sobre una chica que consigue un nuevo novio y se olvida de su mejor amiga, pero luego el chico corta con ella. La historia fue inspirada por el mito griego de Dédalo e Ícaro. Ya sabes, eso de que volar muy cerca del sol derrite tus alas o algo así, *whatever*, da igual. Acabábamos de leer esa historia en la clase de inglés y no me pareció taaaan aburrida. Al final, debíamos devolver las fotocopias que recibimos, pero yo me quedé con las mías.

Al rato, Christopher y Benjamín dejaron de buscar los controles y regresaron los videojuegos a su escondite justo a tiempo porque mamá volvió a casa apenas dos minutos después. Pero, carajo, ella volvió con una sola bolsa de plástico blanca, en vez de las diez bolsas rosadas que trae siempre que va a Super 88. Aun así, la comida que cocinó le quedó muy rica; siempre que cocina *pho*, el vapor de las ollas empaña las ventanas. Cuando mamá hace *pho*, usualmente le añade carne de res o pollo, todo depende de cuánto dinero haya ganado esa semana. Trabaja limpiando casas, pero los dueños de esas casas siempre se van de vacaciones o les pasa algo, y, de repente, ya no la necesitan. Así que, pues sí, sabe cocinar platos vietnamitas. Bueno, más o menos. Todo lo que hace le queda muy rico, excepto los rollitos de primavera. Esos le quedan con sabor a jabón. ¿Quieres saber la verdad? Me hubiera comido esos rollitos con sabor a jabón si mamá los hubiera cocinado. Pero el hecho de que ella llegó a casa con una bolsa de plástico blanca significaba que no íbamos a comer comida vietnamita. Nada de *pho*, tampoco. Dentro de la bolsa había cinco cajas de macarrones con queso, una caja de leche y dos barras de mantequilla. *Dang*. Me di cuenta de que mamá estaba muy mal.

Saqué una olla para hervir el agua mientras ella se lavaba las manos. Luego me guiñó el ojo y sacó de su bolsa los controles de Christopher y Benjamín. Es una mujer muy inteligente. Sin embargo, a pesar de esa pequeña victoria, parecía como si la hubieran derrotado. Con cada día que mi papá no estaba en casa, ella se ponía peor. Tan pronto le conté lo del programa METCO, cambió de humor.

—Oye, mamá, hoy pasó algo muy loco en la escuela —dije.

Ella me miró fijamente a los ojos.

—Sí, el subdirector dijo que me aceptaron en el programa METCO. Me dijo que te envió un par de mensajes de voz—agregué.

—¿Cuándo? —preguntó ella, en español, y juro que parecía que le temblaban las manos, y hasta dejó caer uno de los controles.

Le entregué el volante.

—Hoy. Me dijo que me aceptaron, pero le dije que estaba bien, que no me hacía falta ir a ese programa. Queda como a una hora de acá.

—*You got it?* ¿Te aceptaron? ¿De verdad? —Empezó a sacar cosas de la bolsa de plástico.

—Sí... pero.... —Doblé la bolsa para que la pudiéramos usar después.

—Pero nada. Vas a ir. —Ubicó uno de sus rizos detrás de su oreja como diciendo: "No se diga más" y revisó su teléfono celular.

Nos quedamos ahí paradas, mirándonos fijamente la una a la otra, mientras ella escuchaba el mensaje del señor Seaver. De repente, le apareció una enorme sonrisa en el rostro. O sea, era enorme. "¡Te aceptaron en el programa METCO!", pegó de gritos, como si yo no le hubiera dicho lo mismo treinta segundos antes.

—¡No! —grité a mi vez.

Empezó a gesticular.

—Liliana—. Movió las manos cerca de mí—. ¿Sabes cuántos niños están en la lista de espera? —Movía las manos de arriba abajo—. Es uno de los pocos programas educativos que no tiene requerimientos. No les pide a los aplicantes que tengan un mínimo de notas o que sus familias tengan ciertos ingresos económicos y… otras cosas. —Se llevó las manos a la cintura—. Escúchame, vas a ir. Además, tu padre y yo…

¿Oíste? Papá sí sabe. Vi el rostro de mamá, lleno de felicidad, e imaginé que mi papá tendría la misma reacción al recibir las noticias.

Estos son los hechos. Mi papá ha estado desaparecido desde finales de agosto. Lo único que mamá dice al respecto es: "Tu papi se fue de viaje". No hay nada peor que te mienta tu madre. ¿Por qué no podía simplemente decirme la verdad? Yo soy capaz de soportar la verdad. ¿Qué? ¿Mi papá se fue a vivir con otra mujer y su hijo tonto? ¿Papá estaba de juerga y mamá no sabía cuándo iba a volver? ¿Mi papá aceptó un trabajo turbio en alguna otra parte del país? Ya había aceptado otros trabajos turbios antes, pero siempre vuelve y entonces mamá y él pasaban el día entero en su cuarto (puaj), y por la noche íbamos todos a cenar al Old Country Buffett u Olive Garden.

Pero antes se había ido por una semana, máximo. Nunca por tanto tiempo.

—Bueno —dijo después de un rato y te juro que le dio un beso al volante—. Vas a ir y punto.

Cerré la puerta de mi habitación con un golpe, me puse los audífonos y le subí tanto el volumen a la música que te juro que sentía cómo vibraba mi cabello. ¿Por qué tenía que ir a una escuela que quedaba a una hora de distancia de casa y donde no conocía a nadie? Me imaginé sentada en una mesa, comiendo *chips* sola entre un mar de extraños.

Mi plan era protestar toda la noche encerrada en mi habitación, lo malo es que me dio hambre. Necesitaba ir a la tienda de la esquina a comprar unos Honey Buns. Pero cada uno tiene seiscientas calorías, y el paquete trae dos Honey Buns, y si te comes uno es prácticamente imposible no comerte el otro. Así que, mejor no. Toqué la ventana de Jade para distraerme de los ruidos que hacía mi estómago, pero no me respondió. Saqué mi cuaderno. Si hay algo que siempre me hace sentir mejor es escribir. Siempre me ha encantado escribir. Me gusta escribir más que dormir. Hay veces que me quedo despierta hasta tarde escribiendo y luego me levanto temprano al día siguiente para seguir escribiendo. Escribo incluso durante los fines de semana. Es como si tuviera que hacerlo. No me refiero a escribir unos cinco parrafitos, como nos piden hacer en la escuela para practicar para las pruebas estatales.

Soy más o menos igual cuando se trata de leer. De momento, estoy obsesionada con los libros de Sandra Cisneros. Por las fotos que están en su página web, parece que es una persona muy *cool*, pero de esa manera cuando alguien no *intenta* ser *cool*, ¿sabes? No tiene una docena de aretes o algo, pero sí un tatuaje de una Budalupe en su bíceps izquierdo. En la foto que vi, llevaba pintalabios rojo BRILLANTE y mucho rímel. Y a veces tiene flequillo. Si alguna vez intento tener flequillo, seguro termino con todo el cabello rizado. Un *look* para nada lindo.

Hay algo más que amo profundamente —y esto es algo extraño, pero *whatever*, da igual—, amo profundamente construir miniaturas. Casas y edificios. Para eso uso cajas de cartón o cajas de cereales, recibos, pedazos de papel, bolsas del supermercado, cosas así. Esa obsesión empezó cuando me moría de las ganas de tener la Casa de Ensueño de Barbie. Mamá dijo que era muy cara, pero un día llegó a casa con una gran caja de cartón —en una de las casas que limpiaba, una familia acababa de comprar una televisión nueva— y me ayudó a fabricar mi propia Casa de Ensueño. Como te dije, es una mujer muy inteligente. Luego, cuando estaba en el cuarto grado, mi papá me llevó a mí y mis hermanos al Museo de Niños, y una mujer nos ofreció darnos clases de arte gratis en uno de los salones del museo. Nos mostró una artista de nombre Ana Serrano que hace hoteles, tiendas y edificios de apartamentos pequeñitos. Pero lo que ella hace ya es otro nivel. ¡Ella solo usa cartón! O sea, ella hace máquinas de aire acondicionado pequeñísimas, plantas y macetas diminutas, e incluso unas antenitas de televisión que pone sobre pequeños techos de cartón. Todo. Lo. Hace. Con. Cartón. ¡Es algo muy loco! ¡Muy *cool*! Y así, como si nada, me obsesioné con las cosas pequeñas. Debajo de mi cama tengo, más o menos, media ciudad con todo y edificios chiquititos. Ahora construyo una panadería —le había puesto de nombre "Pastelería y Panadería Yoli"— pero esa noche no tenía la paciencia para concentrarme en ello. Tenía tanta hambre que me rugía el estómago.

Así que me rendí y salí de mi habitación. Mamá estaba en la sala, hablando bajo, pero muy molesta, por el teléfono.

¡De repente empezó a llorar como si alguien hubiera muerto! Seguramente el hambre me estaba haciendo alucinar. Espera un momento, quizás alguien sí se murió; alguien de Guatemala, El Salvador o Arizona (cerca de unos cien parientes nuestros, que ni siquiera conocía, vivían en uno de esos lugares), o ¿por qué no?, mi papá. No fue fácil escuchar lo que decía mamá entre sollozos, pero la escuché decir algunas cosas como: "Es demasiado peligroso" o "Es muy caro", o "No sé, la verdad, no sé".

¿Qué es demasiado peligroso? ¿Qué es muy caro? El programa METCO es gratuito. No hablaba de eso. *Pero, pues, ¿con quién habla?*, pensé.

Como tenía miedo de que se diera cuenta de que la estaba espiando, caminé rápidamente hasta llegar a la cocina, agarré dos barras de granola (¿qué?, las baratas son algo pequeñas) y regresé a mi habitación a toda prisa mientras pensaba y pensaba en lo que mamá decía. No. No hablaba del programa METCO. No la había visto tan feliz en toda la semana como cuando le di la noticia. Pero, en todo caso, ¿cuándo enviaron la solicitud?

De repente, todo empezó a cobrar sentido. O sea, cada mes de febrero, desde que estaba en escuela primaria, mi papá me llevaba a la fuerza a una lotería para ir a una escuela pública subvencionada. La última vez que fuimos a la lotería, fue cuando yo tenía diez años. Lo recuerdo bien porque mi papá nos compró una Coolatta de frambuesa de Dunkins y eso que estaba nevando. El sótano de la escuela estaba lleno de gente. Incluso vi a una chica de mi grado. Ella estaba junto a su abuela, que apretaba en sus manos un rosario mientras rezaba en silencio. Al principio, me dio miedo, pero mi papá me explicó que habíamos ido para enviar una solicitud para obtener un puesto en una escuela pública subvencionada. No sabía qué son las escuelas públicas subvencionadas y, para serte honesta, todavía no entiendo bien qué son. Lo único que sé es que te obligan ir a clases por más tiempo y a veces hasta durante el verano. Pero mi papá parecía emocionado de estar ahí.

Al igual que los otros padres, mi papá llenó un formulario y recibió una ficha de póquer con un número. Luego nos sentamos a esperar en una banca. Esperamos y esperamos una vida entera, bebiendo del Coolata hasta que una mujer al frente dijo que había llegado la hora de empezar la lotería. Dentro de una de esas grandes jaulas redondas que usan en los bingos, tenían unas fichas de póquer que eran iguales a las que habían repartido. ¡Esa jaula estaba llena de fichas!

—¡Vamos a empezar! —dijo la mujer—. Voy a sacar un número de la tómbola. Si saco su número, su hijo o hija obtiene un puesto en la escuela. Al final del sorteo, vamos a poner el resto de los nombres en la lista de espera.

—¿Cuántos puestos hay disponibles? —preguntó un hombre de cachetes rojos.

—Veintiocho—respondió ella.

—¿Cuántas fichas de póquer repartieron?—preguntó otro.

—Doscientas doce—contestó.

Las personas suspiraron. Volteé a ver a mi papá y vi que se frotaba los nudillos. La verdad es que me moría de ganas de que todo terminara pronto. Me dolían las nalgas por estar sentada durante tanto tiempo y, además, tenías ganas de ir al baño. La mujer empezó a sacar fichas de la tómbola y conforme los puestos se iban llenando, algunos padres empezaron a llorar de la alegría. Había niños chiquitos en el salón, dormidos todos, y el ruido de la gente los despertaba. Personas mayores aplaudían con fuerza. Y cuando la mujer sacó las fichas número veintitrés y veinticuatro, otras personas —la mayoría de gente dentro del salón— empezaron a llorar y se limpiaban las lágrimas con pañuelos de papel arrugados. Recuerdo pensar que esa escuela seguramente era algo especial. Y la mujer sacó la ficha número veintiocho y un hombre gritó, "¡Así es!" y el llanto alrededor de él arreció.

La mujer miró a su alrededor —tengo que admitirlo, parecía estar triste— y dijo, "Gracias a todos por venir. Si no llamamos a su número, serán añadidos a la lista de espera".

Las fosas nasales de papá se abrían y cerraban como un toro a punto de atacar.

—¡Vámonos! —dijo con una voz grave y serena.

Agarré su mano. Estaba feliz porque todo había acabado. Entonces él caminó hasta donde estaba la mujer.

—Gracias por organizar esta lotería —dijo y agachó la cabeza—. Sé que hay muchos niños en la lista de espera. Mi hija se llama Liliana y me encantaría que ella asistiera a esta escuela. ¿Hay algo que podamos hacer? Tal vez podría trabajar aquí como conserje, por las noches o durante los fines de semana. O quizás….

—Señor, por favor —replicó ella—. Como le expliqué, hay una lista de espera. Tenemos que ser justos con todos.

—Pero quiero que ella tengo acceso a mejores oportunidades. Yo no me gradué de la escuela. Por favor, escúcheme, al menos—suplicó mi papá.

La mujer se fijó en mis labios azules, teñidos por el Coolatta de frambuesa.

—Lo siento, señor. Debe irse. —Nos mostró la salida, a un costado del sótano caliente y hacia donde se dirigían lentamente las otras familias.

Imaginé que mi papá brincaría sobre la mesa y le gritaría la mujer, pero no hizo nada. Simplemente asintió con la cabeza.

—Le agradezco de todas formas—dijo muy cortés y salimos del sótano.

—Papá, ¿no podés hablar con tu jefe o algo así?— le pregunté.

Dijo que no con la cabeza.

—Papá, ¿por qué no puedo ir a esta escuela? No es justo—me quejé.

—La vida no siempre es justa, mija —dijo.

—Pero, papá…

—Escúchame. Esto no es la gran cosa. Escuháme hay problemas más grandes en esta vida. Al menos podés ir a una escuela pública. Yo ni siquiera tuve esa oportunidad—. Levantó la vista. La nieve casi había cubierto por completo las ventanas del sótano.

—¿Papá?

—Si querés algo en la vida, Liliana, tenés que esforzarte para obtenerlo. No importa lo que sea. Vas a tener acceso a educación, ya sea en una escuela pública subvencionada o no. ¿Estamos? — aseguró.

—¿Papá?

—Si tenés una meta, enfocate en ella. ¿Entendés? — continuó.

Asentí con la cabeza.

—Pero, papá.

—¿Qué pasa? — se impacientó.

—Necesito ir al baño— expliqué.

Debí haberme quedado dormida, porque lo próximo que escuché fue mi alarma, la mañana siguiente.

Durante el receso, Jade y yo nos sentamos juntas, como siempre, excepto que se pasó todo el rato enviándole mensajes de texto a Ernesto. Jade era la única amiga con la que hablaba español. Bueno, bueno, *Spanglish*. A diferencia mía, Jade no nació aquí. Ella tenía tres años cuando sus papás salieron de Honduras y llegaron a Boston. Sabía que ella no tenía papeles. Así son las cosas y ya, nunca hablábamos al respecto. Cuando llegaba la época del año para aplicar a algún programa de verano subvencionado por la ciudad o para recibir estipendios del YMCA, Jade no hacía nada porque sabía que no cumplía con los requerimientos mínimos. Y, además, no quería que la enviaran de vuelta a Honduras. En tres minutos, el teléfono de Jade vibró unas tres veces. Ernesto, su novio, es un chico buena onda. O sea, me alegraba saber que él hacía feliz a Jade, a pesar de que ya es muy viejo; tiene como diecisiete años, creo. Alcancé la bolsa de chucherías que Jade tenía enfrente y dije:

—¿Te vas a comer el resto?

—Emm, SÍ —respondió y me arrebató la bolsa—. Pero te doy una. —Sonrió.

Jade me miró fijamente mientras yo lamía la sal de la papalina y empezaba a mordisquear los bordes.

—¿Qué? —dije.

—Ay, por favor, Liliana. No me hables así. Últimamente has estado muy rara. ¿Qué te pasa?—quiso saber.

—Nada —respondí—. Solo me peleé con mamá anoche.

—¿Sobre qué? —dijo Jade sin apartar la vista de su teléfono.

Obviamente, le interesaba más hablar con Ernesto que escuchar mis problemas. Así que, ¿para qué molestarme con darle todos los detalles?

—No quiero hablar al respecto. ¿Me das otra papita?—cambié de tema.

Me entregó la bolsa, se rio de uno de los mensajes de Ernesto y empezó a responderle mientras yo estaba junto a ella, comiendo y nada más. Era como si estuviera sola. De repente, no me pareció tan mala idea ir al programa METCO.

—Oye, ¡mira! La señora Marano está en el Insta. *Oh shoot*! —señaló.

—¿Qué? ¡Déjame ver!

Le arranqué el teléfono de la mano y ahí estaba la señora Marano, sosteniendo a una bebé envuelta en una frazada rosa y saludando a la cámara. *Aww*, tuvo una niña. Jade me quitó el teléfono. Imaginé que sería una tragedia si Jade no se diera cuenta de que Ernesto le envió un mensaje de texto. Dicho y hecho, ella de inmediato empezó a responderle a su novio.

—¡Oye, chica! —dije.

Jade levantó un dedo como para decirme: *wait*.

—¡Guau!—solté y cuando finalmente ella guardó su teléfono, crucé los brazos.

Jade tenía una gran sonrisa en el rostro.

—¿Qué? —Parecía incluso sonreír con los ojos. Me parecía bien, verla ahí toda enamorada y así, pero no pude evitar preocuparme porque mi mejor amiga se iba a convertir en una de esas chicas que ya solo tienen tiempo para sus novios.

Le entregué el volante del programa METCO.

Jade le dio la vuelta.

—¿Y esto qué es? —preguntó.

—Léelo—le indiqué.

El volante incluía información sobre la historia del programa, números de teléfono y correos electrónicos, biografías de algunos exalumnos e información de los pueblos W, Wellesley, Wayland, Weston y Westburn. Pueblos donde vivía gente blanca. Pueblos donde había escuelas prestigiosas, donde había suficientes computadoras para todos los estudiantes, suficientes computadoras como para que nadie tuviera que compartir. La verdad es que las laptops de mi escuela rara vez funcionaban bien. Algunos niños robaban teclas, especialmente la F, la U, la C y la K.

El volante también mencionaba los clubes de actividades extracurriculares que ofrecía el programa, como esgrima y el club de moda. Pero Jade apenas si le echó un vistazo a la portada del volante y luego me lo sacudió en la cara. Entonces volvió a vibrar su teléfono.

—Okey, dime qué es esto —dijo con los ojos fijos en su teléfono.

—Me aceptaron en un programa, el programa METCO. Creo que mis papás me apuntaron en algún momento, pero antes de que digas cualquier cosa...—agregué.

Pero Jade no parecía molesta. Parecía que estaba... ¿impresionada?

—¡Qué chivo! —dijo.

—¿'Chivo'? Ya nadie dice "chivo" —dije y me reí.

Ella sonrió, volvió a revisar su teléfono porque había vuelto a sonar y luego levantó la mirada.

—Chica, ¿o sea que te vas a cambiar de escuela? —quiso saber.

—Pues, no tengo otra opción. Mamá está muy necia con todo esto. —No quería que Jade pensara que yo había buscado esa oportunidad o que ya no aguantaba las ganas de irme de Boston—. Te lo quería contar anoche...

Bzzzz. Su teléfono. Otra vez.

Pero, ¿cómo no se iba a enojar? Y me di cuenta de que yo quería que Jade se enojara. Yo quería que ella quisiera que yo me quedara.

—¿Y entonces? —pregunté.

—¿Qué quieres, que caigan un montón de globos del techo? —dijo Jade y dejó de sonreír.

—No. Es que… No, nada. Olvídalo—repliqué.

—Pues, creo que está bien, ese programa es algo *cool* —aseguró—. Diablos. Y yo también tengo noticias.

—¿Qué noticias? No podía dejar de pensar que Jade dijo que el programa METCO era algo *cool*. Y bueno, ¿no me va a preguntar cosas de esa nueva escuela? ¿Acaso a una mejor amiga no le interesaba saber cosas básicas como cuándo va a ser mi último día en la escuela? O sea…

Jade cerró los ojos por tres segundos.

—Ernesto dijo que me amaba—anunció.

—¿Te lo dijo por mensaje de texto? ¡Guau! ¿En serio? —pregunté.

—¡No! Sí. Me dijo que me amaba. Anoche—respondió.

Sentí cómo el estómago me daba vueltas.

—¡Me alegra mucho! —quise sonar entusiasta.

—Sí. —Podría jurar que parecía que Jade flotaba. ¡Ahh!

—Estoy muy feliz. Por ti. —No sabía que más decirle. Era la verdad. No estaba celosa. No de lo que le dijo Ernesto. Era más bien saber que mi mejor amiga estaba sentada a mi lado, pero sentía que estaba en la luna. Parecía no importarle que iba a ir a una escuela a veinte millas de distancia. Sí, ya busqué qué tan lejos está el programa METCO.

Justo entonces sonó la campana de la escuela. Jade se puso de pie y me dio un abrazo muy frío.

—*Anyway*, felicidades. Sobre eso del programa. Es algo muy bueno, ¿no? Mira, tengo que ir a la clase de arte.

—Gracias —dije—. Te veo.

Sí, pero quién sabe cuándo.

3

Después de clases llevé a mis hermanos a la biblioteca para así no tener que lidiar con ellos o escucharlos quejándose de que mamá escondió sus videojuegos por segundo día consecutivo. Nos quedamos en la biblioteca hasta que el cielo se puso color cemento. Cuando llegamos a casa, mamá se estaba volviendo loca. Revisaba un montón de papeles y sobres. Tomaba un manojo con furia y los miraba rápidamente antes de tirarlos al suelo.

—¡Mamá! —dije y la agarré de los hombros, pero ella me hizo a un lado; me empujó tan fuerte que caí de espaldas en el sillón. ¡Qué diab…!

—¡Ya no lo soporto! gritó.

—Empezó a caminar de un lado a otro en la sala, como un animal enjaulado..

—¿Mamá? —dije con cuidado, pues no quería que se enojara aún más—. ¿Por qué no te sentás? Tal vez te puedo ayudar a encontrar… lo que sea que estés buscando.

Benjamín y Christopher habían ido aprisa por el pasillo, pero asomaron sus cabezas a un lado de la sábana que dividía la sala de su cuarto que, en realidad, eszd el comedor.

Mamá tenía los ojos hinchados. Parecía como si llevara un mes llorando. Recuerdo haberla visto llorar la noche anterior, pero no entendía qué estaba pasando.

—¿Mamá? — insistí.

—Necesito encontrar un documento de tu papá. Un recibo de pago. Es muy importante.

Pegué un brinco.

—Yo puedo ayudar.

Me acerqué a la silla que está junto a la puerta principal y tomé una pila de cartas que, supuse, ella no había revisado todavía.

—¡No toqués nada, Liliana! —ordenó y, me arrancó las cartas de las manos y salieron volando por todos lados.

—Mamá, calmate—. Me agaché para recoger las cartas.

—¿Qué me dijiste? —Me sostuvo la mirada.

—Dije que te calmés—repetí.

¿Por qué la gente odia tanto que les digan que se calmen? Aun así, estaba a punto de retractarme cuando mamá dijo:

—¿Querés que me calme? ¿Acaso sabés lo importante que...? ¿Creés que...? —Ella estaba tan no-calmada que no podía hablar bien.

Alcancé el control remoto y apagué la televisión. Pero de inmediato quise volver a encenderla. Estar en silencio es horrible. Tan horrible como discutir con mamá.

—A ver, mamá, mi papá se fue hace ya un rato y sí, es algo impredecible, pero no es la primera vez que se va. Además, me... me estás asustando, y a mis hermanos también.

Parece que… que estás un poco loc…—no pude terminar de decir.

Ella levantó la mano, como alistándose para darme una cachetada y, como si ya sintieran un dolor punzante de inmediato, mis manos volaron para protegerme.

—*What the hell…*! —dije y las palabras salieron de mi boca sin que yo pudiera hacer algo al respecto. Apreté el cuerpo, mientras esperaba recibir la cachetada. La verdad es que, antes, mamá nos golpeaba en los brazos y piernas, pero solo cuando hacíamos algo muy malo, como tomar dinero de su bolso. Jamás la había visto así de eufórica.

—¡Malcriada! —dijo, en español y volvió a levantar el brazo.

—Bueno —repliqué y apreté los ojos—, pues vos me criaste, así que es tú culpa.

Sabía que ahora sí me iba a dar una cachetada. Entonces me agaché, agarré mi mochila y me alejé de ella.

—¿A dónde creés que vas? —gritó, siguiéndome.

Llegué al final del pasillo y abrí la puerta principal.

—¡Liliana! ¡Volvé acá en este instante!— señaló amenazante.

Bajé las gradas de dos en dos, bien agarrada del pasamanos para no irme de cara. Sentía cómo la furia me atravesaba el cuerpo. *¿Por qué mamá es así?*, pensé. ¡Con razón mi papá se va a cada rato!

Una vez llegué a la calle, le eché un vistazo al apartamento, y ahí estaba ella, asomando la cabeza por la ventana y con el cabello alborotado como una bruja o algo parecido.

—¡Liliana! ¡Volvé acá! ¡No te lo diré otra vez!

Ni loca. Pero ¿a dónde puedo ir? ¿A la casa de Jade? No. Mamá simplemente puede cruzar la calle y llevarme arrastrada de vuelta a casa. La biblioteca estaba cerrada. Podría haber ido a la tienda de la esquina, pero me di cuenta de que había dejado mi teléfono y mi billetera en la encimera de la cocina. ¡Carajo! Y ya era noche. De repente, sentí que no podía respirar. Odiaba sentirme así. Arrinconada. Sin control. No sabía qué iba a pasar. Ni siquiera había tomado mi chaqueta. *¡Eres una tonta!*, me dije. Revisé mis bolsillos, para ver si tenía algo de dinero. Nada. Evité hacer contacto visual con la gente de la calle, especialmente con ese tipo de bigote, tan sospechoso, que estaba frente a la tienda de licores y que siempre nos grita groserías a Jade y a mí. Caminé hasta que el frío de la noche hizo que se me pusiera la piel de gallina. Así es septiembre, es un mes impredecible. Igual que mi vida. Aparentemente.

Al cabo de un rato, no tuve otra opción más que volver a casa y enfrentarme a… más cosas impredecibles. Pero Cuando abrí la puerta, lo primero que vi fue a mamá dormida en el sillón frente al televisor. Le bajé volumen al televisor. *¿Será que ya comieron mis hermanos?*, me pregunté y me asomé a su habitación. Estaban bien dormidos y desparramados por ahí, como si fueran los dueños del mundo. Sentí un dolor en el pecho. Al menos ellos están bien.

Llené una taza de café con Froot Loops y un poco de leche, agarré una cuchara y me fui de puntillas a mi cuarto. Desde la ventana vi que el cuarto de Jade tenía las luces apagadas.

La luna brillaba con fuerza y parecía un diamante. No. Eso es parte de una canción. Es tan brillante como una lámpara de Home Depot. *Debería apuntarlo*, me dije, pero no tenía ganas de escribir. O de leer. O de pintarme las uñas. O de hacer más edificios de cartón. Ush. Me empezó a palpitar la cabeza. Me atraganté el cereal e intenté quedarme dormida.

Pero no pude.

Porque lo único que quería hacer era hablar con ella. A ver, no soy una tonta. Sabía bien que papá no era un santo. Sí, él tiene un trabajo de 8 a 5 que consiste en entregar cajas de sodas, pero sé también que hace otras cosas como apostar, vender partes de carros y demás. Sé que a algunos de sus amigos los han arrestado, casi todos por hacer cosas muy tontas como robar o vender drogas por aquí y allá, pero no son hombres malos, asesinos o algo así. Papá es un empresario. Me gusta pensar que es un comerciante que hace negocios en la calle. Y es un hombre inteligente. Muy inteligente.

Para entonces llevaba veintiséis días fuera de casa. Sí, llevo la cuenta. Cada vez que se va, empiezo a contar los días y cuando vuelve a casa parece que regresa con las pilas recargadas o algo así. En julio, cuando volvió después de cinco días quién sabe dónde, se mantuvo de buen humor por el resto del verano. Cada mañana nos llevaba a mí y mis hermanos a algún lugar divertido. Nos llevó a nadar en la playa Revere y a comprar pastelitos en Au Bon Pain. Nos llevó al Museo de Niños. Mi papá tiene amigos que trabajaban en todas partes, o al menos así parece. Tenía conocidos en el área de restaurantes de Prudential, en la gran biblioteca que está en el centro, en Copley Square, en el centro de bienvenida de las islas Harbor. Varias veces fuimos a ver a sus amigos y ellos nos daban algo gratis, aunque sea una soda del puesto de comida. Si hacía mucho calor, nos llevaba al cine y entrábamos a todos los salones a ver un poco de cada película, hasta que el aire acondicionado me ponía la piel de gallina. Ahora todo es diferente. ¿Qué pasa si mi papá no se fue solo por un rato? ¿Qué pasa si mi papá no vuelve nunca más?

No podía dejar de pensar en todo. *¿Tengo insomnio?*, fue lo que me vino a la cabeza y empecé a llorar. Tenía que recuperar el control. A veces deseaba simplemente... simplemente... poder irme lejos y empezar de nuevo en un lugar donde nadie me conociera, donde no estuviera mi padre turbio o mi madre depresiva, o mi "mejor" amiga. Quería irme lejos.

Sin embargo, me daba miedo siquiera pensarlo. Es algo aterrador, ¿no?, obtener lo que quieres.

* * * *

A la mañana siguiente, no había nadie durmiendo en el sillón y el cuarto de mamá estaba con la puerta cerrada. No abrió la puerta ni siquiera cuando Christopher derramó cereal por todos lados y Benjamín le gritó, "¡Le voy a decir a mi papá!". Los tres nos quedamos helados, viendo los brillantes azulejos en el suelo y esperando que ella saliera a gritarnos, pero no pasó nada. El estado anímico más oscuro debe hallarse cerca del fondo del mar. Para serte honesta, después de lo que ocurrió anoche, me alegra no tener que verla antes de ir a la escuela. Es más, tuve todo el día para ordenar mis pensamientos. Luego, en la tarde no estaba en casa, así que dejé que los gemelos jugaran videojuegos.

A lo mejor mamá había tenido que salir a hacer algún trabajo. A veces, recibe llamadas de otras mujeres del edificio de apartamentos para que ella las ayude. Hace cosas como ayudar a una mujer blanca en Brookline a organizar su clóset o ponerle etiquetas a cientos de jarras de mermelada hecha en casa o algo así. Mamá es la reina de los trabajos inesperados. Una vez la contrató una señora que necesitaba que la ayudara a hacer mandados para preparar la fiesta de cumpleaños de su hijo de cuatro años. ¡Es en serio! A mamá le gusta ese tipo de trabajos porque le pagan en efectivo. Lo que pasa es que ella no se graduó de la escuela, así que le es muy difícil conseguir un trabajo fijo y estar de vuelta en casa para atendernos después de clases o por las noches. Además, tiene problemas porque ha perdido algunos papeles; parece que cuando ella era joven un incendio destruyó su acta de nacimiento y otras cosas.

Papá era el único que tenía —TENÍA— un trabajo de verdad, es decir, un trabajo que le requería ir todos los días, ir al almacén de la compañía de refrescos. Incluso, le dieron un cinturón especial para cuidarse la espalda cuando trabajaba. Crees que la casa está llena de sodas gratis, ¿no? PUES ESTÁS EQUIVOCADO. Los dueños de la compañía de papá son muy tacaños. Los empleados no pueden ni siquiera agarrar una soda para tomársela durante el descanso. Si lo hacen, reciben una multa o pueden incluso ser despedidos.

Metí al microondas chocolate caliente instantáneo, para mis hermanos y para mí. Luego fui a traer la panadería que estaba construyendo para mi ciudad de cartón. Usé una caja de cereal vacía para construir las paredes y las pinté de rosado con esmalte de uñas, lo que hizo que se vieran lindas y brillantes. Luego corté una caja de pañuelos y usé los recortes para crear ventanas y una puerta. Hojeé algunas revistas hasta encontrar la foto de una pared de ladrillos y, por si te lo preguntas, sí me costó hallarla. Mientras escribía "Pastelería y Panadería Yoli" en un rectángulo de cartón —iba a pegarlo después al frente de la tienda de cartón— Benjamín entró a la cocina para pedirme que le sirviera más chocolate caliente y me preguntó qué estaba haciendo.

—¿Qué parece que estoy haciendo? —dije.

—¿Sabes qué deberías hacer? —sugirió Benjamín, abrió el refrigerador, agarró varias rodajas de queso y se las metió a la boca.

—¿Qué? —Froté la goma en barra sobre el pequeño cartel.

Mi hermano masticó con la boca abierta.

—¿Has visto esos alambres que ponen en los techos para evitar que los rateros se brinquen las paredes? — continuó.

Volteé a verlo mientras imaginaba el alambre de púas que protegía tantas tiendas en la calle Centre.

—¡Oye, cierra la puerta del refrigerador! —le ordené.

—Deberías hacer de esos —dijo.

De hecho, fue una buena idea.

—Pero ¿qué puedo usar para fabricarlos? —le pregunté.

No me respondió. Simplemente cerró la puerta del refrigerador con la cadera y corrió de vuelta a su cuarto.

Mmmm... Tendría que pensar en una solución.

Estaba escribiendo en mi diario, a punto de irme de dormir, cuando mamá finalmente volvió a casa. Imaginé que iría directo a la cocina a calentar frijoles o algo. En vez de eso, fue a mi cuarto y tocó la puerta con gentileza. De inmediato, me puse nerviosa. Por años había intentado decirle que tocara la puerta en vez de solo entrar como loca. ¿Por qué de repente me hace caso?

—¡Adelante! —dije, cerré mi diario y me senté erguida.

Se ubicó a la orilla de mi cama y me habló:

—¿Cómo estuvo tu día?

Me encogí de hombros. Ya sé. Ya sé. Mamá está bajo mucho estrés, pero se está volviendo loca. Aun así, sé que debería disculparme por lo que dije la noche anterior. Estaba a punto de hablar cuando dijo:

—Oíme, te quiero pedir perdón por lo que pasó. —Volteó la mirada—. Es en serio. Lo que pasa es que tengo muchas cosas en la cabeza y no sé qué va a pasar. —Y entonces —¡aaaaahhhh!— de nuevo empezó a llorar.

No voy a mentir. Me sentí mal por ella.

—No va a volver mi papá, ¿verdad? —pregunté.

Soltó un llanto aún más fuerte.

—No lo sé, mija. No lo sé—respondió.

Acaricié los hombros de mamá. Continuó llorando un rato más y luego sacó papel del bolsillo de sus jeans y se limpió la nariz.

—Liliana… —dijo. Ya sabía lo que intentaba decirme.

—Mamá —contesté—. Voy a ver qué tal me va en METCO. —Ambas sabíamos que realmente lo haría, pero incluyo ese "voy a ver qué tal me va" porque soy una necia y, si soy necia, es porque soy hija suya. Entonces, ya no hablemos más del tema, ¿sí? Perfecto.

—¡Ay, mija! —dijo y me abrazó con fuerza. Luego empezó a sonar su teléfono. *De seguro es la tía Laura*, pensé. Ella empezó a llamar desde Guatemala tan pronto mi papá se fue de la casa. Tía Laura crio a mi papá, así que ella es más su madre que su tía y, a la vez, ella es más mi abuela que mi tía abuela. Es una señora muy dulce y todo. Papá la quiere mucho. Me di cuenta por la manera en que nos obligaba a limpiar el apartamento siempre que estaba de visita o por cómo insistía en que le cediéramos el mejor asiento del sillón a ella. Mamá le echó un vistazo a su teléfono y salió corriendo.

¿Qué? Me di cuenta de que siempre que llama mi tía Laura, mamá atiende la llamada en otra habitación, lejos de nosotros y, además, habla muy quedito. Algo está pasando. Estoy segura de que algo está pasando. No solo yo estoy en problemas con eso de tener que ir a METCO.

Después de pasar una semana más con mariposas enormes en el estómago, tomé rumbo a Westburg High. Cuando sonó la alarma esa primera mañana todavía no había salido el sol. No diría que estaba 100% emocionada o 100% nerviosa. Me parecía más a aquel emoji asustado que enseña los dientes. Todos los demás estaban dormidos aún. Le di un beso de despedida a mamá y ella abrió los ojos, sonrió y me dijo:

—Buena suerte, mija.

—Gracias —dije y la cubrí con una frazada. Le eché un vistazo al otro lado de la cama de mis papás. Vacío. Mi papá ni siquiera sabía que me habían aceptado en el programa METCO.

Iba camino a la puerta principal cuando vi que, enfrente, estaba mamá con su arrugada bata blanca.

—¡Por Dios, mamá! Creí que eras un fantasma.

—Tené —dijo y me entregó un billete de diez dólares; el billete estaba tibio—. No sé qué van a tener de almuerzo por allá.

Parecía tener mucho sueño.

—Gracias, mamá —dije.

* * * *

La mayoría de los veintitantos niños que iban en el bus, dormían. Los pocos que iban despiertos, escuchaban música de sus teléfonos o hacían la tarea. Nunca sería capaz de hacer eso, de leer o escribir en un bus en movimiento. No reconocí a nadie. La mayoría eran niños afroamericanos y, aparentemente, venían de todas partes de Boston, no solo de mi vecindario. Me pregunté cómo habían logrado que los aceptaran en el programa. Algunos parecían tener mi edad, otros parecían ser mayores que yo. *Es el primer día de todos, ¿no?*, me pregunté.

Al llegar a la escuela debía reunirme con mi "compañera" METCO, una chica llamada Génesis. La señorita Jackson me había explicado que los compañeros, usualmente, cursan el tercer o cuarto grado de la secundaria, y son también de Boston. Mi compañera debía mostrarme dónde sentarme a la hora del almuerzo y cosas así. Pero la noche anterior, Génesis me había enviado un mensaje diciéndome que no iba a ir a la escuela, que se reuniría conmigo el día siguiente. Así que estaba sola, sin el apoyo de nadie. Genial. También tenía una "familia anfitriona", que es como mi familia suplente en los suburbios. Traté de imaginar cómo iban a ser ellos. *Tal vez tienen mucho dinero*, se me ocurrió. El volante del programa también decía lo siguiente: "En caso de que haya una tormenta de nieve y los autobuses escolares no puedan salir de Westburg, sería conveniente que tu hijo pase la noche en casa de su familia anfitriona". Empecé a preocuparme por las tormentas de nieve ¡y tener que quedarme en la casa de los suburbios de unos millonarios me parecía algo muy incómodo!

Debí haberme quedado dormida, porque de repente el cielo era color rosa y anaranjado, y estábamos en medio de los suburbios. Limpié la baba que tenía en la barbilla. *Ojalá nadie se haya dado cuenta de que había babeado de camino*, dije para mis adentros y empecé a masticar un chicle. Me sorprendió que hubiera tráfico. La diferencia es que allí nadie toca bocina ni insulta a los otros conductores. Además, la gente sí usa luz de cruce y le permiten a los demás cruzar la calle. Todos tienen carros muy lindos. Carros que parecen ser muy caros. Los vecindarios están llenos de casas enormes. Casa ENORMES. También vi cosas que conocía, pero que nunca había tenido la necesidad de nombrar: aspersores, camiones para jardinería, entrenadores para perros. No es broma. Vi una camioneta que pasó al lado nuestro con un mensaje que decía ETIQUETA CANINA y tenía huellitas de perros pintadas a un costado. Y a propósito, ¿quién usa la palabra "canino"?

Pasamos por una calle rodeada de mansiones color pastel, jardines listos para ser fotografiados y entradas cubiertas con balones de basquetbol, monopatines y todo lo demás. *¿Esa gente deja sus cosas en la calle, de noche?*, pensé. NO PUEDES hacer eso en mi calle. Es como si pusieras un letrero que dice "RÓBAME". Vi a un hombre que había salido a correr. Una mujer mayor que entrenaba caminata y llevaba los codos a los lados de su cuerpo. Un joven repartiendo periódicos. Es decir, periódicos de a de veras. Creía que los repartidores estaban extintos. Y toda la gente ahí es blanca. TODOS son blancos.

Empecé a sentir un calambre en el estómago. *¿Acaso todos estos niños también tienen carros? ¿Acaso todos pueden beber cerveza y vino enfrente de sus padres? ¿Pasan el rato con sus novios y novias en sus sótanos amueblados (debería decir "sótanos con acabados", ¿no?)*? Okey. Tal vez, Jade y yo habíamos visto *Mean Girls* demasiadas veces, pero igual.

El autobús finalmente ingresó a un laberinto de mini redondeles, pasó sobre túmulos y, entonces, *boom*, llegamos a la entrada de la escuela. Fui detrás del resto de niños del bus mientras intentaba no ser muy obvia y hacerles saber a todos que, *¡hola!, soy la nueva*. El aire frío tenía un olor como la pista de hielo de Stony Brook. Mi escuela primaria siempre organiza viajes hacia allá, creo que, porque estaba muy cerca, más que todo. Pero, oye, ese olor, uf. No me digas que esta escuela tiene su propia pista de hielo. Chucha. La escuela es enorme. El conserje que a propósito, también es blanco, llevaba botes de basura hacia un gran contenedor. Escuché el canto de los pájaros, el mugido de una cortadora de césped y el rugir de otro autobús enfrentándose a uno de los postes del parqueo de la escuela. A propósito, esa escuela ha de tener unos cien postes.

Conforme iba a la entrada principal, una chica de cabello largo, grueso y rojo dejó de caminar para intentar quitar el chicle que tenía pegado en el zapato. Quise sugerirle que intentara hacerlo con unas tijeras, pero no conocía a esta chica y, además, es posible que me dijera que mejor me ocupara de mis propios asuntos. Eso pasó la última vez que intenté ser amable con una chica blanca. Esto fue lo que pasó: el nombre de aquella otra chica era Melissa, pero todo mundo le decía Missie. Era muy pequeñita, pero decía muchas groserías. Insultaba a los maestros a diestra y siniestra, y tenía el récord de haber sido suspendida de clases más veces que nadie. Una vez, intenté ayudarla a levantar los libros que se le habían caído en el pasillo, pero me dijo que me ocupara de mis propios asuntos. Así que, sí, Missie es la única chica blanca con la que he hablado por más de cinco segundos. Esto puede que les cause sorpresa a algunas personas, pero es la verdad. O sea, *duh*, he visto a gente blanca, especialmente en Jamaica Plain. Esa es otra cosa. Los blancos le dicen JP, pero nosotros le decimos Jamaica Plain. Bueno, para serte honesta, uso ambos términos.

Así que, debo admitirlo, me sorprendí muchísimo cuando la chica pelirroja me miró a los ojos y dijo, "Hola". Me sorprendió tanto que me di la vuelta para ver a quién le estaba hablando. Mis ojos hallaron un gabinete lleno de trofeos dorados y plateados, con una puerta de plexiglás. El resto de los niños iba camino a clases, así que entendí que se dirigía a mí.

—*Hey* —le respondí.

La chica pelirroja usaba un lápiz para quitar el chicle de su zapato.

—¡Mierda! ¿Sabes qué puedo hacer para quitarme esto del zapato? —Habló con un tono amigable mientras caminaba de forma extraña, pues intentaba evitar que su zapato tocara el piso y me dio la mano—. Me llamo Holly.

De repente, me molestó la forma en que veía mi atuendo y mi mochila.

—Feliz primer día—dijo ella.

Creí que me lo había dicho de forma sarcástica. ¿Cómo sabía que era mi primer día? Sentí calor en el rostro. No sabía qué hacer, así que ajusté mi mochila. Ni siquiera llevaba libros dentro. Apenas algunos cuadernos, lapiceros y resaltadores nuevos que había comprado durante el fin de semana con los dólares que mamá había acumulado en su tarjeta CVS ExtraCare. Miré detenidamente a esa tal Holly. Ella llevaba unos jeans flojos, camiseta blanca y una camisa de franela color celeste atada a la cintura. Terminé de inspeccionarla y me alejé de ella. Sí. Muy maduro de mi parte, ¿no? Ni siquiera sabía a dónde iba, pero en cuanto llegué a la esquina del pasillo la escuché hablar.

—Okeeeey… —soltó en voz alta.

Al dar la vuelta, empecé a caminar más lento. *¿Qué me pasa?* Acabo de ignorar vilmente a esta chica que ni siquiera conozco. Genial. Más y más niños somnolientos empezaron a poblar el pasillo. Tenía que ir a la oficina principal a recoger mi calendario, así que debía volver sobre mis pasos y me arriesgaba a toparme con la chica pelirroja de nuevo. ¡Qué incómodo!

5

Logré llegar a la oficina principal sin toparme con la chica pelirroja. ¡Fiu! Una mujer vestida con prendas color pastel —incluso llevaba puesto un pintalabios color rosa pastel— me miró a los ojos tan pronto entré al salón.

—Buenos días, cariño. —Me miró de arriba abajo—. ¿De dónde eres? —Abrí la boca para responderle. Iba a decirle, *Soy de Boston*, pero ella añadió—: Ah tú debes ser nuestra nueva estudiante —y apenas pude escuchar su voz.

Asentí con la cabeza y obligué a mis hombros a irse hacia atrás.

Evidentemente, la mujer estaba lista para recibirme, pues pronto sacó un pedazo de papel para mí. Me entregó mi calendario y dijo:

—Te aconsejo que le vayas a hablar al señor Rivera. Trabaja como consejero aquí en METCO y está en su oficina, al final del pasillo. ¡Oye, no! ¡Espera! Hoy fue a una reunión con autoridades del distrito. Puedes hablar con él más adelante, durante la semana. Él es el encargado de asignarte los exámenes de diagnóstico y otras cosas divertidas, pero de momento, este es tu calendario general. Es probable que cambien un par de cosas. —Volvió a verme de arriba abajo—. Eso es todo. ¡Que tengas un lindo primer día!

¡Guau! Esa mujer tuvo una conversación entera conmigo y yo no dije ni una sola palabra. A Jade le hubiera dado gracia. Me acordé de Jade y la imaginé en ese momento. Quizás está por salir de casa mientras yo estoy en otro planeta.

Sonó la campana. No tenía ni idea a dónde ir, pero intenté verme como toda una experta y me uní al desfile de niños que iba por el pasillo.

Eventalmente, hallé el salón donde debía estar. Tenía clase de Geometría. Me sorprendió ver que no todos mis compañeros de clase eran blancos. Adentro había tres niños asiáticos. Encontré un escritorio vacío y el maestro me entregó un libro de texto. Luego de preguntarme mi nombre, me dio la bienvenida. Le di una hojeada al libro y me di cuenta de que, en la parte de atrás, estaban las respuestas de todos los ejercicios del libro. En mi escuela en Boston, los maestros arrancan esas últimas hojas. Jumm. Y este maestro no tenía mal aliento. Está bien. La primera clase no fue tan mala.

Al terminar la clase, salí al pasillo y encontré mi próximo salón, y el siguiente, y el siguiente, y entonces el director dijo por el altavoz que había una reunión escolar en el gimnasio. Pronto llegué al gimnasio, solo porque empecé a seguir a todos hacia allá.

Y ese gimnasio, ¡guau!, es muy moderno. Tienen hasta un muro para escalar. Ese día las redes de las canastas de básquetbol se veían muy nuevas y es que probablemente lo eran. A papá le hubiera emocionado verlas. Le encanta el básquetbol y siempre dice que, si hubiera sido un poco más alto, hubiera tenido la oportunidad de ser jugador profesional. Solía llevarme a las canchas que están en la esquina de Jackson y Centre, y me enseñó a *driblar* y a controlar el balón con mis manos. Me enseñó también cómo respirar antes de un tiro. "Todas estas cosas suman para mejorar tu juego, Liliana", solía decirme. Nunca le importó que fallara la mitad de mis tiros. Simplemente, estaba enfocado en ayudarme a mejorar.

Sacudí la cabeza con fuerza. *Deja. De. Pensar. En. Papá.* Subí al graderío y busqué un lugar donde sentarme. Técnicamente no había asientos asignados, pero fácilmente podías entender el diseño de los asientos al ver cómo se sentaban los otros niños.

La otra vez que había estado rodeada de tanta gente blanca, fue una vez que acompañé a mi papá a hacer un mandado. Creo que fue en Black Bay. Entramos a un edificio y, dentro, todos eran blancos, hasta el guardia de seguridad. Recuerdo haber sentido que todos nos miraban. Mi papá se arrodilló a mi lado y me dijo al oído: "No permitás que nadie te haga sentir que no pertenecés a este mundo. ¿Me entendés?"

¿Y será que sí pertenezco a este mundo?, me pregunté y eso me hizo pensar en papá y en qué mundo estaría en ese momento. Casi me tropiezo al caminar. *¡Concéntrate! Encuentra dónde sentarte.* Busqué a los otros chicos METCO. No fue muy difícil porque eran los únicos otros chicos de color en el

graderío. Intenté no ser tan obvia cuando me acerqué a ellos. Un par de chicos que vestían chaquetas negras muy abultadas, estaban sentados alrededor de un teléfono. Mientras, que algunas chicas, con uñas falsas, sacaban papitas de una bolsa con mucho cuidado y luego las ponían en sus bocas, pintadas con brillo labial.

—*Hey* —le dije a una chica que estaba comiendo Doritos. La chica tenía cabello encrespado y unas cejas bellas y bien dibujadas. Parecía ser de Puerto Rico. Tal vez era birracial, pero definitivamente era una chica latina. Independientemente de quién era, no me respondió, solo siguió masticando su comida.

No sabía si debía considerar su silencio como una invitación para sentarme al lado de ella o no, así que me quedé ahí sintiéndome como una idiota.

—¿Estás perdida, chiquilla? —dijo uno de los chicos de chaqueta negra y la gente alrededor se echó a reír. Me mordí la parte interna de mi mejilla.

La chica de los Doritos masticaba con fuerza y dramatismo.

Creí que estaba a punto de vomitar. Nadie va a recordar eso o cualquier otra cosa.

—*Hey*—volví a decir mientras intentaba encontrar a alguien —quien fuera— de los que estaban en el autobús conmigo—. ¿Ustedes son parte del programa METCO?

—¿Quién quiere saber? —preguntó ella y pensé: *Así que sí puede hablar, después de todo.*

—Soy nueva—expliqué.

—Sí, nos dimos cuenta —dijo y una pequeñísima sonrisa apareció en sus labios.

Otra chica se hizo a un lado y me senté junto a ella. Pronto todos empezaron a hablar de nuevo o a no hablar o a masticar con fuerza o a pintarse los labios. Los chicos del graderío no me dieron precisamente una cálida bienvenida.

—¡Guau! —dije—. Ustedes sí que son re amigables con los nuevos. ¿Por qué son así?

Un chico con sudadera roja y un arete plateado en su oreja izquierda se rio más fuerte de lo que esperaba.

—¡Eres graciosa!—reconoció.

—Me llamo Liliana—me presenté.

—Rayshawn —dijo y me ofreció la mano—. Y ellos son Patrice, Jo-Jo, Alfonso, Shanice, Kayla y la de allá—prosiguió, señalando a la chica de los Doritos—, ella es Brianna—. Algunos sonrieron y otros me saludaron levantando la barbilla.

—¿Qué tal? —dije.

Rayshawn le dio un trago a la lata de té helado AriZona que tenía en las manos. Me di cuenta de que en esa escuela los estudiantes podían tomar té helado a cualquier hora. Luego, él dijo:

—Así que este es tu primer día, ¿no?

—Sí. Soy parte del programa METCO desde hace como… unas tres horas —respondí.

Rayshawn volvió a reírse.

—Vaya que eres graciosa.

Luego podría jurar que la chica de los Doritos empezó a mirarme con ojos de odio. No sé, a lo mejor, yo llevaba ropa muy rara. Pero luego me di cuenta de que ambas vestíamos unos jeans, playeras y sudaderas. Mi cabello era más rizado que el de ella y más largo. Lo había peinado usando gel para cabello, al punto de lograr que fuera tan perfecto como una pared de cemento bien hecha. Ambas teníamos piel color caramelo. Excepto que la mía cada vez se tornaba más roja. *Y a todo esto, ¿a qué horas va a empezar esa estúpida reunión?*, pensé. ¿Por qué las clases siempre empiezan a tiempo y estas cosas no? Tres maestros estaban jaloneando el micrófono del podio. *Quizás se les arruinó*. A propósito, ¿qué carajos es una reunión comunitaria?

Una mujer se acercó al podio y se presentó. Dijo ser una consejera universitaria. ¡Al fin! Durante los siguientes minutos habló de la importancia que tienen las actividades extracurriculares para las solicitudes de ingreso de las universidades y que, después de la reunión, íbamos a poder inscribirnos en varios clubes y cosas así. Intenté ponerle atención a la mujer. Es decir, me llamaba la atención todo lo que decía, pero me conmocionó lo que ocurrió con la chica de los Doritos. Cuando sonó la campana, no voy a mentir, salí corriendo del gimnasio. Pero antes de salir sentí como si alguien estuviera viéndome. Volteé a ver y vi a un chico que vestía una camisa de *soccer*, con el número 13 en la espalda, y unos pantalones para hacer deporte. Tenía un flequillo negro muy largo y era lindo. Era muy, muy lindo. A pesar de ser blanco.

Así que le sonreí a ese chico blanco.

De Inmediato, volteó la mirada y sentí un vacío en el estómago.

ME QUERÍA MORIR. Seguro recordaría esa mañana como una de las mañanas más vergonzosas de mi vida.

* * * *

Revisé mi calendario y era la hora del almuerzo. ¡Por Dios! ¡El comedor es como el área de restaurantes de un centro comercial! Dentro hay toda una fila de estaciones de comida pegadas a la pared. Tienen un bar de ensaladas, un bar de avenas y un bar de yogurt. Ese día había pizza e, incluso, pizza sin gluten. Qué loco, ¿no? Mis hermanos se hubieran vuelto locos. ¿Yo? No tanto. Ir a comer significa que tengo que ir a sentarme a algún lado y, sí, es un cliché, pero no tenía con quien sentarme a comer. De ninguna manera iba a ir donde estaban los chicos del programa METCO otra vez. Al menos no hoy. Consideré ir a mi casillero y ahí comerme el sándwich de jamón que había preparado en casa antes de que mamá me diera aquellos diez dólares; así podría gastar el dinero en algo más. En vez de eso, deambulé por los pasillos dándole mordiscos a mi sándwich hasta que sonó la campana de nuevo. Problema resuelto.

El autobús me dejó en casa pasadas las cuatro de la tarde. Lo primero que hice fue darle toquecitos a la ventana de mi habitación pues necesitaba hablar con Jade, pero no respondió.

Encendí las luces de la cocina y la sala. Mamá y mis hermanos llegarían a casa en menos de una hora; mamá los había inscrito en un programa para después de clases en el YMCA, porque yo ya no podría recogerlos después de clases. Revisé el refrigerador, pero no había nada más que arroz viejo en una olla. Puaj. Durante la siguiente hora toqué mi ventana una docena de veces, pero nada. Jade tampoco respondía a mis mensajes de texto.

De hecho, intenté hacer mi tarea, pero para ser honesta, no tenía la energía para revisar los paquetes introductorios de cada uno de los maestros, paquetes que incluían el programa de estudios, las expectativas del curso, las reglas y los procedimientos. Mucho menos tenía la energía para hacer las tareas. Así que le dejé una nota a mamá —imaginé que, seguramente, habían pasado a la tienda— y me metí debajo de mi edredón. Estaba exhausta. El viento azotaba la ventana mientras repasaba el día en mi cabeza, desde la comida hasta los atuendos tan *fashion* que vi en Westburg. No iba a pensar en la humillación que tuve con los niños METCO. Me daba cuenta de que la mayoría de las chicas de la escuela llevaban zapatos marca Converse o Uggs, incluso si vestían faldas cortas o leggins. Los zapatos de algunos tenían hoyos en las puntas. Para chicos tan adinerados —bueno, sus papás son los adinerados— me sorprendió verlos vestidos de una forma tan descuidada. Llevaban jeans muy gastados, playeras arrugadas, calcetas y calcetines que no hacían juego y muchos llevaban sudaderas. Era todo lo contrario a lo que veía en mi antigua escuela donde, por darte un ejemplo, inmediatamente después de las vacaciones de fin de año, todos llegaban vistiendo como si fueran parte de un desfile de modas, pues vestían la ropa que habían recibido como regalo para Navidad. Jeans nuevecitos, zapatos recién sacados de la caja —con las agujetas sin atar, claro está—, abrigos abultados, uñas nuevas, joyas nuevas, peinados nuevos. En mi antigua escuela ponen mucho énfasis en los tejidos. Al cabo de una semana, todos volvían a vestir como antes pues la frescura y nitidez de los jeans se había esfumado ya y las uñas habían empezado a astillarse.

Bostecé y volteé a ver mi alarma. Eran apenas las 6:12, p.m. Oye, levantarse a las cinco de la mañana es algo terrible. Consideré no poner la alarma y luego pensé en qué pasaría si pierdo el autobús. No tendría forma de ir a la escuela y mamá se enojaría muchísimo. Otro bostezo. Apenas podía mantener los ojos abiertos, pero imágenes de los niños METCO en el graderío del gimnasio aparecieron frente a mí. La chica de los Doritos y esa actitud tan horrible. ¿Cuál es su problema? Un bostezo más. Nunca me había ido a la cama tan temprano, pero me fui a acostar, apagué la lámpara y, en el último instante, puse la alarma para el día siguiente. Quizás la chica de los Doritos solo había tenido un mal día. Quizás mañana ella sea más amable. Quizás.

6

Cuando sonó la alarma a las 5:10 am, golpeé el botón de "APAGAR" tan duro que derribé el reloj y la pila de libros que tenía junto a mi mesa de noche. Diez minutos. Necesitaba otros diez minutos. A pesar de que me había ido a dormir a la hora que se van a dormir las abuelas, igual estaba muy cansada. Cuando finalmente logré salir de la cama para alistarme y fui a la cocina, descubrí algo muy genial…

¡Mamá me había comprado un teléfono nuevo! Había recibido una actualización de su plan de teléfono y, ni te imaginas, estaba cargado y todo. Dejó el teléfono junto a una nota que decía que quería tener una manera de comunicarse conmigo en cualquier momento. La verdad es que estuve fuera casi todo el día y mi teléfono antiguo empezó a tener problemas de carga después de que le rompí la pantalla por accidente, así que… ¡Oh, sí!

En mi segundo día de clases no había una chica pelirroja en la entrada quitándole un chicle a su zapato, pero sí había otra chica. Una chica latina, alta, flaca, pero con curvas. Era un poco difícil notar el contorno de sus curvas porque llevaba puesto un enorme sudadera de Westburg que seguro le pertenecía a otra persona. A su novio, quizás. Había fijado su cabello con alfileres para que se mantuviera recto y yo imaginé que había pasado horas domando cada cabello hasta que todos obedecieron sus órdenes. Además, una franja azul le atravesaba el costado derecho de su cabellera. No sabía si ella era una chica *cool* o si parecía una bruja punk.

La chica caminó hacia mí y extendió su mano como si fuera una maestra y no una estudiante más.

—Buenos días, mi nombre es Génesis Peña —dijo. *Ah*, exclamé para mis adentros, *mi compañera del programa METCO.*

—¡Hola! —le dije y de inmediato le di la mano.

—Tú eres Liliana, ¿cierto? ¿Vienes de JP? Bienvenida a Westburg. Perdón por no haber venido ayer. Tuve una entrevista en una universidad. Da igual. Yo soy de Roxbury. De lunes a viernes estoy acá, en Westburg, con mi familia anfitriona porque siempre tengo muchas actividades escolares planificadas. Así que solo los lunes y viernes voy en el autobús de la escuela, a menos que me quede un viernes en el club de teatro o para ayudar a preparar la fiesta de graduación. —Génesis hizo una pausa, tomó aliento y continuó—. No pongas esa cara de miedo. Sí, sí, hablo muy rápido. Al menos eso dice la gente. Lo que pasa es que soy una persona muy nerviosa. ¡No estoy nerviosa hablando contigo! Es que, de momento, estoy preparando mi solicitud universitaria para ir a Yale y eso me tiene alterada. Es una prueba de una sola opción.

—¿De una sola opción? —exclamé mientras trataba de entender cómo ella tenía tanta energía.

—Es una prueba de una sola opción del programa Early Action. Es como aprender a tomar decisiones con anticipación.

—Sí, claro, claro. —*¿Qué, qué?*, pensé.

—Pues, nada, espero que me acepten porque no quisiera tener que realizar todo el proceso de admisión, ¿me entiendes? Aunque supongo que ya tuve que hacerlo. Ya hice mi SAT y el SAT II, un ensayo, una entrevista, y ni me recuerdes cuánto tiempo me tardé en preparar mi *currículum*—señaló.

—*Currículum* —dije. Tenía la garganta seca.

—*Currículum vitae*. Es como una hoja de vida.

Antes de eso, no había escuchado a alguien como yo —es decir, una latina— hablar así, como si fuera una persona blanca. Bueno, no del todo. Es difícil explicarlo. Me costaba trabajo entenderla. Hablaba en inglés, pero era como si hablara un inglés diferente. Al menos no me miraba con odio, si le fuese a quitar sus Doritos o algo semejante. Génesis empezó a caminar, así que fui detrás de ella. Mientras íbamos por el pasillo principal, ella señalaba a un lado y otro. Me mostró al laboratorio de computación, el estudio de danza (¿tienen un estudio de danza?), la biblioteca, el salón de escritura. Espera. ¿Qué? ¿Un salón de escritura? ¿Tienen un salón donde puedes ir a escribir y nada más? Tuve que preguntarle al respecto.

—¿Qué tipo de cosas puedes hacer en el salón de escritura? —pregunté.

—Liliana —dijo Génesis y dejó de caminar—. ¿Hablas en serio?

—Digo, ¿qué hace la gente ahí además de lo obvio?

Asintió con la cabeza.

—Pues, puedes dar tutorías a otros niños o ayudarlos a hacer sus tareas de inglés.

—¡Oh! —Me había imaginado *beanbags* y luces tenues y tazas llenas de lapiceros de tinta de gel.

—¿Por qué tan decepcionada? Tu currículum tiene más peso si das tutorías—me informó.

Génesis saludó a todos los maestros que pasaron a un lado nuestro. Uno, incluso, llegó a hablarle a ella.

—Para reiterar, te motivo a aplicar a mi *alma mater*. Tienen mucho dinero y la capacidad de ofrecer ayuda financiera a sus estudiantes.

Otro le dijo:

—Oye, Gen. ¿Qué tal te va con la solicitud para aplicar a Yale?

—Ahí va —respondió.

—¿Cómo fue que te dijo? ¿Gen? —pregunté sorprendida.

—Sí.

Evidentemente, Génesis es una gran conversadora, igual que mi papá y conocía la escuela como la palma de su mano. Sí se tomó un segundo —literalmente un segundo— para preguntarme cosas sobre mí.

—Cuéntame de ti —dijo—. ¿Qué hace que tú seas tú? —Hablaba igual que un oficial de ingresos de alguna universidad. Pensé en decirle: *odio los funerales. Le tengo miedo a los gatos. Después de que en clase leímos* Noche *de Elie Wiesel, el año pasado, juré nunca hacerme un tatuaje.* Mejor contarle que me encantaba hacer edificios y casas, y otras cosas con cartón; o de cómo había hecho barras de pan para la pastelería usando cacahuates y había construido un edificio que de día era una tienda de alfombras y, de noche, una iglesia pentecostal. Pero dudé de que Génesis quisiera escucharme hablar de eso.

Finalmente le dije:

—Me encanta escribir.

Génesis levantó una ceja.

—Entonces deberías ir al salón de escritura.

Cuando parecía que no había más que mostrarme, Génesis me llevó al sótano para ver el "mejor baño de todo el edificio".

Tan pronto abrió la puerta, Génesis cambió de actitud.

—¡Muévanse! —gritó.

Unas chicas que parecían de primer año se hicieron a un lado de inmediato y luego se agruparon frente a un espejo. Génesis luego espantó a dos chicas que estaban debajo de una ventana cerca del techo. Hicieron una mueca, pero se apartaron cuando Génesis trepó sobre el calentador antes de abrir la ventana. Volvió a bajar y sacó de su mochila una gran botella violeta de aerosol para cabello y un cigarro electrónico marca JUUL. Me entregó el JUUL y dijo:

—Sostén esto. ¿Quéeee?

Rápidamente escondí el cigarro electrónico en mi manga, por si acaso alguna maestra entraba al baño. Lo que me falta, ser la chica a la que expulsan del programa METCO en su primer día, bueno, segundo día. *Si pasa algo así, mamá me mata*, pensé.

Génesis se levantó la falda, para que se viera más corta y me lanzó una mirada seria.

—No seas tan paranoica. Las maestras no vienen a este baño. Tienen sus propios baños.

¿Quién es esta chica?, me preguntaba a mí misma. Primero, camina por el pasillo como si fuera la próxima presidenta de la clase y, al minuto siguiente, le baja el zíper a su sudadera para... oh. No es tan flaca, después de todo. Génesis llevaba un top negro que le quedaba tan corto que parecía ser talla para niños. Tenía una cintura pequeñísima. Me vi a mí misma en el espejo. Cárdigan magenta sobre una camisa blanca de cuello V y unos jeans. Cara de sueño. Llevaba un collar de oro con mi nombre sobre el pecho.

Génesis roció un chorro de aerosol sobre su cabello.

—¡Te veo, Gen! —dijo una chica y salió del baño.

—Ponme atención —me indicó suave y repentinamente, mientras me apuntaba la boquilla de la botella de aerosol.

—¡Oye! —dije y me agaché—. ¿Qué te pasa?

—No tengas amigos acá—me sugirió.

La vi fijamente con la boca abierta.

—¿De qué hablas? ¿Ese es tu consejo de bienvenida?

Génesis soltó una risita.

—Eres graciosa—me dijo.

—Gracias —contesté y enderecé mi collar.

—Es que… pareces ser una chica inteligente.

No supe qué responderle.

—Pero hablando en serio, sabes a qué me refiero. Las chicas van a ser amables en tu presencia. Ya sabes, "Hola. Tienes tanta suerte de hablar español. De seguro sacas puras "A" en esa clase". O tipo, "¿Me puedes enseñar a aplicarme rímel como tú?". Pero a tus espaldas dicen cosas como, "Por Dios, no puedo creer que se vista así" y "¿Por qué viene a esta escuela?"—. Apretó con fuerza el botón de la botella de aerosol y una nube olor a uva apareció entre nosotras, lo que me hizo toser.

—Confía en mí. No confíes en nadie—. Bajó aún más el tono de su voz—. Especialmente, no confíes en los chicos blancos.

Guau. Okey. Recordé de inmediato al chico del gimnasio, el que llevaba la camisa de *soccer*. Era blanco. Era blanco. Rápido cambié la conversación y le pregunté cosas sobre el programa METCO.

—Y entonces, tenemos reuniones del programa, ¿o qué? ¿Vamos a tener reuniones con el señor Rivera? ¿Qué tal es él?— quise saber.

—Sí, él es el asesor docente del programa. Es buena onda. Y, pues, sí, te perdiste nuestra primera reunión. A lo mejor es nuestra única reunión. Él es uno de dos maestros de color en toda la escuela, así que hace mil cosas a la vez.

—Oh—me lamenté.

—Así son las cosas: júntate con los otros chicos METCO —dijo Génesis y volteó a ver su propio reflejo.

—Sobre eso... Bueno... —agregué y volví a toser. ¡El aerosol de Génesis era un veneno letal!—. Perdón. Pues ayer intenté sentarme con ellos, pero me aplicaron la ley del hielo.

Génesis frunció el ceño.

—¿Cómo?

—Me trataron muy mal. Los chicos se burlaron de mí y las chicas me vieron de arriba abajo y ya. Fue algo... vergonzoso—le conté.

—Ay, por favor. Fue una prueba. —Génesis peinó un cabello invisible.

—O sea, todos me trataron muy mal, excepto un chico de nombre Rayshawn. Y, ¿una prueba? ¿Hablas en serio? —dije.

—Confía en mí, son buena onda. Escúchame, tenemos que mantenernos juntas. Te lo digo en serio—advirtió.

Alguien dentro de uno de los baños tiró de la cadena del inodoro.

—Okey —asentí—. Pues, bueno, tengo que ir a clase.

—Espera —dijo Génesis y extendió su mano.

—Cierto. —Le entregué su cigarro JUUL—. ¿Nos vemos a la hora del almuerzo? —dije; no quise sonar muy desesperada.

Génesis roció su cabelló una vez más y dijo:

—Oh... lo siento. No puedo. Club de teatro. Nos saltamos la hora del almuerzo para ensayar.

—Oh. —Genial. Otro día para sentirme como una extraña ante un grupo de extraños.

—No te preocupes. Como te dije, júntate con los chicos METCO. Dijiste que Rayshawn te trató bien. Es muy buena onda. Siéntate con él. —Génesis dejó de verse en el espejo—. Okey, puedes irte. Tengo que hacer pis y no puedo ir si hay alguien más acá dentro. Tengo un problema.

Hice un esfuerzo, realmente me esforcé para responderle a los maestros los comentarios y preguntas que me hacían. *¿Qué tal te estás adaptando a la escuela? Sabes dónde están los centros para tutorías, ¿no? Seguro vas a sentir que acá son más difíciles las tareas que en tu escuela de Boston. Eres de Boston, ¿cierto? ¿De dónde eres?* Me hacían sentir muy tonta. ¿Los maestros no deben motivar lo opuesto? Y no es por nada, pero ¿esta es la escuela que mis padres querían para mí? Mi papá siempre dice que debemos estar orgullosos de ser latinos y todo eso, ¿entonces por qué él y mamá querían que fuera a una escuela de niños blancos donde los maestros, prácticamente, te llevan de la mano?

Primero tenía que tomar esas estúpidas pruebas de diagnóstico, a pesar de que ya llevaba cursos preuniversitarios. Tenía que hacer una prueba de escritura para la clase de inglés, pero para cuando sonó la campana, todavía no había terminado, lo cual no tuvo *nada* que ver con la posibilidad de que no llegara a tiempo a la hora de almuerzo. Le pregunté a mi nueva maestra de inglés si podía terminar mi ensayo durante la hora de almuerzo y, ni te imaginas, me dijo que podía dejar el ensayo en el escritorio cuando terminara. No me hizo preguntas. No me preguntó si tenía algún pase o permiso. Nada. Mis maestros de la escuela de Boston me hubieran hecho mil preguntas. Son muy desconfiados. Siempre que salían de clase se llevaban sus bolsas, incluso si iban solo a la máquina expendedora que estaba en el pasillo. Y no digamos sus laptops. O sea, ¿qué onda? Pero ¿acá? O sea, acá los estudiantes ni siquiera le ponen candado a sus casilleros. Acá, los maestros simplemente me dejan sola para escribir y escribir, y a nadie le importa si me tardo mucho en terminar las pruebas.

Desafortunadamente, no había terminado la hora del receso para cuando acabé el ensayo, así que, al final de cuentas, tuve que ir a la cafetería. La chica de los Doritos me lanzó una mirada como si quisiera comerme viva. Así que pasé a un lado de su mesa. Tampoco es que hubieran hecho lugar para que me sentara ni nada de eso.

Pero igual —ush— ahora tenía que pasar al lado del chico lindo que estaba con sus amigos y todos hablaban con la boca llena de comida. Uno de los amigos del chico lindo copiaba la tarea del cuaderno de otro chico. Me obligué a no levantar la mirada, especialmente cuando ese tipo tenía la mirada en alto, pero me pasó eso de que tu cuerpo hace lo contrario que tu cerebro le dice que tiene que hacer y levanté la mirada. El chico llevaba otra camisa con el número trece, solo que de un color distinto y bebía un cartón de leche con chocolate. Me miró con el rabillo de su ojo. Yo devolví la mirada y recordé lo que Génesis me había dicho: que me alejara de los chicos blancos. Nada de chicos blancos ni de lugares donde sentarme a comer.

Iba por el pasillo. Acababa de darle una mordida a mi sándwich —de jamón, otra vez— cuando escuché una voz diciendo mi nombre.

—¿Liliana? —dijo— ¿Liliana Cruz?

Tragué lo más rápido que pude.

—¡Soy yo! —respondí y me di la vuelta.

Un hombre de traje azul y corbata de nubecitas corrió hacia mí y me dio la mano.

—¡Hola! Soy el señor Rivera, el director del programa METCO. —Tenía el cabello lleno de canas y me recordó a un joven Don Francisco, el tipo viejo del *show* de variedades *Sábado Gigante*, un programa que mis papás ven todos los sábados por la noche—. Tenía la esperanza de toparme contigo, para así fijar una hora para tener una reunión. ¿Qué tal te va? Sé que puede ser un gran cambio para ti. ¿Ya te dieron un *tour* por la escuela? ¿Te están gustando las clases? ¿Conociste ya a tu compañera del programa?

Guau. No supe qué pregunta responder primero.

—Estoy bien —dije. Sí decía algo más, seguramente el señor Rivera me haría una docena de preguntas.

—Genial. Escúchame. Ve a mi oficina cuando puedas, está al lado de la oficina de orientación. No puedes perder. Cerca del tenis que está en el *lobby* del edificio. Ya sabes, el zapato tenis de Larry Bird.

Lo vi fijamente a los ojos. No sabía de qué me estaba hablando.

—Ya sabes, Bird, uno de los mejores jugadores de los Boston Celtics de todos los tiempos. Una vez vino a la escuela de visita.

—Ah, sí —dije. *Así que por eso hay un zapato tenis cualquiera dentro de una caja de vidrio como si fuera un casco vikingo o algo así*, pensé.

—Pasa a verme. Podemos hablar un rato. —El *walkie-talkie* del señor Rivera hizo ruido—. Debo irme, Liliana. Tengo una reunión. Pero escúchame, ve al *lounge* para estudiantes que está en la oficina METCO. —Otra vez hizo ruido su *walkie-talkie*—. ¡Nos vemos! —dijo y se fue corriendo.

Le envié un mensaje de texto a Jade: **estoy almorzando sola. En el pasillo ☹**

Respondió: **¿En serio? *Lol.* Estoy en un examen. ¿Te llamo dsps?**

Terminé de comer y fui al altar del zapato. Quería ver dónde estaba, ya sabes, por si acaso algún día me reunía con el señor Rivera. No iba a ser peor que comer sola en el pasillo, ¿o sí?

De vuelta a casa y porque debía estar haciendo tareas, decidí organizar mi clóset porque siempre me hace sentir que estoy siendo productiva. ¡Es en serio! Tomé toda mi ropa de verano y la metí en una bolsa de basura, la cual puse debajo de mi cama. Encontré una sudadera vieja que llevaba tiempo sin usar. Al frente estaba mi nombre escrito con letras rosas y pintura de aerosol. ¡Qué cursi! Me encantaba esa sudadera. La extendí; era la que usaba antes de ir a Westburg. Me la probé, pero *nop*. La sentía muy apretada. Solté una risita. *¡Debería dárselo a Génesis!*, me dije y luego recordé que otras personas le dicen "Gen". Tal vez en un inicio ella se presentó como Gen. Liliana. Liliana Cruz. Tal vez debería cambiar un poco las cosas. Escuela nueva. Nombre nuevo. No cambiarlo del todo, como cuando te casas o cuando tienes que esconderte porque eres parte de un programa de protección de testigos, pero igual cambiarlo, digo, revisarlo. Algo así como Lili. Sí. Lili. Técnicamente es parte de "Liliana". Lo dije en voz alta algunas veces. "Lili Cruz, Lili Cruz. Me llamo Lili Cruz". ¡No suena mal! La verdad es que sentí que había recibido un cambio de imagen o al menos un buen corte de cabello. Era un nuevo inicio. Y de ninguna manera me iba a cortar el cabello. Entonces sería Lili. Bienvenida a Westburg, Lili.

Hacer exámenes de Geometría no es la cosa más emocionante del mundo, por si no lo sabías. No podía dejar de pensar en otras cosas. Esa mañana vi cuando el número trece se bajó del autobús al mismo tiempo que yo y, sí, otra vez me miró a los ojos. El tipo de mirada que se te queda impregnada en la piel, si sabes a qué me refiero. Hasta que volteó, por supuesto.

Mi maestro estaba inspirado. Escribía, etiquetaba, hablaba. Tenía que recuperar el control. Tomé mi lápiz y empecé a copiar las pruebas. ¿Cuánto falta para que acabe la clase? Le eché un vistazo al reloj que estaba sobre la puerta del salón y y, entonces, ocurrió algo muy loco: lo vi otra vez, al chico de la camisa de *soccer* caminando frente a mi clase. De repente, se me quitó el sueño. Estaba muy muy despierta. Sentí la necesidad de ir tras él. *Tal vez todavía está allá afuera*, pensé. Tal vez hoy sí tendría el valor de hablarle. Levanté la mano.

—¿Sí? —dijo el maestro; parecía molesto.

—¿Me puede dar el pase para ir al baño? —pregunté.

Levantó su marcador marca Expo, lo cual interpreté como un "Sí". Me puse de pie y con el corazón a mil por hora caminé hacia el pasillo.

—¿Señorita Cruz? —dijo el maestro.

—¿Sí?

—¿El pase?

—Cierto, cierto—. Tomé el pequeño bloque de madera que tenía en la mano.

Al final no lo necesité porque, justo en ese momento, sonó la alarma de incendios y todos, hasta el chico que estaba dormido en la última fila, salieron corriendo hacia el pasillo mientras platicaban entre sí, se reían y decían cosas como "Gracias, Dios". Al mismo tiempo, los maestros —que estaban junto al gran letrero rojo que dice "Salida" — nos daban instrucciones para salir de la escuela. Usualmente, es genial que ocurra un simulacro de incendio en medio de una clase, pero diablos, había perdido la oportunidad de, ya sabes, ver al chico de la camisa de *soccer*. Tenía que saber su nombre.

Los niños se reunieron afuera, en el césped, pero no vi a nadie conocido, así que cerré los ojos y levanté el rostro hacia el sol; sentí el calor en la piel y fue como si estuviera recargándome, como si fuera un teléfono celular o algo así. Me quedé ahí parada, con la cara hacia arriba, cuando escuché a alguien carraspear. Esa persona luego dijo:

—Oye. Hola.

Era la voz de un chico.

Abrí los ojos y frente a mí, a unos dos pies de distancia, estaba el chico de la camisa de *soccer*. Estaba entre el sol y yo, por lo que casi no podía verlo, pero por la manera en que distribuía su peso de una pierna a la otra, parecía que... tal vez estaba tan nervioso como yo y eso que él había ido a hablarme a mí.

—¡Hola! —dije y sentí un trueno en el pecho.

—Eres nueva, ¿cierto?

—Sí.

Di algo más. Dile que vienes de Boston. Dile que te alegró escuchar la alarma de incendios porque estabas en clase de Matemática. No le digas que te gusta mucho su cara.

—¿De dónde eres? —preguntó antes de que yo pudiera llevar algunos de mis pensamientos hacia mi boca.

—Jamaica Plain —respondí.

Hizo la cabeza a un lado.

—Boston —añadí rápidamente y empecé a jugar con mi collar.

—*Cool.*

El chico bajó la mirada, vio mis pies y luego volteó a verme a mí. Intenté ver lo que él había visto: un par de jeans muy apretados, una sudadera a medio cerrar, una camiseta sin mangas color violeta, un collar de oro falso que decía LILIANA y estaba sobre mi pecho. Me di cuenta de que me miraba con atención y era algo atemorizante y, al mismo tiempo, muy emocionante.

—Dustin —dijo él.

—¿Qué?

—Me llamo Dustin. Yo sé, es algo raro. A mis papás les gustaba mucho Dustin Hoffman. Es algo muy triste, pero es cierto.

¡Di algo! ¡Lo que sea!

—Ya sabes, Dustin Hoffman, el actor —aclaró.

—Ah, sí —dije y le sonreí. No tenía idea de qué me estaba hablando.

Afortunadamente, otro chico se acercó a nosotros, le quitó a Dustin el teléfono que tenía en el bolsillo trasero y se lo metió entre el bóxer.

—Oye, ¡perdedor! —dijo.

Dustin abrió los ojos como diciéndole al chico: *No puedo creer que hayas hecho eso*.

—Dame mi teléfono, ¡pedazo de mierda! —Entonces se abalanzó sobre el chico para recuperar su teléfono, pero fue incómodo por el lugar donde el chico lo había escondido. El chico finalmente metió la mano en su ropa interior y se sacó el teléfono de Dustin.

—Oye, ¡era solo una broma!

—¡Oye!

—¿Y tú quién eres? —dijo el otro chico mirándome. Noté el enojo en su voz.

—Liliana. Digo, Lili.

El chico no fue nada sutil. Me miró los pechos y no dejó de verlos hasta que me cerré la sudadera y llevé el zíper prácticamente a mi barbilla.

Una sonrisa pícara apareció en su rostro.

—Soy Steve —dijo y quiso darme la mano, pero no le correspondí. Puaj.

—¡Hola! —le solté.

—¿Y tú qué eres? —quiso saber.

Entrecerré los ojos.

—Perdón.

—¿De dónde eres? —preguntó.

—Soy de Boston. —Respondí rápidamente.

—No, o sea, ¿realmente de dónde eres?— insistió.

—¿Qué? —¿Acaso les hace la misma pregunta a todos los chicos METCO? No importa. Sabía cuál era la respuesta que él esperaba escuchar. Es un imbécil, pensé. Además, el chico apestaba. Literalmente, olía muy mal.

Dustin me lo confirmó, porque de inmediato le dio un empujón y dijo:

—Steve, en serio, ve a darte una ducha. Apestas horrible.

Steve sonrió.

—Nop —dijo—. Nada de duchas hasta después del partido de mañana. Puede que sea una superstición, pero a mí me funciona. —Luego intentó acercar su axila a la cara de Dustin, pero Dustin lo volvió a empujar, esta vez con más fuerza.

—Oye, estás enfermo.

El tal Steve fue a molestar a alguien más. Dustin se encogió de hombros.

—Él es capaz de ser un gran idiota—me dijo.

—Vaya que sí.

—Pensarías que estoy mintiendo, pero tiene un cerebro dentro de la cabeza. De hecho, es muy inteligente—señaló.

Me llevé las manos a los bolsillos, pues no sabía qué decir.

—El año pasado participó en *Jeopardy*! para adolescentes. ¡Hablo en serio!

—¿Qué? ¿Creerías que soy una persona muy superficial si te digo que no podía dejar de ver lo lindo que era Dustin? Sus ojos. Tenía un poco de verde en ellos. No. Podía. Dejar. De. Verlo. Pero tuve que apartar la vista, porque el subdirector, con megáfono en mano, nos dijo que debíamos volver adentro.

—¡Falsa alarma, chicos! Alguien activó la alarma a modo de broma. —Todos empezaron a abuchear. Todos menos Dustin y yo.

Él seguía viéndome.

—Supongo que se acabó el simulacro —fue lo único que se me ocurrió decirle. ¡Brillante! Quería darme un golpe en la cabeza a mí misma. Los estudiantes hicieron fila para volver al edificio. Podría jurar que vi que la multitud se hizo a un lado para que pasaran los jugadores de básquetbol. Raysha-wn iba al frente del grupo.

—Sí, falsa alarma —dijo Dustin y se tronó los nudillos antes de dibujar una amplia sonrisa en su rostro.

—Sí —dije.

—Sí —volvió a decir y alargó su sonrisa.

—Espera. ¿Fuiste tú?

Su mandíbula dio un brinco.

—¿Tú activaste la alarma? —susurré. *¿Dustin activó la alarma?*

Con un gesto me dijo que guardara silencio.

El subdirector se acercó a nosotros y aplaudió un par de veces.

—¡Vamos, muchachos!

Me hice a un lado.

—Supongo que debemos volver a clase —dije. Vaya si soy una persona brillante.

—Te acompaño a tu clase de Matemática —propuso Dustin.

—Gracias —le respondí mientras nos acercábamos a la puerta principal. ¿Realmente está pasando esto?—. Espera. ¿Cómo sabías que tengo que ir a la clase de Matemática?

Dustin sostuvo la puerta para que yo pasara. Estaba tan cerca de él que sentí el olor de su champú. A lo mejor era su ChapStick. Lo que fuera, olía fantástico.

De nuevo, Dustin sonrió pícaro.

—Sé que estabas en clase de Matemática, porque vi que estabas ahí. Parecías estar aburrida.

—Así que… ¿en ese momento… decidiste activar la alarma contra incendios? —pregunté sin levantar la voz.

—Sí. ¿Cómo diablos iba a poder finalmente hablar contigo?— respondió.

—Oh.

—Además, te vas a casa tan pronto acaban las clases. Te vas en el bus METCO, ¿cierto? Estás en primer grado, ¿no? —quiso saber.

—Sí, ¿y tú? —Sentí calor en el rostro.

—Tercer grado.

—Oh.

—De cualquier modo, tenía que encontrar un pretexto para hablarte—explicó.

—Em, ¿no pudiste ir a hablarme un día en el pasillo o en la cafetería? ¿No se te ocurrió hacer algo más obvio?

—Eso es aburrido y poco original —repuso.

—Es cierto —admití. Muy cierto.

* * * *

Así que eso pasó.

Ya sé. YA SÉ.

Me dio su número de teléfono y yo le di el mío y entonces, *boom*, de inmediato me envió tres mensajes de texto. Texteamos un rato. Todo de manera muy relajada. Pero de repente me invitó a ir a verlo jugar *soccer* el jueves. ¡Ya sé! Por supuesto que lo primero que pensé es que mamá no me daría permiso de ir porque ella siempre se esfuerza para ser la madre más estricta del año. No es que quisiera darle más preocupaciones. Pero ir a un juego de *soccer* escolar NO debería preocuparla. Me di cuenta de que tenía que encontrar la manera de ir.

7

Lo primero que hice cuando escuché que mamá y mis hermanos volvieron a casa, fue abrirles la puerta y ayudarles con las bolsas que llevaban. Ya sabes, para agradarle. Mis hermanos llevaban todas las bolsas y no dejaban de hablar sobre… ¿cocinar? Resulta que en el YMCA hay un club de cocina para niños y les gustó recibir clases de cocina. Incluso dijeron que querían preparar la cena. ¡Mis hermanos! ¡Querían preparar la cena! ¡Esa noche! A mamá le encantó la idea. Papá hubiera estado estupefacto (es una de las palabras que aprendí en clase) y le hubiera emocionado saber que sus hijos podían hervir agua sin quemar la cocina.

Mis hermanos empezaron a desempacar las bolsas del supermercado y era evidente que estaban muy emocionados. Christopher se parece a mamá y sus ojos empezaron a brillar como los de ella. Por otro lado, Benjamín tiene los ojos de papá. Son ojos tiernos y parecen siempre estar sonriendo, si es que eso tiene sentido. Juntos, empezaron a apilar comida que nunca los había visto comer en la encimera de la cocina. Benjamín estaba muy feliz mientras sacaba una lata de salsa para hacer *chili*. Christopher dijo: "No lo olvides. ¡Primero tenemos que lavarnos las manos!". ¿Quéeee? ¿Dónde estaba yo cuando ellos aprendieron todo esto?

Mamá les dio un beso en la mejilla a cada uno y luego salió del cuarto. Decidí esperar un rato antes de decirle lo del partido del jueves. Lo que pasa es que siempre que se va a su cuarto es como si no estuviera en la casa, como si no estuviera disponible. O sea, mis hermanos querían hacer algo más que jugar videojuegos y ella apenas lo notó. Papá se hubiera involucrado en todo. Les hubiera hecho un millón de preguntas y les hubiera pedido que le explicaran todo lo que iban a hacer para hacerlos sentir que eran unos expertos, pero mi papá no sabía nada del club de cocina. No sabía que yo comía mi almuerzo en el pasillo de una escuela lujosa a la que, aparentemente, él quería que yo fuera. Con mi papá pasa algo curioso. Siempre que le hablas de algo, él tiene ideas de cómo mejorarlo. ¿Qué diría del programa METCO? ¿Qué diría de la chica de los Doritos? ¿Qué diría de los chicos que me ignoraron?

Luego de que Benjamín y Christopher cocinaron pollo con salsa de chili y brócoli (que no estuvo nada mal) y se fueron a su cuarto a jugar videojuegos (¡sin siquiera lavar los platos!), mamá entró a la cocina mientras ajustaba el cinturón de su bata. Al menos parecía estar tranquila. Decidí arriesgarme.

—Mamá, quiero hacerte una pregunta.

Ahogó un bostezo y dijo:

—Por favor, Liliana. Vaya, ya. ¿Qué pasó?

—Okey —dije y me lancé—. ¿Me puedo quedar mañana después de clases? Va a haber… un partido de *soccer*.

—No.

—¡Mamá! ¿Ni siquiera querés que te diga más del partido o cuánto dura, o si va a haber un transporte para los niños que se queden a verlo? A propósito, sí va a haber transporte.

Empezó a abrir y cerrar los puños, algo que hace siempre que está estresada; seguramente lo leyó en alguna revista.

—Liliana. No puedo estar preocupada preguntándome en dónde estás. Solo… Solo quiero que vayas a clase y volvás a casa. Por favor. —Sip. Imaginé que algo así iba a ocurrir—. Tengo suficientes cosas de qué preocuparme con lo de tu papá, que está en… —dijo y de repente dejó de hablar. ¿En? ¿EN? A ver, a ver, a ver. ¿Ella sabe dónde está mi papá?

—¿En dónde? ¿Dónde está mi papá? —pregunté casi escupiendo las palabras. ¡Ella sabe dónde está mi papá! ¡Es obvio que sabe!

De repente, mamá se puso muy pálida. Se agarró de la mesa, como para evitar caer al suelo y se dejó caer sobre una silla.

—¿Mamá? —insistí y me senté a la par de ella—. Decime y ya.

Me miró fijamente por un buen rato, tal vez un minuto entero. Si hubiera tenido un reloj a la mano lo sabría con certeza, pero no me cabe duda.

Al final, tomó aliento.

—Bueno… —dijo y asintió con la cabeza, como para convencerse de que no estaba haciendo nada malo—. Tu papá… Tu papá está en Guatemala.

Me congelaron sus palabras. ¿Guatemala? ¿*Guatemala*? ¿Qué está haciendo allá? Pero no dije nada, pues quería que me diera más detalles.

—Está en Guatemala porque… bueno. En un inicio y me avergüenza decir esto, creí que estaba con otra mujer, Liliana. A veces, parte de mí quisiera que lo estuviera.

Whaaa?

—¡Mamá!

Ella levantó la mano.

—Escuchame. Se metió en problemas. ¡No hizo nada malo! Creeme. —Bajó la mano—. Al principio hasta yo pensaba que había hecho algo.

La tomé del brazo. Intentaba no perder el control.

—¿Hacer qué cosa? ¿De qué estás hablando? Y ¿por qué no me dijiste antes?

—Ok, escuchame. Lo que pasó es que una noche él y unos de sus amigos fueron a un bar al salir de trabajar, y luego fueron a comer a un Wendy's. No es la gran cosa, ¿verdad? Entonces un tipo empezó a molestarlos. Les decía "spics" y cosas así. Les dijo que tenían los días contados. Uno de los amigos de tu papá se molestó mucho. Es posible que… pues, que el amigo de tu papá haya bebido mucho. Yo qué sé. Pero empezó a golpear al tipo ese que estaba amenazándolos. El *manager* del bar llamó a la policía. —Hizo una pausa y empezó a examinar uno de los manteles que estaban en la mesa, pues estaba un poco desgastado. Frunció el ceño y retomó nuestra conversación.

—Todo se puso peor tan pronto llegó la policía. Un amigo de tu papá empezó a pelear con uno de los policías y tu papá fue a ayudarlo. ¿Cómo no iba a ayudarlo? ¡Entonces el viejo ese empezó a golpearlo!

No podía creer lo que escuchaba.

Quería que dejara de hablar.

Quería que me contara más y más.

—*Anyway*, hay un video con todo eso y saben que tu papá actuó en defensa propia, pero no les importa—. Se limpió la nariz con la manga de su bata.

—Pero, mamá, no entiendo. ¿Qué tiene eso que ver con que mi papá esté en Guatemala?

Mamá cerró los puños, los volvió a abrir, los cerró una vez más, asintió con la cabeza y luego dijo muy suavemente:

—Liliana… deportaron a tu papá.

La miré fijamente, con la boca abierta.

—¿Qué? Pero a él no lo pueden deportar. ¿Cómo van a deportarlo a él, si él es ciudadano americano? ¿Verdad? ¿Verdad?

No puede ser. Seguro escuché mal. Fijo escuché otra cosa. Entonces vi a mamá y había pánico en su rostro. En serio. No, no, no.

Finalmente abrió la boca y dijo.

—No, Liliana. No es ciudadano americano.

Me hundí en mi silla. Oh, por Dios, ¿y eso qué significa? ¿Acaso…? ¿Acaso todos nosotros…? Tenía que saber la verdad.

—¿Él estaba acá…? ¿Mamá, vos sos indocumentada?

Mamá tomó una servilleta de la mesa y se la llevó a la cara. No podía creerlo. No podía moverme. Era como si alguien me hubiera cubierto con cemento. Mi papá… mi mamá… mis padres son indocumentados. No sabía qué decir. Y entonces mamá empezó a llorar.

No sé cuánto tiempo nos quedamos ahí. Mientras ella lloraba sobre una servilleta, yo había dirigido la mirada hacia la pared y no pude quitarla de ahí. Parecía que el cuarto empezaba a encogerse. Me llevé una mano al pecho para ver si seguía respirando. Okey. Todo bien.

Mientras estaba ahí sentada, imágenes y trozos del pasado que, en su momento, me habían confundido, desfilaron frente a mí. De repente, todo tuvo sentido.

Recordé la vez que tenía ocho años y estábamos en el centro comercial de South Shore y me perdí entre la multitud. Luego de hallarme, mamá me tomó de los hombros, me sacudió con fuerza y me dijo que si algo así volvía a pasar, debía llamar a la tía Carmen, que estaba en Lynn, no a ella o a mi papá.

Recordé la vez que, durante una fiesta de Año Nuevo en casa de un amigo de papá, en Everett, alguien dijo que un oficial de migración estaba subiendo las gradas y todos salieron por la puerta trasera. Papá me apretó tan fuerte que creí que me partiría los huesos. Nunca volvimos a Everett.

¡Oh, por Dios! Mamá está obsesionada con los formularios y los sobres y las facturas y con enviar solicitudes, con razón perdió la calma aquel día que no encontraba aquella carta. Con razón siempre está al borde de un ataque de nervios.

Y... oh, por Dios, por eso ella no puede conseguir un buen trabajo.

Todo tiene sentido. ¡Ay, Dios!

Luego nos fuimos a dormir y le envié un mensaje de texto a Jade, pero no me contestó. Toqué la ventana tres veces. Nada. *Por favor, Jade, ¿dónde estás? O sea. Carajo. Deportaron a mi papá. Deportaron a mi papá. Deportaron a mi papá. ¿Cuándo va a volver? ¿Va a poder volver algún día? ¿Qué vamos a hacer si no puede volver con nosotros? ¿Voy a tener que mudarme a Guatemala? ¡Aaahhh!* Mi cerebro iba a mil por hora. No. Papá tiene que encontrar una forma para volver a casa. Pero ¿va a tener que pagarle a un coyote? La primera vez que escuché esa palabra pensé que hablaban de un coyote de verdad, o sea, un animal. Pero, desde entonces supe que cuando la gente habla de "coyotes", muchas veces se refieren a las personas que contratan los inmigrantes y a quienes les pagan para llegar a los Estados Unidos.

Mi cuaderno morado me miraba fijamente. Prácticamente me estaba rogando que lo abriera. Que risa. De camino a casa, planeé pasar la noche escribiendo sobre Dustin... Sí, algunas personas tienen fantasías con el postre que van a comer más tarde, yo tengo fantasías con lo que voy a escribir en mi cuaderno. Pero sentía que lo que pasó con Dustin ocurrió en el siglo pasado. Tomé el cuaderno. Lo puse donde estaba. Lo volví a levantar y escribí "Hoy". Escribí "Hoy". Escribí la palabra "Hoy" unas setenta y cinco veces, una encima de la otra, hasta que le hice un hoyo a la página. Me temblaban las manos igual que les tiemblan a los ancianos. *Dang it.* ¿Dónde está Jade? Su abuela nunca le da permiso de estar tan tarde en la calle. Caminé de un lado a otro en mi habitación. Deportaron a mi papá. *Deportaron* a mí papá. Okey. Nunca había siquiera considerado que mis papás no eran ciudadanos americanos. O sea, ¿por qué siquiera pensarlo? A todas estas, ¿dónde exactamente está mi papá? ¿Tiene qué comer? ¿Tiene miedo? ¿Está con familiares o tiene que esconderse? No tenía ni idea. Y ¿cómo es que te deportan? ¿Te hacen caminar hasta donde está un avión que va a tu país de origen y te empujan dentro? ¿Vas todo el camino esposado? ¡Oh, por Dios! Gracias a Dios Jade finalmente respondió a mi mensaje de texto.

Yo: **puedes venir YA?**

Jade: **K**

Bajé las gradas corriendo; no quería que mamá escuchara el timbre.

—¿Estás bien, amiga? —preguntó Jade tan pronto abrí la puerta del edificio y me dio un gran abrazo.

Me aferré a ella; tenía impregnado el olor de la loción de Ernesto.

—La verdad es que no.

Jade dio un paso atrás y me observó con atención.

—Liliana, ¿qué pasó? —dijo. Jade iba vestida con ropa de verano: una falda de mezclilla y un top de cuello *halter*, y llevaba una chaqueta en la mano; ni siquiera le había dado tiempo de ponérsela.

—Todo mal. Ven. Sube. Te cuento lo que pasó —respondí suavemente.

—Oye, no puedo. Mi abuela va a perder la cabeza si no vuelvo a casa en cinco minutos. ¡Escúpelo!

Volteé a ver a las escaleras y me acerqué a mi amiga.

—Mi papá… Pues se fue hace un buen rato, ¿no? Pues, la verdad es que lo deportaron.

Se llevó la mano a la boca.

—No…

—Sí. Lo mandaron de vuelta a Guatemala.

Me mordí el labio inferior porque sentía que un llanto crecía dentro de mí, un llanto capaz de deformarme el rostro.

—Mierda. ¿Deportaron a tu papá?

—Ya sé.

—¿Es en serio?

—Sí, hombre.

Escuché a lo lejos la sirena de una ambulancia. Jade se puso la chaqueta y cruzó los brazos. —Qué desgracia.

Hablamos otro rato, pero realmente no recuerdo de qué hablamos. Lo único que recuerdo es que hablar con ella me hizo sentir mejor. Antes de irse, Jade me dio un gran abrazo.

Le eché un vistazo a la calle oscura que tenía enfrente, y sentí la cabeza como nublada. Le pedí a Dios que cuidara de mi papá. Una luz del alumbrado público empezó a parpadear y luego se extinguió. He visto esa calle unas mil veces antes, pero esa noche me pareció más oscura que nunca, más oscura que si alguien combinara las mil noches anteriores a esa. Sí, ya sé, es algo muy irónico.

A mi papá no le da miedo la oscuridad. Siempre dice que para que exista la luz debe existir también la oscuridad. Una no es nada sin la otra. Dice también que los problemas te fortalecen. Y, ¿sabes que cuando escuchas cosas así sientes que son muy cliché? Pero cuando realmente necesitas escucharlas, pues es raro, pero en verdad te ayuda pensar en ellas. Aun así, imaginé a mi papá pateando una piedrecita por una calle solitaria a miles de millas de nosotros. Le envié un abrazo con mi mente y le dije que siguiera adelante. Y, ¿sabes qué? Me di cuenta de que no necesitaba hablar con él para saber lo que él me diría. Me diría que yo también tenía que seguir adelante. Me diría, "Concéntrate. Dale una oportunidad al programa METCO y párate firme en Westburg. Haz lo que tú sabes hacer". Y eso fue lo que decidí hacer, sin que importa nada más.

Con la ayuda de mi actitud de "Haz lo que sabes hacer", que me protegía de mis ataques de pánico que salían a la superficie cada vez que pensaba en mi papá y dónde estaba, debo admitir que me emocionaba ver que mi calendario escolar indicaba que hoy era día categoría C. Eso significa que tenía clase doble de mi clase optativa de inglés, es decir, clase de escritura creativa. De camino al salón, vi que la chica de los Doritos y otra chica METCO —de nombre Ivy, creo— estaban frente a los casilleros. Ivy levantó la vista y medio sonrió, pero justo en ese momento la chica de los Doritos la haló del brazo y se fueron corriendo. Pues, bueno. Tal vez puedo escribir una historia donde ellas sean las villanas. En serio, creo que es una buena idea arremangarme y escribir y escribir. Pero lo malo es que la señora Grew no estimula mi creatividad de ninguna manera. Lo digo en serio.

Tomé asiento y vi a mi alrededor. Dentro estaba Rayshawn, en una de las esquinas del salón. Me sorprendió verlo ahí. Se me ocurrió que él hubiera preferido ir a levantar pesas o al salón de estudios. Pienso que él prefiere hacer cosas así. Pero ahí estaba. Vestía una sudadera azul y *shorts* de básquetbol. Ese día llevaba puestos unos aretes que no le había visto antes. Además, permanecía con los ojos cerrados.

La señora Grew nos pidió a todos que nos calmáramos. ¡Ja! En ese momento Rayshawn no pudo haber estado más relajado. Luego nos pidió que sacáramos una hoja de papel mientras ella escribía algo en el pizarrón. No pude evitar voltear a ver a Rayshawn. Sacó de su mochila un cuaderno delgado y un lapicero sin tapa. La luz que entró por la ventana fue atrapada por sus aretes y brilló con fuerza. Por el contrario, él parecía exhausto. Dirigí mi atención al pizarrón, donde la señora Grew había escrito el siguiente mensaje:

Describe uno de tus peores miedos y la vez que tuviste que enfrentarlo. Muéstrame cómo lo enfrentaste. No lo digas y ya.

—Tienen treinta minutos—dijo la señora Grew y miró fijamente su reloj.

En esta escuela no bromean, pensé. Se toman las cosas muy en serio.

Todos a mi alrededor empezaron a escribir con furia. Nada era capaz de detenerlos, excepto cuando tenían que empujar la mina de plomo de sus lápices mecánicos. Miré fijamente a las líneas pálidas de mi hoja de papel y traté de identificar mis peores miedos. Pues, tenía muchos, incluyendo dos nuevos: que mi papá no volviera nunca más a casa y que deportaran también a mamá, y que mis hermanos y yo quedáramos huérfanos. Bueno, sí, son tres en total. También tenía miedo de que Jade y yo dejáramos de ser mejores amigas y que desperdiciara la oportunidad que tenía de ir a

Westburg, una escuela con tantos recursos, incluyendo una piscina. En ese preciso momento, mi peor miedo era escribir ese ensayo. Así es. Tenía bloqueo de escritor. Algo muy malo.

—¿Hay algún problema, señorita Cruz? —quiso saber la señora Grew.

Le dije que no con la cabeza, me hundí en mi asiento y empecé a escribir. Escribí "algo, algo, algo" en las primeras dos filas de mi hoja de papel. Fue un completo desperdicio de plomo. Al menos parecía que estuviera escribiendo.

Apenas quince minutos después una chica levantó la mano.

—¿Sí, Paula?

—¿Puedo compartir lo que escribí? —dijo y casi se me salen los ojos. *¿Ya terminó?*, pensé.

La señora Grew le dijo que sí.

—¿Y luego yo? —preguntó otro niño que estaba en la primera fila.

—¿Y luego yo? —dijo otro niño.

¿Es en serio? A todos esos niños les emociona compartir lo que escribieron frente a todos. Tal vez reciben puntos extra por participar en clase o algo así. Saqué el programa de la clase y le di una hojeada. SIP. Participar en clase representa el 25% de la nota final. Leí con atención la letra chiquita. Guau. Decía también que, en cualquier momento, la maestra puede recoger los ejercicios de escritura y considerarlos como un examen que aporta a la nota final. Le eché un vistazo a mi "algo, algo, algo". No iba recibir siquiera una F con algo así. Yo tenía la culpa, por no leer el programa.

—¡Por supuesto! Todos pueden compartir lo que escribieron —exclamó la señora Grew mientras aplaudía para llamar nuestra atención.

Paula carraspeó; se quedó en su asiento, pero como tenía una voz fuerte, era como si sí se hubiera puesto de pie.

La vez que superé un miedo

Cuando era más pequeña, le tenía miedo al mar. Todo lo relacionado con el mar. Me asustaban las olas, las algas y todos los animales que viven en él. Pensaba que, si entraba a nadar, me iba a llevar la corriente y moriría. Soy una buena nadadora, pero entonces solo había nadado en piscinas. Cada vez que iba a la arena con amigos, me quedaba en la playa y les decía alguna mentira de por qué no podía entrar al agua. Pero quería superar ese miedo. Me prometí a mí misma que la próxima vez que fuera a la playa, entraría a nadar en el mar. Unas semanas después, me levanté muy temprano en la mañana. Había sol y mi papá había planeado que fuéramos a la playa. Cuando llegamos, tenía ganas de ir corriendo de vuelta a casa, pero sabía que tenía que enfrentar mis miedos. Caminé hasta estar a la orilla del mar, me quedé ahí y conté, "Uno", "Dos", "Tres" y entré corriendo al mar. Se sintió bien ya no tenerle miedo. Estaba feliz de haber enfrentado mi temor.

Guau. Fue una historia muy mala, pero la gente igual aplaudió a Paula. Primero, muy despacio, luego recibió toda una ovación. Doble guau. Estaba tan desesperada y quería pedir el pase para ir al baño solo para escapar de tanto entusiasmo, pero antes de que pudiera levantar la mano, un niño corrió al frente del salón.

—¡Jeremy D! —dijo la señora Grew en voz baja, como reprochando su comportamiento—. La próxima, espera a que te llame.

El tal Jeremy D. ignoró a la señora Grew y de inmediato empezó a leer su historia, ni siquiera hizo una pausa dramática como Paula, no esperó a que la maestra le indicara que podía empezar ni nada. "Mi videojuego favorito", gritó de tal manera que seguramente escucharon su voz en el salón al otro lado del pasillo.

La señora Grew puso su taza de café sobre un gabinete y dijo:

—Solo... Solo empieza y ya —la calma de su voz era espeluznante.

Mi videojuego favorito

En la portada de la caja decía que, en el juego, puedes usar unos ochenta y siete mil millones de armas. Es un buen juego para los fanáticos de las armas, el humor y la fantasía. De momento, un par de mis amigos tienen el juego y a otro amigo se lo van a regalar para Janucá. Y bueno, es un gran juego.

La clase le aplaudió a Jeremy D. La señora Grew escribió algo en su libreta. Tal vez ella también había escrito "algo, algo, algo". Durante un rato, la señora Grew habló sobre las imágenes y el poder que tiene la triple repetición en el proceso de escritura. Vi fuera de la ventana, al parqueo de la escuela que, según un letrero verde, es el parqueo para los de cuarto año. Guau. ¿O sea que los estudiantes de cuarto año tienen su propio parqueo? ¡Y además el parqueo está lleno! ¡Jesús! Mi familia no tiene siquiera un auto familiar.

—Ahora, quiero que revisen lo que escribieron. Vean si pueden sustituir abstractos y generalidades por frases más específicas e imágenes sensoriales, como discutimos la semana pasada. Recuerden, tenemos una hora más de clase —dijo la señora Grew y volteó a verme. Tragué saliva.

—Señorita Cruz, ¿puedo hablar contigo en el pasillo?

A lo mejor podría alcanzar a ver el "algo, algo, algo" que había escrito desde donde estaba. Fui tras ella, muriéndome de los nervios.

Al otro lado de la puerta, la señora Grew volteó a verme: sus ojos parecían dos pequeñas piscinas de agua azul y gris o cincos mojados. ¡Imágenes sensoriales! Puso su mano sobre mi hombro. Más sensaciones. ¿Por qué los maestros huelen a popurrí o a café?

—Liliana—dijo ella,y pronunció mi nombre como saboreando cada letra y sílaba—. ¿De dónde eres tú?

Dudé un segundó. Ella sabía que yo era parte del programa METCO, que era de Boston. ¿Entonces qué quiere saber de mí? ¿Quiere saber la dirección de mi casa?

—Jamaica Plain —respondí—. La plaza Hyde.

Asintió con la cabeza, pero me di cuenta de que ella no sabía dónde quedaba la plaza Hyde. —Quiero que sientas la libertad de expresarte abiertamente en mi clase. Queremos que tengas éxito acá. ¿Okey?

Jumm. Tal vez es buena onda, después de todo.

—Okey —dije y sonreí, y en ese momento decidí que iba a escribir sobre Jade y una de las noches más atemorizantes de mi vida.

Escribí tres páginas enteras sobre la vez que Jade y yo teníamos seis o siete años, y su papá entró a tropezones a su apartamento y sentimos el olor a *whisky* saliéndole de los poros. Mi mamá y la de Jade estaban comiendo pan dulce en la cocina, y los gemelos estaban dormidos en sus carriolas, cerca de mi pie. Tan pronto llegó el papá de Jade, todos salieron corriendo como si hubieran ensayado esa escena. Jade tomó las Barbies con las que habíamos jugado y las escondió debajo de un cojín del sillón. Escuché sonidos que venían de la cocina. Mamá y la mamá de Jade juntaban platos y platillos, y alguien movió una silla sobre el piso de linóleo. "¡Apaguen la televisión!", gritó la mamá de Jade desde la cocina, pero la televisión no estaba encendida.

Ya había visto al padre de Jade ebrio mil veces, pero nunca así de borracho. Esa noche tenía los ojos muy rojos y su cabeza se contraía a la derecha, como si intentara sacar algo de su oreja usando su hombro. Luego irrumpió dentro de la sala y llevaba abajo el zíper de su pantalón.

—¿Qué es este desastre? —dijo—. ¿Quiénes son estas personas que están en mi casa? ¡Váyanse! ¡Salgan todos de aquí! —Perdió la calma y le dio un golpe a la pared de la que salió un humo blanco, como si tosiera pequeñas nubes de yeso. Mis hermanos, aun en la cocina, empezaron a llorar.

—Solo estábamos jugando —explicó Jade mientras rápidamente recogía todos los accesorios de las Barbies que habíamos dejado sobre la alfombra.

—Yo te ayudo —le dije; me temblaba la voz. Recogimos pares de diminutos zapatos de tacón y falditas brillantes, y las guardamos en una caja de zapatos.

Su papá se abalanzó sobre nosotras.

—¡No me respondás! —gritó y ¡pum!, le dio un golpe a Jade en la nuca—. ¿Me escuchaste? —Vi que Jade usaba toda su fuerza para no llorar.

—¡Dejalas en paz! —gritó la madre de Jade tan pronto salió de la cocina. Su rostro era tan blanco como la pared que había golpeado su esposo.

Mi madre agarró su collar mientras sus ojos iban de un lado a otro, desde donde estaban mis hermanos hasta mí.

—Recogé tus cosas, Liliana. Rápido.

Pero no podía ni moverme. Vi fijantemente a Jade mientras ella recogía pequeñas faldas de mezclilla y bufandas arrugadas con desesperación. Su padre la golpeó de nuevo. Le dio otro golpe en el brazo. Y otro golpe en la oreja. Mientras más golpeaba a Jade, sus dedos se movían a mayor velocidad para recoger los zapatos tenis de Barbie y sus trajes de baño.

Y entonces la mamá de Jade arremetió contra su esposo: brincó sobre su espalda pura luchadora.

—Dejala. En. ¡PAZ! —gritó ella, lo que provocó que los gemelos pegaran de gritos. Mientras, Jade seguía recogiendo sus juguetes. No lloró, mi amiga, solo recogía, recogía, recogía zapatos diminutos de la alfombra.

Los vecinos de abajo empezaron a golpear el suelo del apartamento. O quizás fueron los vecinos de arriba los que golpeaban el techo del apartamento de Jade; era difícil distinguir de dónde venía el ruido. La mamá de Jade se convirtió en un perro salvaje y empezó a ladrarle al papá de Jade, mientras ella seguía en su espalda. En mi ensayo escribí que ella parecía una mochila humana. Lo cual es muy cierto. Ah y que su cabello se movía de un lado a otro como un trapeador.

Me di cuenta de que mamá no sabía qué hacer. Con los ojos me pidió que me levantara. No podía irse con los bebés y dejarme ahí con ese monstruo. Yo tenía tanto miedo, pero no podía simplemente dejar a Jade. ¿Cómo sería capaz de hacer algo así?

—¡Jade! ¡Ven con nosotras! —le rogué mientras su madre le aruñaba el rostro a su padre. El padre daba vueltas y golpeaba el aire, lo que se apareciera frente a él. Jade pasó a un lado, muy a prisa, hacia la puerta principal, cuando su padre le dio una patada y ella salió volando. Finalmente cayó sobre una mesa de café. Fragmentos de cristal y gotas de sangre volaron por todos lados.

Me impresionó ver lo brillante que es la sangre.

—¡Jade! —gritó su madre y tanto ella como mamá acudieron a su ayuda.

Los vecinos siguieron golpeando el suelo o el techo, no sé.

Jade estaba llena de sangre y cubierta de fragmentos de vidrio. Pocos segundos después, unos policías entraron en el apartamento. Todos empezaron a gritar en español. El resto es muy confuso, no recuerdo bien qué pasó.

En la última página del ensayo escribí sobre lo que ocurrió luego de que llegó la policía, cómo de inmediato los agentes pidieron refuerzos y una ambulancia, cómo la sirena empezó a sonar de repente y cada vez con más fuerzas, hasta que la ambulancia llegó al apartamento de Jade. Si bien los paramédicos apagaron la sirena, las luces de la ambulancia dieron vuelta dentro del apartamento como una bola disco y sus luces blancas y naranjas tocaron cada objeto a nuestro alrededor, incluyendo la foto de Jade y sus papás que se habían tomado en un Sears. Sé que se tomaron la foto en Sears porque mi familia y yo estábamos justo detrás de ellos, esperando nuestro turno. En la foto, el papá de Jade parece una persona completamente diferente. Llevaba su cabello en una cola de caballo, parecía tener una piel muy suave y me di cuenta de que sus dientes eran blancos y muy limpios, pues le sonrió a la cámara. Jade y sus papás vestían ropa sencilla, prendas rojas, blancas y negras.

Escribí la escena de cuando los policías esposaron al papá de Jade y le dijeron: "¡Cierra la boca, por la gran puñeta!" (pensé que la señora Grew me iba a restar puntos por haber escrito una vulgaridad). Escribí cómo los paramédicos pusieron a Jade sobre una camilla y describí a detalle que mi amiga tenía cientos de pequeños fragmentos de vidrio incrustados en la piel y algunos trozos le habían atravesado la playera. Los paramédicos le dieron una inyección de algo que dijeron que la haría sentir mejor. Después de eso, deportaron al papá de Jade (ahora sé qué pasó, pero entonces creí que la policía se lo había llevado lejos y punto) y la mamá de Jade tuvo una crisis nerviosa, así que empezó a consumir drogas y a juntarse con tipos muy sospechosos.

La abuela de Jade se encarga de ella desde entonces. Hasta donde sé, el papá de Jade sigue en Honduras.

Escribí y escribí hasta que empezó a dolerme la mano y, en ese momento, terminé la tarea. La señora Grew llegó a preguntarme si podía leer lo que había escrito. "Sí, claro", dije y me encogí de hombros. Entonces se llevó mis hojas mientras yo revisaba a detalle el programa de la clase e intentaba no verla a los ojos. Cuando terminó de leer, se quedó ahí, en su escritorio, con la mirada perdida. Pensé que iba a ponerme una mala nota y que no debí haber escrito que llegó la policía. Vi el mensaje que ella había escrito en el pizarrón. *Describe uno de tus peores miedos y la vez que tuviste que enfrentarlo.* ¡Un momento! ¡No habia hecho bien la tarea! Había escrito sobre esa vez que tuve mucho miedo, pero no puse nada de haberlo enfrentado. NO es la misma cosa. Ush.

Cuando sonó la campana sentí un gran alivio. Mis compañeros de clase cerraron sus mochilas y salieron de clase. Escuché que un chico le preguntó a otro, "Oye, ¿y tú qué escribiste?" y el otro le respondió, "De la vez que creí que no me seleccionarían para el equipo de viaje porque no era lo suficientemente bueno. Entonces mis papás contrataron a un entrenador privado y empecé a trabajar con él un mes antes de las pruebas". ¿Qué puchis…?

La señora Grew finalmente se puso de pie y me devolvió mi ensayo.

—Liliana —dijo—, espero que esto sea ficción.

Se me cerró la garganta. Moví la cabeza, como diciéndole que sí.

Ella entrecerró los ojos, como si de repente me viera de otra manera. Justo en ese instante, otro maestro interrumpió nuestra interacción. ¡Gracias a Dios! Al salir de clase arrugué las hojas de papel y las tiré con fuerza dentro del primer bote de basura que vi en mi camino. No, no es ficción. ¿Y qué tiene de malo? Esto le ocurrió a mi mejor amiga y sí, tuve mucho miedo. No seguí del todo las instrucciones, pero, o sea, los escritores deben escribir sobre lo que conocen, ¿no?

Cerré los ojos y apreté los párpados para no dejar caer una sola lágrima. No iba a permitir que nadie me viera llorando en esa escuela.

Vi a mis alrededores, para asegurarme de que Dustin no estuviera en el pasillo, cerca de mí. Pero me dieron ganas de verlo. Tal vez estar con él me haría sentir mejor. Saqué mi teléfono y le envié un mensaje de texto: ***hey***.

Respondió de inmediato: **recién terminó la clase de laboratorio. ¿Quieres comer intestinos de gato?**

Respondí lo siguiente: **todo bien, grax** ☺. Y al menos él respondió a mi emoji de la carita feliz con otra carita feliz.

Oye, ¿quieres almorzar conmigo? Nos vemos en el graderío de afuera.

Sentí el estómago a la altura de los pies. Y lo digo de la mejor manera. **K,** ☺, le respondí. Estaba a punto de escribirle a Génesis para preguntarle qué onda con la señora Grew, pero escuché a varios niños riéndose frente a mí. Los niños iban detrás de Rayshawn, quien vestía una chaqueta (como la que llevan los maestros) sobre su sudadera. Rayshawn iba caminando de forma casual por el pasillo y tiraba al aire hojas de castigo, de las rosadas, y estas caían al suelo como si fueran confeti. Los chicos que iban detrás de él se carcajeaban viéndolo. Pasé a un lado de ellos y uno de ellos dijo, "¡Oye, Rayshawn! ¡Hazlo otra vez!". Rayshawn tiró una hoja al aire y, de nuevo, todos se rieron.

Un maestro en el pasillo aplaudió para llamar la atención de Rayshawn antes de quitarle el talonario de hojas de castigo. Luego le dijo, "Eso es suficiente. Gracias por la presentación, hermano. A ver si mantienes esa energía cuando estés en la cancha. La temporada apenas comienza. Bueno, ya. De vuelta a clase".

Guau. ¿Ese maestro, un tipo blanco, le dijo "hermano" a Rayshawn? O Rayshawn no lo escuchó o fingió no escucharlo. ¡Pero debió haberlo hecho! Los demás se fueron a clases, pero escuchar hablar a ese maestro realmente me molestó mucho. De camino a mi siguiente clase, repasé lo que había ocurrido. Aparte del hecho de que un hombre blanco le dijo "hermano" a Rayshawn, él le brindaba entretenimiento a los demás y esos otros chicos parecían tener control sobre él. Sí, me molestaba pensar en eso.

Le envié un mensaje de texto a Génesis. "**Oye, chica, estás ahí?**". Ella respondió de inmediato: "**club de teatro... todo bien?**". Le envié un emoji de pulgares para arriba, ese de piel morena. *¿De qué sirve tener una compañera METCO si siempre está ocupada?*, pensé. Le envié otro mensaje que decía: "**y qué obra están ensayando?**". Ella respondió: "**El traje nuevo del emperador**". Lo que me pareció muy inusual. Y luego fue como si me leyera la mente porque añadió: "**Soy una de las hijas malcriadas, *lol***". Le envié el emoji de la carita con ojos de estrella y guardé mi teléfono en mi bolsillo. Me alegra por Génesis.

Después de echarle un vistazo a mi cabello en el espejo del baño, fui a la cancha de la escuela y ahí estaba Dustin, sentado en la última fila del graderío. Me saludó con su sándwich. ¡Ja!

Yo también tenía un sándwich. El mío era de jamón y queso. El suyo tenía una herida color morado y me di cuenta de que él tenía uno de mantequilla de maní y mermelada. "*Hey*", dijo cuando llegué hasta donde estaba. "¿Mesa para dos?". Hizo una reverencia. Aw. Me dio ternura. Nos sentamos de tal manera para que se rozaran nuestros muslos, a pesar de que había espacio para unas mil personas a nuestro alrededor. E intenté, intenté, intenté no pensar demasiado sobre si tenía un trozo de jamón entre los dientes. Pero no pude evitarlo, entonces hablé con una mano frente a mi boca. Le dije lo que había pasado con la señora Grew y él me dijo que no me preocupara, que oficialmente ella ahora era la señora Puaj, lo cual me causó risa. Tomé un trago de agua. Enrosqué y desenrosqué la tapa unas cincuenta veces. Cuando terminamos de comer, Dustin me jaló con cuidado de la manga y me acerqué a él. Puso su brazo alrededor de mí y nos quedamos así, acurrucados, por una media hora y con el aire fresco golpeándonos las caras hasta que sonó la campana.

9

Cuando mamá me preguntó qué tal me había ido en la escuela, le dije que bien y ya. De ninguna manera iba a contarle de Dustin. Dijo algo sobre que las cosas iban a mejorar, pero de inmediato dirigió su atención al televisor. A mamá le obsesiona ver los noticieros (era algo entendible, ¿no?) y los ve en inglés y en español. Mira todos los canales y siempre trae a casa tres periódicos diferentes, pues quiere estar pendiente de lo que pasa en la frontera. Incluso dejó de ver las telenovelas que veía por las noches, apenas sale de casa y mucho menos de noche. Si se nos acaba la leche, pues mala suerte, la mañana siguiente mis hermanos tienen que comer el cereal seco.

Una de las noticias principales del día fue que hubo un tiroteo entre pandillas rivales en un parque cercano. Había muerto un transeúnte. Sabíamos que las pandillas se dedicaban a lo suyo y sabíamos también que no debíamos llevar prendas de ciertos colores, pero aun así ocurrían ese tipo de cosas. Y saber que el tiroteo había ocurrido a unas tres cuadras de casa era algo particularmente inquietante. Y por si eso fuera poco, el noticiero mostró una imagen del presidente y otra de "el muro" que estaba en la frontera sur, o sea, entre Estados Unidos y México. ¿Quéeee? ¿Un muro de verdad? ¿Un muro que recorre cientos de millas? Mamá apretó los ojos y empezó a rezar súper rápido en español.

Cubrí a mamá con una manta de lana.

—¿Necesitás algo? —dije.

—No, mija, gracias—. Ni siquiera volteó la mirada.

—¿Tenés hambre?

Dijo que no. Ni siquiera me tomé la molestia de preguntarle si había hecho la cena pues me di cuenta de que seguía con la pijama puesta. Chucha. Eso significa que llevó a mis hermanos a la escuela vestida así. ¡Por la gran chucha! Fui a ver qué tal estaban ellos. Y para variar, estaban jugando videojuegos. Tenían los controles en las manos y hacían sonidos de armas, *rat-tat-tat, rat-tat-tat.* Les pedí que le bajaran el volumen al televisor, pero solo le bajaron un poquito.

De repente, sentí que todo a mi alrededor era muy estrecho. Las habitaciones, las paredes, el edificio, las calles. Incluso como si el aire fuera muy denso. Lo que es algo raro, porque pensaría que con una persona menos en casa, sentiría que todo es más grande y amplio. Pero era como si la ausencia de papá succionara todo el oxígeno a mi alrededor. Lo que pasa es que, si papá estuviera en casa, de seguro estaría jugando a las luchas con mis hermanos. A ellos les encanta jugar a las luchas. Primero, mi papá lleva uno de los colchones a la sala y ahí los tres empiezan a jugar. Mis hermanos brincan del sillón al colchón, con el objetivo de caer sobre el pecho de mi papá. Se vuelven locos, lo que molesta mucho a mamá. En esos momentos ella tenía que salir de casa e ir a lavar la ropa o algo así porque pensaba que alguien iba a resultar herido e iban a tener que pasar el resto del día en el hospital. Para mí era un poco gracioso verlos. A veces, incluso, los grababa con mi teléfono, para luego ver los videos en cámara lenta. Eso sí que da risa.

¿Qué? Probablemente mis hermanos juegan tantos videojuegos porque papá no está en casa para jugar con ellos.

—¿A qué horas es la cena? —preguntó Christopher. Buena pregunta. Fui a la cocina y el lavabo estaba lleno de platos sucios. Genial. Aun así, los lavé, sequé y los puse en su lugar. Luego volteé la vista al armario de cocina. No soy muy buena que digamos para cocinar. Antes había hecho arroz una sola vez. Parecía más una sopa que otra cosa. Mamá me dijo que le había agregado más agua de lo debido. ¿Ves? Mis papás no siguen las recetas. Siempre calculan los ingredientes con una mirada. Esa vez intenté hacer lo mismo, pero acabé con un plato de sopa de arroz. Medí y agité el arroz. Después, puse un cronómetro y a los veinticinco minutos estaba listo, ¡y se veía como una olla de arroz! Entonces lo probé. Estaba demasiado suave y no tenía el sabor que tiene el arroz que prepara mamá. Luego recordé que ella le agrega cebolla y tomates y otras cosas más. ¿Caldo de pollo? ¿Ajo? ¿Sal? Me di cuenta de que podía agregar los demás ingredientes en ese momento.

Alejé la olla de la estufa, corté un tomate y una cebolla, los agregué al arroz y revolví todo. Tomé un cubito de consomé y lo trituré usando un tenedor. *¿Por qué el consomé viene en cubitos?*, me pregunté. ¡Uuuhhh! Si algún día hago un cuarto miniatura con temática navideña, puedo tomar cubitos de consomé para hacer los regalos de Navidad. Tengo que recordarme de esta idea después. Saqué el gran contenedor de sal y empecé a echarle sal a la mezcla, cuando Benjamín entró a la cocina pegando de gritos.

—¡Tienes que firmar mi registro de lectura! —dijo y me asustó tanto que, por accidente, le eché demasiada sal a la olla.

—¡Benjamín! ¡Hiciste que le echara mucha sal al arroz! —Intenté sacar un poco de la sal derramada, pero esta empezaba a hundirse y disolverse con el arroz.

—¿Yo? No es mi culpa que no sepas cocinar.

Volteé a verlo con odio en los ojos.

—Y, ¿me firmas mi registro? —insistió y empezó a ondear una hoja verde frente a mi cara.

Le di una ojeada a la hoja verde.

—¿Y sí leíste por media hora?

—No.

—Entonces no voy a firmar nada. Ve a leer.

—Eres una….

¡Bip! ¡Bip! ¡Bip! ¿Qué diablos…? ¡La alarma contra incendios! Christopher corrió aprisa con las manos sobre los oídos y detrás de él iba mamá con la manta aún sobre sus hombros.
—¿Qué está pasando? ¡Liliana!

—Estaba haciendo arroz… —dije, viendo a todos lados. ¡Carajo! Nunca apagué la estufa. La apagué, tomé un trapo de cocina y lo moví frente de la alarma, mientras me preparaba para recibir una gran regañada.

Mientras ella miraba dentro de la olla, una enorme sonrisa apareció en su rostro. Entonces probó el arroz.

—¡Ay, Liliana! —exclamó y vi que con la mirada me decía algo como, *Gracias por tu ayuda; el arroz está feo, pero gracias.*

Valió la pena todo, valió la pena soportar la alarma tan molesta y todo lo demás. Mamá abrió las ventanas y la puerta que está frente a las escaleras que van camino al sótano. Incluso abrió el refrigerador. Con una cuchara, sacó la primera capa del arroz donde, según ella, había caído la sal. Luego agregó más agua a la olla y un montón de piernas de pollo que estaban en el congelador y empezó a cocinar todo a fuego lento.

—Ve a buscarme en una media hora —indicó y caminó de vuelta a la sala—. Que no se te olvide.

—Okey —respondí y volteé a ver a Benjamín—. Ve a leer. Y no pares de leer hasta que te diga.

Mi hermano hizo una mueca, como para quejarse. Agarró su mochila y se sentó en la mesa.

—¿Sabes? Estoy en clase de cocina —dijo—. Te puedo ayudar la próxima que hagas arroz.

—¿Y me lo dices ahora?

Sonrió burlón y abrió su libro de lectura.

—Ah, sí —agregó—, también se me ocurrió algo que podrías usar para hacer el alambre de púas de la panadería que estás haciendo.

—Ah, ¿sí? —Me dio ternura ver que mi hermano pensaba en algo más que solo videojuegos y que, además, estaba leyendo.

—¿Has visto lo que hay dentro de un lapicero? Dentro hay unos espirales de metal. Solo hace falta estirarlos un poco.

—¡Benjamín! ¡Es una gran idea! ¡Gracias!

Y luego de que terminaran de cocerse el arroz y el pollo, y tras comer un plato y medio —había quedado muy rico y apenas un poquito salado— toqué la ventana tres veces para hablar con Jade, pero ella no estaba en casa. Pensé en enviarle un mensaje de texto a Dustin, pero recordé que tenía partido. Entonces, me ocupé con la Pastelería y Panadería Yoli. Desarmé un lapicero y usé el espiral de metal para fabricar el alambre de púas que necesitaba, tal y como me sugirió Benjamín. ¡Quedó perfecto!

10

Considerando que mamá mira noticias todo el día (lo que provoca que yo esté preocupada por mi papá todo el tiempo), para mí es un alivio ir a la escuela. De camino a los suburbios me di cuenta de que no había una sola pastelería en Westburg. Solo había Starbucks y una tienda de postres en la calle principal, la cual tiene de nombre —¡adivinaste! — Main Street Bakery, o sea "la tienda de postres de la calle principal". Ush. Es evidente que esa tienda no tiene letreros en la ventana y tampoco ofrece sillas y mesas para rentar como la Pastelería y Panadería Yoli. Entendí que las personas en Westburg no necesitan rentar sillas ni mesas. Y esa, señoras y señores, fue la lección que aprendí hoy de camino a la escuela. Ah, cierto, Dustin me mandó once mensajes de texto. Digo, nada más. Él tiene muchas ganas de que vaya a verlo jugar. Yo tengo muchas ganas de tener otra mamá. Son bromas, son bromas. Pero…

Durante el tercer período de la clase de historia mundial empezamos a estudiar la migración centroamericana. ¡No podía creerlo! Además, era parte de una unidad extensa sobre migración que, a su vez, era parte de una temática llamada

"Lee como un historiador" que iba a durar todo el año. ¿Adivina quién finalmente leyó el programa de la clase? Me di cuenta, además, de que esta escuela les pone nombres únicos a las clases. En vez de nombres tradicionales como Inglés, Artes, Matemática, Historia, etc., yo llevaba una clase que se llamaba "Rebeldes y románticos americanos". Y, claro, "Migración centroamericana". Pero ush, ¿por qué no podemos estudiar la guerra civil o la guerra de Vietnam, o cualquier otra guerra? Había suficientes para escoger. Al mismo tiempo, tiempo, me daba curiosidad conocer sobre la migración centroamericana. Tal vez podría aprender más sobre, qué sé yo, cómo mi familia paró en los Estados Unidos. Tal vez podría aprender más sobre mamá, pero igual, no quería ser el centro de atención porque, tristemente, parecía que no había otros chicos del programa METCO en esa clase. Así que sabía que todos iban a enfocarse en mí. Ni modo. Doble ush.

Nuestro maestro, el señor Phelps empezó la clase con un debate. Primero proyectó en el pizarrón el siguiente mensaje:

> *El gobierno federal de los Estados Unidos debería aumentar de forma sustancial las protecciones legales de los inmigrantes económicos que llegan a los Estados Unidos.*

Leyó la frase un par de veces. El único sonido que llegó a mis oídos fue el tibio zumbido de la laptop del señor Phelps. *¿Por qué nos muestra eso? ¿Es por la obsesión que tiene el* *presidente con construir un muro? ¿Y qué tipo de muro quiere construir? ¿Y quién iba a construirlo?* Okey. Si el objetivo era que nos dé vueltas la cabeza, fue todo un éxito.

Fue como si el señor Phelps me leyera la mente, porque pronto tocó una tecla y apareció en el pizarrón una foto del presidente vistiendo un traje azul y corbata roja, y hablándole a un micrófono. El presidente tenía una burbuja al lado, como si estuviera hablando. Dentro de la burbuja estaba el siguiente mensaje:

> *Queremos tener un gran país. Queremos que nuestro país tenga un corazón.*
> *Pero cuando viene gente de otros lugares, deben saber que no pueden*
> *entrar así nada más. De lo contrario, nunca pararán.*

¡¿Qué chingados!? Vi a mi alrededor, pero nadie más parecía indignado, o tal vez sí y eran buenos ocultándolo. A continuación, el señor Phelps reprodujo un video corto de un documental sobre niños migrantes que intentan huir de Centro América y llegar a los Estados Unidos a bordo de trenes de carga que atraviesan Honduras, El Salvador, Guatemala y México. En el video dos jóvenes adolescentes estaban acostados sobre un tren enorme y el viento les aplastaba el cabello, llevaban el sol en los ojos e intentaban con desesperación aferrarse con fuerzas al tren que iba a toda velocidad a punto de ingresar a un túnel dentro de una montaña. Solté un grito ahogado. El video acabó justo antes de que el tren entrara al túnel y se perdiera en la oscuridad.

En ese momento todos soltaron un gemido y alguien más dijo, "Oye, ¡vamos! ¡No puedes hacernos esto! ¡Queremos ver el resto del video!".

El señor Phelps parecía un poco engreído, como si la unidad que había planificado para presentarnos la temática general hubiera cumplido su cometido de engancharnos. Y así fue. Nos llamó la atención. Nos habíamos involucrado con la historia de esos chicos. La impresión fue tanta que todos estiramos la espalda y erguimos la nuca.

Explicó la dinámica del debate. Íbamos a argumentar en contra o a favor de las frases que aparecieran en la pantalla. Facilito. Y pronto varios niños y niñas levantaron la mano. ¡Yo no levanté la mano! Una chica dijo:

—¿Quién no puede entrar al país? ¿La frase se refiere a los migrantes? Pues todos somos migrantes. Deberíamos devolverles el país a los nativos americanos. Hablo en serio. —Asentí con la cabeza. O sea, era un buen punto.

—Sí, pero… ¿y qué pasa con todos nosotros? —dijo una chica que estaba en primera fila—. Unos quinientos millones de personas viven en los Estados Unidos. ¿A dónde se supone que vaya toda esa gente?

Otro estudiante levantó la mano.

—Pues esas frases tienen algo de lógica. Si la gente cree que cualquiera puede entrar así nomás, entonces tiene razón esa frase, nunca van a parar. ¿Saben qué? Sí que deberíamos construir un muro.

Un chico sentado hasta atrás y que había visto antes platicando con Dustin, tomó la palabra.

—Pues, yo no sé mucho del muro. Y no estoy en contra de los migrantes o lo que sea, pero si vienen, deberían al menos, haber ido a la escuela y no tener enfermedades.

¡¿Enfermedades?! Guau. Los amigos de Dustin están locos.

—Absolutamente —coincidieron otros dos chicos.

—Eso es algo muy injusto. ¿Acaso los europeos no vinieron con varicela y contagiaron a todos? —dijo un niño cerca de la puerta.

—¡Da igual! Hablamos de lo que ocurre hoy en día —acotó una chica a mi lado.

—Todo te da igual a ti —le reprochó el chico de la puerta.

Todos empezaron a hablar al mismo tiempo y no pude distinguir quién decía qué cosa. Lo único que sé es que el próximo comentario que escuché lo dijo el chico que estaba sentado frente a mí.

—Perdón, pero todo esto está mal. No puedes negarle los derechos humanos a nadie. Esas personas se enfrentan a todo tipo de problemas para venir hasta acá, ¿y luego qué? ¿Les rociamos gas pimienta tan pronto cruzan la frontera? ¿O los enviamos de vuelta, así nomás?

Si me hubiera encogido más en mi asiento, hubiera caído al suelo.

Luego, el señor Phelps hizo algo abominable (otra palabra que aprendí en clase). Dijo:

—Señorita Cruz, ¿hay algo que quisiera agregar al debate?".

Mierda.

—No —respondí rápidamente.

—¿Está segura? —Era tan molesto. Empecé a enterrarme las uñas en los muslos.

—Sip. —Todos me veían fijamente.

El señor Phelps se agachó junto a mi escritorio y empezó a hablar como si fuera mi entrenador personal. ¡Aaahhh!

—Puede que te parezca difícil la clase en este momento, pero debes perseverar —dijo con voz muy baja. Luego se puso de pie y con un clic la pantalla cambió de imagen. En ella aparecía una gráfica de pie y algunas estadísticas. Había sobrevivido una humillación más y luego cubrí mi cabeza con el capuchón de mi sudadera.

¿Difícil? Estaba acostumbrada a enfrentarme a situaciones difíciles. Como tener que lavar ropa que lleva dos semanas acumuladas porque un día mamá dejó de levantarse del sillón. Como tener que seguir a Christopher y Benjamín para que se laven los dientes y usen hilo dental. Pero tener que explicar mi perspectiva respecto a la migración a un grupo de niños blancos en una escuela para ricos, nah, eso no es algo difícil, solo es algo muy molesto para mí.

II

Okey, siendo muy honesta, no solo es algo molesto. Y, está bien, tal vez sí es un poco difícil. Pero difícil de tal manera que me hace pensar, "¿Por qué *yo* tengo que hablar? ¿Por qué tengo que ser *yo* la que pronuncia un tipo de declaración oficial?". Por Dios. Yo no sé todo en esta vida. Pero… Pero… Pero… Pero… sí quería estar ahí, en ese salón de clase y formar parte del debate. Es solo que, bueno, no estoy acostumbrada a ser la única chica de color en clase. En mi antigua escuela, la mayoría eran de color. Además de Missie, el grupo racial minoritario consistía en un niño irlandés de nombre Casey, a quien todos le decíamos Casper.

¿Todos los niños del programa METCO la pasaban igual que yo? ¿Cómo iba a saberlo? No es que los otros niños METCO recibieran reconocimientos por ayudar a los demás. Bueno, esto no aplica a Rayshawn. Pero él siempre está rodeado de otros niños o jugando básquetbol. Y no puedo olvidar a Génesis. Ella tiene la habilidad de ir de grupo en grupo como si fuera cualquier cosa. Se junta con otros niños del programa METCO, va al club de teatro y es parte de la sociedad de estudiantes destacados. Ella pertenece a esos grupos. Apuesto que no le piden que comparta su perspectiva de las cosas. Y siempre se la pasa muy ocupada. Pero, bueno, ella es mi compañera.

Y ya es hora de compartir con mi compañera.

* * * *

Le pregunté a Génesis si podía reunirse conmigo en la biblioteca, en la sala de estudios y, cuando digo que le pregunté, la verdad es que le rogué y todo, por mensaje de texto. **POR FAVOR, CHICA**, le escribí. La hallé en la mesa redonda que está junto a la ventana. Vi que acababa de añadir otro mechón azul a su cabello y cuando llegué estaba tomándose *selfies*, probando los filtros de la cámara de su teléfono y añadiéndole imágenes y otras cosas a las fotografías. Me ubiqué junto a ella esperando, ya sabes, a que me saludara. Pero no dijo nada. Se quedó viendo su teléfono. Al cabo de un rato le dije:

—Mira, te tengo que preguntar algo.

—Claro. Dime. —Succionó sus cachetes dentro de su boca y se tomó una foto.

—¿Cómo es que haces lo que haces?

—¿Hacer qué? —Hizo una mueca, extendió su brazo y tomó otra foto.

—Eso de ir de un sitio a otro. Te la pasas todo el día actuando como tú, pero al mismo tiempo pareces una chica blanca, ¿y luego qué? No me digas que vuelves a casa y comes arroz con gandules y plátanos fritos y te vas a dormir. —*Ya está*, pensé. Le hice la pregunta que quería. Era la primera persona a la que le hablaba así, era la primera a la que le podía hablar de tal manera.

Los ojos de Génesis perdieron rigidez. Parecían los ojos de una niña, a pesar de que llevaba puestas pestañas falsas.

Hizo a un lado su teléfono.

—Lili —dijo. Me hizo señas para que me sentara junto a ella—. Escucha, chica. Y lo digo en serio. Ponme atención. Tienes que hacer las cosas bien— señaló y con sus uñas tocó la mesa como si fuera un tambor—. Esta escuela, de alguna manera, representa a todo el mundo. A lo que me refiero es que debes actuar de cierta manera. O, más bien, debes comportarte de cierta manera para así obtener lo que quieres y lo que necesitas. —Génesis me sostuvo la mirada—. Cuando recién vine acá, pensaba que este lugar era horrible y que pronto iba a volver a Boston. Pero, incluso, después de que ocurrieron un montón de mierdas, me di cuenta de que no quería volver a Boston. ¿Para qué iba a volver? Tengo muchas más oportunidades en la vida acá y te hablo en serio. He tenido acceso a esas oportunidades estando acá. Tú también vas a tener acceso a ellas.

Hizo una pausa, pero antes de que pudiera responderle, agregó:

—Lo que intento decirte, Liliana, es que debes perseverar. No es una escuela perfecta y sí, a veces los otros estudiantes e incluso algunos de los maestros dicen cosas racistas, pero tienes que sobrellevar esos problemas con calma. Haz lo que tengas que hacer. Sé tú misma. ¿En tu antigua escuela tienen la misma cantidad de clases de ubicación avanzada que tienen acá? —No me permitió responderle—. No te confundas. Me encanta ser latina. No renunciaría a mi identidad o a mi situación a cambio de ser alguien más y te lo digo en serio. De hecho, acá tienes ventajas por ser diferente.

—¿Ah sí? —dije; no le entendía del todo.

—Sip. Piénsalo. En la escuela hay unos veinte estudiantes del programa METCO y más de mil estudiantes del área. Hay solo otros tres estudiantes afroamericanos en toda la escuela que no son del programa METCO. Y, de todas formas, todos piensan que sí forman parte de METCO. Entonces, esfuérzate. Pide la palabra en clase. Habla en voz alta. Haz tus tareas. No les des razón alguna para que digan que eres una haragana, bla, bla, bla. ¿A qué horas te despiertas? ¿A las cinco de la mañana?

Le dije que sí.

—¿Cuántos estudiantes que no son parte del programa METCO se despiertan a esa hora? No tienes nada de haragana.

Asentí con la cabeza.

—Y otra cosa. Debes involucrarte más. Lo mínimo que debes hacer es unirte a algún club. Rayshawn dijo que, el otro día en el gimnasio, hablaron de todos los clubes. Seguro hay alguno que te llame la atención. Te juro que las universidades quieren ver ese tipo de cosas en tu currículum; les encanta ese tipo de mierdas. Y también puedes ser voluntaria.

Durante la primavera, fui a Guatemala para trabajar con una organización que se llama Hábitat para la Humanidad.

Me dejó con la boca abierta.

—¿Fuiste a Guatemala?

—Sí. Me encantó.

Me quedé sin palabras. ¿Génesis había ido a Guatemala y yo no? Y ahí está mi papá. Escucharla movió algo dentro de mí. Vaya si no.

—Quiero ir a Europa durante el verano. En la oficina de orientación me hablaron de un programa en Suecia… —dijo, pero no le puse atención; no podía dejar de pensar en que había ido a Guatemala. No sabía siquiera que podía trabajar como voluntaria en proyectos en Guatemala. Empecé a imaginar que podía hacer algo así, pero justo en ese momento Génesis le dio un golpe a la mesa e interrumpió mis pensamientos.

—¡Vaya si no! Ya viene la fecha de entrega. Ya que estábamos hablando de eso, ¿me puedes ayudar con el ensayo que debo escribir? A ti te gusta escribir, ¿no?

Le dije que sí.

—¡Gracias! —se entusiasmó y me miró a los ojos como diciendo: *estoy hablando en serio*—. Liliana, en resumen, tienes que hacer que el sistema trabaje a tu favor. En veinte años ni te vas a recordar de estos tontos, ni siquiera cuando te llamen porque quieren que sus hijos hagan una pasantía en el canal de televisión donde trabajas escribiendo guiones y cosas así. Vas a estar dando vueltas en tu silla, dentro de tu gran oficina y lo primero que vas a pensar es: "¿Y este quién es?".

Ambas nos reímos. La verdad es que estaba muy agradecida con ella por decirme todo eso y, tal vez, porque había ido a Guatemala sentí la necesidad de contarle lo que le había pasado a mi papá. Pero sabía que era mejor no decir nada.

En vez de eso le dije:

—Oye, ¿Génesis?

—¿Sí?

—¿Y qué le dices a tu mamá cuando quieres quedarte después de clases?

Parecía extrañada.

—Le digo que me voy a quedar por algo y ya.

—Sí, okey. Pero ¿y qué le respondes a la gente que te pregunta de dónde eres? Te juro que unas tres personas me han hecho esa pregunta desde que empecé a venir acá.

Génesis asintió con la cabeza; ya era su turno que lo hiciera.

—Sin lugar a dudas, les digo que soy de mi mamá.

Me causó risa su respuesta.

—Está bien. ¿Y qué dices si te preguntan qué eres?

—Entonces les digo que soy puertorriqueña. ¿Y tú qué rayos eres?

Volví a reírme.

—Pero es en serio. Todos acá son de algún lado —añadió.

—Es la verdad. —Dustin, por ejemplo, él es de Westburg. Yo, de Boston. Sin embargo, eso importaba muy poco en la escuela. Cuando estamos juntos lo único que quiero es seguir a su lado. Y luego mi mente dio un giro. *Tengo que unirme a algún club lo más pronto posible*, me dije. Hmmmmm.

—Okey, ¿sabes qué? Prometo ayudarte con tu ensayo, pero primero necesito que me hagas un favor.

Génesis empezó a editar una fotografía de ella misma, le aplicó un filtro para que fuera una foto en blanco y negro, y se viera muy artística.

—¿Qué necesitas? Yo te apoyo.

—¿Te puedo pedir que hables con mi mamá? Necesito que le expliques que hay actividades extracurriculares. Es una mamá sobreprotectora. Muy sobreprotectora.

Génesis levantó la mirada y sonrió.

—Sí, con gusto lo hago.

—¿En serio?

—En serio.

En ese momento escuché una risita que provenía de un costado. Volteé a ver y ahí estaba Briana, alias "la chica de los Doritos", muy cerca de otra estudiante, de una chica blanca. Casi me caigo de la silla. Brianna tenía la mano en la cadera de la otra chica y ella le acariciaba el cabello.

—Oye —dije—, ¿Génesis? —mientras Génesis se tomaba otra *selfie*.

—Dime.

Volteé a ver como diciendo "Ve hacia allá", pero Brianna y la otra chica habían desaparecido.

—¡Nada! —dije rápidamente—. No pasó nada.

—¡Dime! —pidió Génesis.

—Me pareció ver… un ratón.

—¿QUÉ?

Génesis pegó un brinco como si tuviera los pies envueltos en llamas y dejó caer su teléfono.

—¡Señoritas! —exclamó muy seria la bibliotecaria y se llevó un dedo a los labios para pedirnos que guardáramos silencio. Y ahí terminó nuestra conversación.

Me junté con Dustin cerca de mi casillero antes de la hora de almuerzo. Llegué preparada con un sándwich de mantequilla de maní y mermelada, para así eliminar la posibilidad de tener jamón entre los dientes. Soy muy inteligente, ¿verdad? Pero el tal Steve iba detrás de Dustin. *Un momento*, pensé. *¿Viene para estar con nosotros?* Pero Dustin le dio un toquecito a Steve en el hombro y dijo: "Te veo después del almuerzo". Me reí. Steve no tanto. Apretó todo el cuerpo y se llevó las manos a los bolsillos. "¿Otra vez me haces a un lado por una chica?", dijo. "Okey. Perdedor". Steve ni siquiera me dirigió la mirada. Solo se fue. Ahora él sería el que comería solo durante el almuerzo y no yo. Una parte de mí quería llamarlo de vuelta. *¿Qué tiene de malo que esté con nosotros?* Luego escuché que dijo, "Alguien tiene la fiebre de la jungla". ¿Quéee? Antes de que pudiera decir algo, Dustin me agarró la mano, la apretó con fuerza y me llevó hacia la puerta. Permití que lo hiciera. La hora de almuerzo empezó a ser mi parte favorita del día.

Luego de bajar del autobús y llegar a casa, fui a recoger el correo del buzón y escuché que salía música del cuarto de Jade. Probablemente estaba haciendo algún proyecto para la clase de arte. Siempre que el bajo suena fuerte, significa que está buscando inspirarse. Abrí la puerta del apartamento y para mi sorpresa, mamá estaba en el sillón, medio dormida.

—Mija —dijo entre dientes—. ¿Qué tal te fue en la escuela? Que no se te olvide sacar la basura. ¿Y podrías pasar comprando jabón para platos? Ya no tenemos. —Bostezó, se cubrió con la frazada y volvió a cerrar los ojos.

—Claro, mamá. —Me tragué un suspiro. Mi papá odiaría verla en un estado semejante.

—Oye, Liliana. Llamó tu amiga Génesis. —¡Yuju! Génesis cumplió su promesa.

—¿Qué dijo? —Fingí estar confundida.

Mamá bostezó de nuevo.

—Sabés bien qué me dijo.

¡Atrapada! Una sonrisita apareció en mi rostro.

—Escuchame —añadió mamá—. Te podés quedar después de clases para actividades escolares, pero solo porque eso te puede ayudar a que te acepten en alguna universidad. ¿Me entendés?

Asentí con la cabeza.

—Gracias, mamá. —Le di un beso en el cachete.

A la fecha, no sé qué le dijo Génesis a mí mamá, pero funcionó. ¡Vaya si funcionó! Entonces, decidí inscribirme en el club de artes con la señora Dávila. Génesis me dijo que la señora Dávila permitía a los estudiantes que realizaran sus proyectos personales y, dado que el club era un club voluntario, podía inscribirme y luego no ir, o podía también ir y hacer mi tarea o lo que sea. La señora Dávila es así de *cool*. Da igual. En el club podía seguir trabajando mis edificios de cartón y, antes de tomar el bus de vuelta a casa, también podía pasar un rato con Dustin.

Salir tarde de la escuela = *awesome*. Solamente tenía que pedirle a Dustin que me mostrara su calendario.

Sí, desde que empecé en METCO empecé a decir "*awesome*" más seguido. *Whatever*. Da igual.

Génesis también me dijo que no descuidara mis notas, porque a pesar de estar en actividades extracurriculares, aún debía tener un buen promedio. ¿Y sabés qué? Creo que mi papá hubiera estado orgulloso de mí. O sea, en ese preciso momento él intentaba volver a casa. Podía sentirlo. Lo menos que podía hacer por él era que todo su esfuerzo valiera la pena. Tengo que cumplir con mis responsabilidades. Perseverar en la escuela. ¿Y qué tiene de malo si, además, paso el rato con un chico llamado Dustin? ¡Es una recompensa más!

Apagué la luz de la sala, le bajé el volumen al televisor (otro reportero hablaba sobre el muro) y saqué la basura. Sé que es evidente, pero el bote de basura olía horrible. O sea, tuve que aguantar la respiración mientras lo sacaba. el bote de la basura. Cuando abrí la tapa, el olor era aún peor. Me recordó la vez que mi papá llevó a casa un cerdo que compró en el mercado del parque Hyde. O sea, fue un cerdo completo.

Pasó toda la mañana cociendo un guiso HO-RRI-BLE y el olor al guiso permaneció dentro del apartamento por una semana entera. Al menos, a mis hermanos y a mí nos causó mucha gracia ver cuando mi papá intentó poner la nariz del cerdo sobre su nariz, y luego intentó ponérsela a mamá. En ese momento, tomé la cámara desechable que guardábamos en una gaveta en la cocina y le tomé una foto. Te juro que es una de las mejores fotos que tengo de él. Traté de recordar dónde había guardado esa foto. Dejé caer la tapa del basurero, subí las gradas muy aprisa y busqué la foto en mi habitación. Pero no encontré nada. *Ush*. Luego vi que por ahí estaba mi cuaderno morado.

De repente, ya estaba escribiendo sobre el guiso de cerdo. Después escribí algo sobre las veces que fuimos al Castle Island al sur de Boston y nos sentábamos sobre una frazada a comer sándwiches que mamá había empacado. Nunca fuimos a comer a Sully's y eso que las papas, las hamburguesas huelen muuuuuuy bien. Papá dice que es muy caro comer ahí. Pero siempre dejaba que fuéramos a comprar helado. Sé por experiencia que mi papá hacía eso para poder pasar un tiempo a solas con mamá. Al volver, Christopher y Benjamín estaban muy hiperactivos y llegaban a pedir más dinero para comprar más helado. Luego, encontrábamos a papá con la mano en la cintura de mamá y ella sonreía como una niña. Era como si estuvieran en su primera cita o algo semejante. Verlos así era asqueroso, pero al mismo tiempo muy *cool*. Ya sabes, que tus papás estén enamorados y todo eso.

Llené página tras página de recuerdos de papá que reventaban frente a mí. Como la vez que fuimos a una fiesta sin él y todos llegaron a decirme, "¿Y tu papá?". A veces llegaba tarde a las fiestas, a veces ni siquiera llegaba, pero cuando sí va, es el tipo que abre las botellas de Corona usando el filo de la mesa y el que sostiene la soga de las piñatas. Muchas veces sacó a bailar salsa a mamá, alejándola de su grupo de amigas y la llevó a bailar sobre la grama o al pórtico o a la entrada de vehículos; donde sea que los anfitriones hubieran puesto la pista de baile, y le daba vueltas y la inclinaba y abrazaba con fuerza.

Escribí sin parar y, mientras más escribía sobre mi papá, la sonrisa en mi rostro se volvía más y más grande. Al mismo tiempo, me ponía más y más triste, lo que no tiene sentido. Además, no podía dejar de imaginar a mi papá intentando escalar un muro gigante una y otra vez. *Mi papá está muy solo*, me dije. *No podemos ayudarlo a subir el muro*. ¡Ya basta! Me puse a seguir construyendo la Pastelería y Panadería Yoli. Tomé una imagen de un pastel de tres pisos que había sacado de una revista y la pegué en una de las ventanas, y entonces, ¡*boom*!, había terminado la pastelería. Luego empecé a construir la Licorería Lorenzo. Usando un marcador rojo, escribí *ATM Lotto* y *Money Orders* en pequeños pedazos de papel que luego pegué en una de las ventanas de la licorería.

Mamá me llamó desde la sala.

—¡Liliana! ¡Andá a comprar el jabón!

Shoot. Lo había olvidado por completo.

—¡Perdón! —dije—. Se me había olvidado.

—No te preocupés.. Voy yo a comprarlo. De todas formas, tengo que ir a recoger a tus hermanos. —Escuché cuando cerró la puerta del apartamento.

Media hora después, volvió con mis hermanos, que habían ido al YMCA. Al menos hizo una cosa: fue a buscarlos. Bueno, de hecho, creo que, técnicamente, un padre *tiene* que ir a recoger a sus hijos, entonces no cuenta. Nadie quería cocinar. Entonces, otra vez, clenamos unos Cup O'Noodles. Al menos ahora podía quedarme en la escuela después de clases, lo que significaba que podía pasar menos tiempo en casa, menos tiempo en un lugar donde no está mi papá.

Habían pasado cinco semanas desde que no veía a mi papá. Ochocientas y pico de horas. Ni siquiera hice el cálculo de cuántos minutos habían pasado desde la última vez que estuve con él.

Una semana después, estaba frente a la entrada de la cafetería y, con miedo, calculaba qué hacer. El entrenador del equipo de Dustin quería que los jugadores almorzaran juntos en el gimnasio para repasar jugadas o algo así. Seguramente Steve estaba muy feliz al respecto. Solía alardear cada vez que Dustin estaba con él y no conmigo. Ese viernes escuché cuando le dijo a Dustin, "¡Estás loco por ella!". Dustin le dio un golpecito en el brazo y de todas formas fuimos al graderío. Entonces, ya no podía almorzar con Dustin. Tomé aliento y fui a la mesa donde estaban los chicos del programa METCO. Me merezco unos puntos por intentarlo, ¿no?

—¡Oigan! —dije mientras pensaba en los consejos que me había dado Génesis—. ¿Va a venir a comer Rayshawn? —Evité a toda costa cruzar miradas con la chica de los Doritos.

Un chico de sudadera azul levantó la vista.

—¿Quién pregunta?

—Yo.

—Oye, ¿tú no eres amiga de Génesis? —preguntó una chica.

—Yo conozco a Génesis —aseguró otra chica—. Génesis Peña. Ella está en cuarto año, ¿no?

—Sí —respondió la primera chica.

La chica de los Doritos hizo una mueca.

—Uffff. Es toda una gringa.

—*Whatever* —dije entre dientes.

Tal vez por eso Génesis no quería pasar tiempo con ellos.

Revisé mi teléfono con la esperanza de haber recibido un mensaje de texto de Dustin, Jade, ¡o incluso de mamá! Revisé mi bandeja de mensajes con tal de hacer algo con las manos, pero no había recibido un solo mensaje de texto.

Volví a guardar mi teléfono.

Salí de la cafetería para dar vueltas en el pasillo. Me sentía como toda una perdedora y consideré ir a hablarles a las secretarias de la escuela y rogarles que me permitieran sentarme con ellas. Fue en ese momento cuando vi a una chica llamada Holly, la que había visto el primer día de clases quitándole un chicle a su zapato. Estaba al final de la fila de los helados. Tomé aliento, tomé un sándwich de helado del congelador y me ubiqué detrás de ella. Cuando llegó al frente de la fila dijo:

—¡Ay, mierda! Dejé mi dinero en el casillero—. Se hizo a un lado para revisarse los bolsillos. Era la oportunidad perfecta.

Rápidamente pagué por mi sándwich de helado.

—¿Quieres la mitad? —le dije mientras le mostraba lo que había comprado.

Holly dudó como si le hubiera hecho una pregunta capciosa.

—¿Por qué? ¿Qué le hiciste?

Me reí y quizás mi risa sonó muy fuerte y me hizo parecer ansiosa.

—Nada. No le hice nada. Lo juro. Ni siquiera lo he abierto. ¿Ves? —Le entregué el pequeño helado.

—Gracias —dijo Holly, abrió la bolsa y partió el sándwich en dos—. Tú eres Liliana, ¿cierto?

Dudé por un segundo.

—¿Cómo sabes mi nombre?

—Soy tu hermana anfitriona del programa METCO. Intenté hablarte el primer día, pero….

Pero me comporté como una idiota. *Por eso* había intentado hablarme ella ese día. Bien hecho, Liliana.

—Sí. Hablando de eso… —quise aclarar.

—No pasa nada —me interrumpió—. Todos se asustan en su primer día. ¿Quieres sentarte conmigo? —Le dio una mordida a su medio sándwich.

¿Qué? ¿Qué dijo?

—Sí, claro—respondí.

Fui atrás de Holly. Juntas fuimos hasta donde estaban otras tres chicas que había visto en el pasillo alguna vez. Las tres me miraron fijamente, sin mostrar expresión alguna y no dijeron nada. Parecía como si esas chicas fuesen trillizas. Todas tenían la misma altura, eran igual de pálidas y tenían el mismo corte de cabello, partido a la mitad. A lo mejor eran hermanas.

Holly me hizo señas para que me sentara junto a ella. Gracias a Dios.

Terminé de comer mi medio sándwich y el sándwich de jamón que tenía en la mochila. Las otras chicas comían en silencio y me miraban, no me apartaron la vista. Entonces empecé a rebotar la pierna como hago siempre que estoy ansiosa. Por suerte, las otras no se dieron cuenta.

—¿Y ustedes cómo se conocen? —quiso saber una de las trillizas.

Holly tenía la boca llena de helado, pero igual respondió.

—Soyssurmanafitona.

—¿Qué?

Se limpió la boca con una servilleta.

—Perdón—dijo y carraspeó—. Soy su hermana anfitriona.

—Del programa METCO —aclaré. Las chicas vieron hacia otro lado.

—Sí —agregó Holly—. Intenté darle la bienvenida en su primer día, ya saben, como una persona normal, pero se asustó.

—¡No me asusté!

Holly hizo la cabeza a un lado.

Okey, me atraparon.

—Está bien, tal vez me asusté un poquito. Dicen que uno actúa raro durante su primer día.

Holly sonrió. Destapé mi botella de agua y le di un gran trago. A los estudiantes de acá les encanta tomar agua a cada rato.

—Bueno, la gente me conoce como "Lili" —dije.

—¿La gente te conoce como "Lili"? ¿Acaso necesitas un representante? Te pregunto porque necesito agregar más actividades extracurriculares a mi hoja de vida —dijo Holly y gracias a Dios lo dijo en tono de broma—. Necesito toda la ayuda necesaria para que me acepten en Stanford.

—¿Stanford? —repetí e intenté que no sonara como una pregunta, a pesar de que sí había sido una pregunta. Sí, había escuchado de Stanford, pero apenas conocía generalidades. O sea, sabía que era una universidad, pero no sabía mucho más. —Queda en California —respondió Holly.

—California —dije. Me sentí como una idiota, repitiendo todo lo que decía Holly. Obviamente, sé dónde queda California. Nunca había ido, pero puedo ubicarlo en un mapa.

—Sí, California. O sea, a unas tres mil millas de distancia, lo suficientemente lejos de mi hermano.

No supe qué decirle.

—Son bromas—explicó Holly—. Bueno, sí es un poco molesto.

—Claro.

Doblé el envoltorio del sándwich de helado en cuatro y luego en ocho. Las chicas de cabello castaño empezaron a hablar entre sí sobre lo mucho que les molesta la gente que pide comida sin gluten y sobre si tal maestro o tal otro serían capaces o no de darles malas notas; y sobre chicos llamados Aiden, Jackson y Ryan.

—Ryan es un imbécil —aseguró Holly y se cruzó de brazos.

Mi madre diría que *tiene una bocota* o algo así. No es que quisiera ser su mejor amiga o algo por el estilo, pero necesitaba tener un sitio donde sentarme a comer durante el receso. A propósito, en ese momento, por el rabillo del ojo vi que Steve jaló a una chica llamada Erin para que se sentara sobre sus piernas. Conocía a Erin porque estaba en mi clase del señor Phelps. Ella se levantó de un brinco y le dio un golpe en el hombro, pero Steve volvió a jalarla a sus piernas. Él sí que es un imbécil.

—Entonces, Lili —dijo Holly y me distrajo de mis pensamientos—. ¿Qué tal te parece Westburg?

—Me encanta —respondí; era una gran mentira.

—Sí, claro, cómo no —ironizó Holly y levantó una ceja—. Westburg es aburridísimo.

Me reí y pensé que, aunque no fuéramos las mejores amigas del mundo, sería capaz de llevarme bien con ella.

12

Ni te imaginas. El sábado por la mañana, así súper temprano, cuando ni había salido el sol, mamá me despertó de la nada para avisarme que mi tía Laura y su esposo venían de Guatemala para visitarnos. O sea, ya iban de camino. Emm... ¿qué? Una vez ya bien despierta, mi cerebro empezó a dar vueltas. Obviamente tiene algo que ver con mi papá. La cabeza me dejó de dar vueltas tan pronto mamá me dio la orden de que limpiara mi habitación. "Quiero que esté impecable para cuando vuelva del aeropuerto". Ordenó las montañas de correo que estaban en la encimera de la cocina y con las manos limpió las migajas alrededor. Guau. La cocina rechinaba de limpio.

—¿Por qué? Ni siquiera van a entrar a mi cuarto—protesté.

Por suerte, mi tía y su esposo se iban a quedar en el cuarto de mis hermanos y no en el mío. Los gemelos iban a dormir en el sofá-cama plegable y, de hecho, les emocionaba la idea. Fiu. Había esquivado una bala. De ninguna manera voy a entregarle mi cuarto a nadie, mucho menos a una pareja de ancianos. ¿Será que soy una mala persona por eso?

—Solo limpiá tu habitación, Liliana —ordenó, y parecía estar muy cansada.

¿Cómo alguien que ha dormido tanto puede estar así de cansada?, dije para mis adentros.

—Okey, okey —respondí. Hice una pausa porque quería tantear su humor. Finalmente dije—: Mamá, ¿esto tiene algo que ver con mi papá? Sí, ¿verdad que sí?

De repente, mamá se ocupó sacando un tazón de cristal que le habían regalado cuando recién se casó con mi papá y luego empezó a pulirlo. Era un tazón que ella jamás usa, ni siquiera lo mueve de la estantería.

Intenté una táctica diferente.

—¿Cuánto tiempo se van a quedar?

—¡Liliana, por favor! —Puso el tazón sobre la encimera. Luego puso algunas bananas dentro y las movió un poco a la derecha, un poco a la izquierda.

—Está bien —dije y fui a limpiar mi cuarto.

Escuché que cerró la puerta unos minutos después. Había salido rumbo al aeropuerto. Entonces, sí, técnicamente estaba limpiando mi habitación —doblando camisas, ordenando mis productos para el cabello, que estaban sobre un estante—, pero en realidad estaba hablando con Dustin. Y no me refiero a que estábamos hablando por mensaje de texto. ¡Lo había llamado por teléfono! Me había acostado en mi cama con el teléfono pegado a la oreja. Unos minutos hablando con Dustin se convirtieron en un par de horas. Ya sabes cómo es eso. No mientas.

De repente escuché voces y a personas riendo. ¡Mierda! Le dije a Dustin que tenía que irme y luego grité con fuerza:

—¡Benjamín, Christoper, apaguen el televisor!

Como cosa rara, mis hermanos me hicieron caso. Incluso ellos sabían lo que podía pasar. Siempre que venían parientes de Guatemala, mis hermanos y yo teníamos que comportarnos lo mejor posible, como si fuéramos un trío de niños de juguete o algo así. Cuando eso pasa, nos ponemos ropa que nunca usamos, como camisas polo y pantalones de corderoy, como si fuéramos a Sears a tomarnos fotos familiares. Sonreí. Sentate recto. Ofréceles a los invitados algo de tomar. Si llegaban niños, entonces teníamos que jugar con ellos. Compartir nuestros juguetes con ellos. Y, al despedirnos, debíamos ofrecerles nuestros juguetes, o sea, regalárselos. Sí. Es algo muy ridículo. Con el tiempo aprendí a no compartir mis juguetes más nuevos, mis Barbies o las botellas de pintura para uñas de colores neón, amarillo y rosa. Sí, lo sé. ¡Soy una persona muy mala!

Por suerte, mi tía Laura y su esposo no tienen hijos; honestamente llamo de esa manera al esposo de tía Laura porque no recuerdo su nombre; sé que era Rodolfo o Refugio, o algo así. O sea, quizás para ellos es algo malo no tener hijos, pero creo que es algo bueno, porque quizás como tía Laura no tuvo hijos propios, ella pudo criar y darle un hogar a mi papá cuando él era niño. Los verdaderos padres de mi papá murieron durante alguna guerra. No sé mucho al respecto; no es algo de lo que le guste hablar mucho a mi papá.

—¿Hola? —dijo mamá, con esa su voz tan falsa de presentadora de televisión. *Here we go*, pensé. Pasé apresuradamente un peine por mi cabello y fui camino a la sala. Quería acabar con esta parte de la visita lo más pronto posible para volver a hablarle a Dustin. *Pero, espera. A lo mejor saben algo de papá.* Entonces es mejor si me quedo un rato, ¿no?

—¡Hola! —respondí y abracé a mi tía y mi tío—. ¡Bienvenidos! —dije, como buena niña y todos nos quedamos ahí, en medio de la sala, como un grupo de tontos, todos sonriendo y viendo a los demás. Perdón, pero es la verdad. Era muy incómodo que mi papá no estuviera en casa y sé que todos pensaban lo mismo.

—¡Ah, la gran...! —empezó a decir mi tío R. mientras me miraba de tal manera que me daba cosa. Él es muy viejo, está lleno de pecas y tiene pequeños mechones de cabello blanco saliéndole de las orejas. Es un hombre bajito, pero no tan bajito como tía Laura.

Ella sí es muuuuuy bajita. Es de la misma altura que Benjamín quien, por un poquito, es el gemelo más bajo de los dos. En serio, tía Laura parece una miniatura. No la había visto en unos tres años. Su cabello negro tiene raíces blancas, lo que hace que parezca un zorrillo. Y ahora le hace falta un diente. Intenté no verla fijamente.

La tía Laura pegó un gritito como para mostrar que estaba de acuerdo con lo que había dicho su esposo.

—¡Liliana! ¡Ya eres toda una mujer!

Nunca sé qué decir ante ese tipo de comentarios. Especialmente porque todos ven mi cuerpo a detalle.

—¿Necesitan ayuda con sus maletas? ¿Quieren que las lleve a su habitación? —ofrecí para distraerlos un poco y señalé las maletas. Además, mirá lo educada que puedo ser, mamá! Pero mi sugerencia causó que todos rieran un poco.

—Es una chica muy graciosa —señaló la tía Laura.

—¿Verdad? —coincidió el tío R y movió la cabeza—. Las niñas no deben levantar cosas pesadas.

Quedé boquiabierta y mamá ni siquiera se dio cuenta.

—Por favor, siéntense —les dijo a mis tíos. En la mesa del centro había galletas Ritz formando un círculo sobre un plato blanco y, a un lado, había un trozo de queso y un pequeño cuchillo. El queso todavía estaba dentro de su envoltorio. Entonces mamá volteó a verme y dijo en voz muy baja:

—Andá a traer a tus hermanos —. Tardaban una eternidad en vestirse. —Y traé algo de tomar para todos —agregó y me miró como diciendo: *ya deberías haber hecho algo al respecto*.

Unos minutos después, regresé a la sala con unos vasos llenos de té frío con cubos de hielo que tintineaban y se asomaban a la superficie. Primero, ubiqué uno frente a mi tía Laura, quien rápidamente se lo entregó a su esposo. Le entregué a ella el segundo vaso de té frío cuando mis hermanos llegaron corriendo, bien vestidos con la ropa que seguramente mamá escogió para ellos: unos chalecos de cuadritos, camisas de botones, pantalones caquis y zapatos bien lustrados. Parecía como si fueran camino a misa y eso que era sábado.

—¡Gracias! —dijo tía Laura. Tío R. no dijo nada, simplemente empezó a darle toquecitos a Benjamín en la cabeza como si fuera perro. Sé que mi hermano quería desaparecer de ahí. Por otro lado, Christopher empezó a comer las galletas y el queso como si estuviera en un concurso de comer galletas con queso. Mamá lo fulminó con una mirada y él se detuvo de inmediato. Me costó trabajo no reírme.

—Entonces, Liliana —se interesó el tío R., cruzó las piernas y se recostó sobre el sillón—. ¿Usted ya tiene novio?

Acababa de morder una galleta y casi me ahogo. ¡Dustin, Dustin, Dustin!

—Emm… no—dije. Por favor, hablen de otra cosa. Por favor, hablen de otra cosa.

Mamá les ofreció servilletas a mis tíos y muy seria les explicó:

—Liliana no tiene permiso de tener novio hasta que cumpla dieciocho años. —¡Salvada por mi mamá! Pero, un momento, ¡¿hasta los dieciocho años?! Decidí dejarlo pasar por el momento.

Benjamín y Christopher resoplaron. En ese momento deseé tener un control remoto para bajarles el volumen.

Pero entonces vi que la tía Laura tenía una mirada pícara en los ojos. Se inclinó hacia adelante y dijo:

—Pero mi Sylvia tú tuviste novios antes de esa edad, ¿no? —Le dio un pequeño sorbo a su té frío mientras miraba a mamá, quien parecía una santa con las manos sobre las piernas.

—Con la edad, la memoria le hace trampa a uno, ¿no? —dijo ella como si fuera un hecho, no una pregunta.

—La mía no me hace trampas —aseguró tía Laura y apretó los labios como para esconder una leve sonrisa.

¿¡Cómo así!?

Esta es la verdad. Tía Laura no acabó la escuela en Guatemala. No sabe leer ni escribir su propio nombre, pero mi papá dice que ella es capaz de recordar cada detalle de cada cosa. Como la historia que una vez me contó de mi papá. Ella dijo: ¡Ay, tu papá! Cuando empecé a cuidar de él, era como un pollito. Siempre que me comía un trozo de pan dulce, yo solo mordisqueaba las orillas y le guardaba la parte de en medio, lo parte más suave del pan. Iba a verlo a la escuela a la hora del recreo y metía la mano por la reja para darle de comer un poco de pan directo en la boca o él tomaba un poco con su mano. Hacía esto un par de veces al día y en poco tiempo empezó a crecer. Entonces, un día como cualquier otro, le llevé un trozo de pan dulce, excepto que esa vez, en lugar de irme, me quedé ahí, viéndolo. Luego tu papá, que Dios lo bendiga, se acercó a otro niño chiquito, más pequeño que él, y le regaló el pan dulce que yo le había llevado. Empecé a llorar en ese momento, en la acera. Pero lloré de la alegría, ¿sabés?".

Me encantaban las historias de la tía Laura. Se me ocurrió que quizás ella es tan buena recordando todo —y cuando digo "todo" me refiero a todo: canciones, dichos, proverbios y recuerdos muy jugosos— porque también parece conservar cada cosa que llegaba a sus manos. Como la servilleta que le dio mamá que, después de usarla, la dobló cuatro veces y luego guardó dentro de su brasier.

—¡Vamos a su cuarto! —propuso mamá, para así ya no hablar más de novios. ¡Ja! Tanto ella como yo estamos libres de pecado. Claro que me dio curiosidad saber a qué edad ella había tenido su primer novio—. ¿Se acuerdan donde está todo? Tomen lo que necesiten de la cocina. Usen el baño, si quieren. Sea lo que sea que necesiten, podemos ir a la tienda.

—Sí, sí. Pero, primero, ¡los regalos! —dijo tía Laura y señaló su maleta. Christopher y Bejamin brincaron de alegría. Tío R. abrió la maleta de su esposa y buscó dentro y metió las manos entre la ropa y buscó otro rato más. Mis hermanos estaban casi sin aliento. Estoy segura de que esperaban recibir algo así como unos videojuegos hechos en Guatemala, pero estaban a punto de sentirse muy decepcionados. Tío R. le entregó un juguete de madera a la tía Laura y ella se lo dio a Benjamín. Era algo así como un trompo de madera con un dibujo de un templo maya en un costado.

—Gracias —respondió entre dientes Benjamín. A mamá le empezó a temblar la mandíbula.

—¡Y para ti, Christopher! —dijo tía Laura y le dio una camioneta miniatura con franjas naranjas, azules y amarillas, que en el frente tenía escrito GUATEMALA. Encima de la camioneta había pequeñas papayas, sandías y bananos. Como fanática de las miniaturas, a mí me pareció algo muy lindo, pero a Christopher no le gustó para nada. Tal vez me dejaría quedarme con las frutas de la camioneta para mi bodega miniatura.

Aun así, mi hermano abrazó a tía Laura y tío R.

—¡Muchas gracias! —dijo y a mamá le brillaron los ojos.

—¡Esperá! —indicó de repente tía Laura, como si estuviéramos a punto de irnos. Hizo a su esposo a un lado, buscó en la maleta y sacó una libra de papel de seda blanco. Se tardó una vida entera en atravesar las capas de papel hasta que finalmente llegó al centro, donde había un pequeño imán con la imagen de la bandera de Guatemala. Muy orgullosa la puso sobre la mano de mamá y le dio un apretón.

—Para ti, Sylvia.

—¡Ay, qué lindo! —agradeció mamá como si ese imán fuera una joya. Al menos era algo práctico, no como los enormes adornos de madera, un tenedor y una cuchara, que trajeron la última vez que vinieron a vernos y que, a la fecha, siguen colgados en la pared. O sea, ¿cómo le hicieron para traer semejantes cosas en la maleta?

Tía Laura empezó a hacer a un lado más papel de seda.

—Por último, pero no menos importante, para ti Liliana —dijo y me entregó una cosa tejida color azul y morado. La vi con atención mientras intentaba expresar mi agradecimiento con mi cara. ¿Es una bolsa? ¿Un cinturón? ¿Una cinta para el cabello? —. Es para que metás ahí tu botella de agua —explicó la tía Laura.

Evité voltear a ver a Christopher, porque sabía que estaba a punto de soltar una gran carcajada.

—¡Muchas, muchas gracias! —respondí. Me puse de pie para darle un abrazo a tía Laura, pero antes le di un pisotón al pie de Christopher a propósito.

Luego de que mamá terminó de mostrarles el apartamento (a pesar de que mis tíos ya conocían el lugar y a pesar de que solo había cinco habitaciones, o seis si cuentas el baño), tía Laura me tomó el codo y me llevó al pasillo. La tenía tan cerca que sentí su aroma a campo antiguo, ese olor que viene dentro de todas las maletas que traen nuestros parientes de Guatemala, un olor como a leña quemada, maíz dulce, tierra mojada y un toque de Head & Shoulders.

—¡Cómo te parecés a Fernando! —dijo mi tía mientras me acariciaba el rostro—. ¡Sos pero igualita!

No lo esperaba, pero se me llenaron los ojos de lágrimas.

—No llorés, mija —me pidió muy suave y me apretó con fuerza.

Se acercó más a mí y te digo que no fue algo fácil, considerando que la tenía ya tan cerca.

—No importa lo que pase. Él siempre te va a amar, mija.

¿Y eso qué diablos significa?

—¿Gracias?

—Él está trabajando muy duro para volver con ustedes, debes saberlo —aseguró y su voz fue apenas un suspiro—. Tenés que creer que él va a regresar a ustedes a salvo, si Dios lo quiere. —Dibujó una cruz sobre su pecho.

Me quedé helada. ¿A salvo? ¿Y por qué mi papá necesita que recemos por él? ¿Exactamente cómo pensaba volver a casa?

—¿Tía? —dije—. ¿A qué se refiere con "a salvo"?

—¡Laura! —gritó el tío R. desde el otro lado del pasillo.

Tía Laura abrió los ojos como si la hubieran asustado.

—Tía, ¿por favor, dígame? —le rogué.

Se llevó un dedo a los labios y volteó a ver qué quería mi tío.

Más tarde, mis tíos tomaron una siesta, pues seguían afectados por el cambio de horario. Entonces fui a la cocina, donde estaba mamá. La encontré batiendo masa para hacer una magdalena. Había dejado la caja de pastel a un lado en la encimera. Al frente de la caja había una mano blanca mostrándonos el resultado final: un pastel sobre un plato rosa. Me pregunté si sería un pastel más rico que el que comimos el año anterior para mi cumpleaños. Despejé mi garganta y le hablé: —¿Mamá?

—¿Qué querés, Liliana? —respondió y vertió un poco de masa en un molde de metal Bundt. Parecía que iba a ser un pastel delicioso. Tomé una cuchara para comer lo que había quedado de masa dentro del recipiente donde mezcló todos los ingredientes.

—Tía Laura dijo algo sobre mi papá, dijo que él va a volver a casa "a salvo".

Vi que una diminuta preocupación le atravesó los ojos a mamá. De inmediato, se enfocó en apretar los botones del horno.

No quería estresarla más, pero tenía que saber a qué se refería mi tía. Insistí.

—Dijo que debíamos rezar por él, para ayudar a que vuelva a casa. ¿Qué crees que significa eso?

—¡Ay! —se quejó mamá; había apretado tantos botones que el horno empezó a hacer ruido.

—¡Mamá! Tenés que hornearlo a trescientos cincuenta grados, no quinientos grados. —¡Hasta yo sé eso! La hice a un lado, ajusté la temperatura y puse el temporizador.

Mamá me ignoró. Alcanzó el molde Bundt, pero resbaló de sus manos e iba de camino al suelo, cuando lo atrapé justo a tiempo.

—¡Mamá! Decime qué está pasando.

—Ahorita no, Liliana—. Se limpió las manos en una toalla bordada que tía Laura le había regalado tres años antes y que colgaba de la manija del refrigerador—. ¿Te podés encargar del pastel? —dijo, abrió la puerta del horno para que metiera el molde y salió de la cocina. Segundos después, escuché que cerraba la puerta de su habitación.

13

A salvo. Tía Laura dijo esas palabras. Tía Laura, quien estaba de visita por alguna razón. *A salvo.* Esas palabras empezaron a pellizcarme la piel. ¿Qué pasa si las cosas no son tan simples como parecen? ¿Qué pasa si llenar unos formularios no lo arregla todo? ¿Papá va a tener que cruzar la frontera para volver a casa? ¿Literalmente va a tener que escalar un muro? No, no. Mi papá es un hombre inteligente. Es astuto. Va a encontrar la manera de volver a casa sin ponerse en peligro, ¿no? Pero tía Laura dijo que va a volver.

Y como mamá no iba a darme más detalles, decidí que iba a sacarle más información a la tía Laura. Primero, fui a ver cómo estaban mis hermanos. Estaban en la sala y se apuntaban el uno al otro con armas de mentiras. Pobres niños. Básicamente escapan del mundo real para ir al mundo de los videojuegos, de la misma manera en que yo me voy a construir mis miniaturas o me pongo a escribir. Antes de entrar a la sala, escuché que Benjamín le dijo a Christopher:

—¿Por cuánto tiempo se van a quedar? ¿Y mi papá cuándo va a regresar?

—*Hey!* —grité y Benjamín levantó la mirada.

—¿Qué?

—¿Quieren... jugar a las luchas o algo? —De repente, me atrapó el recuerdo de mi papá haciendo muecas de dolor mientras uno de mis hermanos lo tenía sometido con sus Brazos. Sacudí la cabeza con fuerza.

Christopher entrecerró los ojos.

—¿Es en serio?

—¡Sí! —dije con entusiasmo—. ¿Saben qué podemos hacer? —Hice una pausa mientras pensaba en maneras de que todo fuera más divertido. ¡Ya sé! —. Podemos meter almohadas debajo de nuestras playeras y pelear como si fuéramos luchadores de sumo. ¿Qué tal?

Se miraron entre ellos y juntos, con su capacidad de comunicarse el uno con el otro sin decir nada, tomaron una decisión. Christopher tomó el control remoto del televisor y dijo:

—Tal vez después.

Al menos lo intenté.

Una hora más tarde, encontré a la tía Laura bebiendo cerveza en la cocina. Le encantaban los limones y tenía varios frente a ella. A tía Laura también le encanta tomar cerveza y, mientras tomaba, hablaba por teléfono sin parar, y reía a gritos con mi otra tía, del otro lado de la línea. Mamá había ido a la tienda de la esquina a comprar cosas para preparar la cena. Tío R. tomaba una siesta antes de cenar, la segunda siesta del día y una muy diferente a la que tomó temprano por el cambio de horario. Para el almuerzo, tío

R. se había comido la mitad de la magdalena. ¡Estaba muy cómodo en nuestra casa!

—¿Con permiso? —dije—. ¿Tía? —Usualmente no soy capaz de interrumpir a un adulto cuando habla por teléfono, pero parecía a punto de colgar la llamada.

Pero ella no me escuchó y simplemente siguió hablando por teléfono.

—¿Tía? —repetí, levantando la voz.

Volteó a verme y cerró y abrió los ojos como intentando recordar quién era yo. Tal vez estaba más aturdida de lo que yo creía.

—Te llamo después—le dijo a mi otra tía y colgó, así nomás.

Se metió un gajo de limón a la boca y lo chupó. Me sonrió con los ojos mientras me sentaba a su lado.

De hecho, me cae muy bien mi tía Laura. Usualmente, entiendo un 80% de lo que dice. Habla rápido y con muchos chapinismos y es muy graciosa. Me gusta ver cómo se ríe con todo su cuerpo. Los brazos le caen a los lados y ella se inclina de tal manera que parece que está a punto de caerse, pero logra enderezarse justo a tiempo y deja salir una enorme carcajada. No miento, escucharla reír es contagioso.

—¿Tía? Le quería preguntar… si usted… quizás… había tenido la oportunidad de hablar con mi papá.

—Mirá… —dijo e hizo una pausa antes de darle un sorbo a su cerveza—. Deberías hablar con él antes de….

UN MOMENTO. ¿Puedo hablar con mi papá? ¿Había ya hablado mamá con él? ¿Qué tan seguido hablan? ¿Y no permitía que mis hermanos o yo habláramos con él? Tranquila. Tranquila. Tengo que estar más tranquila.

—Si supiera su número telefónico, me encantaría llamarlo para hablar con él—señalé, como dándole pistas, como diciéndole: "¿No quiere llamarlo ahora mismo y dejar que yo hable con él?". Tomé un cuchillo y empecé a contar un limón en pequeños trozos.

Pero mi tía no dijo nada más. Simplemente terminó de tomar su cerveza y me pidió que le trajera otra. Fui a buscarla en el refrigerador. .

—Gracias, mija —dijo y la abrió; la lata dejó salir un leve siseo.

Vi fijamente a mi tía Laura.

—Tía, ¿puedo preguntarle algo más?

Se encogió de hombros.

—Preguntá o no, pero no preguntés si puedes hacerme una pregunta, mija.

Empecé a arrancarme un pedacito de piel de la uña.

—Está bien. Pues, quería saber qué quiso decir cuando me dijo que esperaba que mi papá volviera a casa "a salvo". ¿Él corre peligro en este momento? ¿Por eso vinieron de visita ustedes?

Le dio un golpecito al seguro de la lata de su cerveza.

—Vine acá para llevar dinero de vuelta a Guatemala que, sí, le va a servir a tu papá.

Entiendo. Dinero. ¿Entonces eso significa que ella se reunió con él, que lo ha visto con regularidad?

Y, por supuesto, en ese instante mamá entró al apartamento dando gritos.

—¡Ayúdenme con estas bolsas! —pidió.

Tía Laura dijo muy suavemente:

—Mija, lo que pasa es que le va a pagar a un coyote para que lo traiga de vuelta.

Boom.

14

—¡Tierra a Lili!—. Holly me dio un toque en el brazo.

—¿Qué pasa? Ay, perdón.

Sacudí la cabeza e intenté enfocarme en lo que sea que estaba hablando Holly, pero seguía pensando en la bomba que me entregó mi tía Laura la otra noche. Mi papá había contratado a un coyote. Usualmente, no soy buena para separar los problemas que enfrento en casa y la escuela, pero esto es algo mucho más grande.

—¿Te estoy aburriendo? —dijo Holly—. ¡Es como si desaparecieras!

—Lo sé. Perdón. He tenido que lidiar con mucho estos días. Mis tíos están de visita de Guatemala y, pues, me vuelven loca.

No era del todo cierto, pero tampoco fue una mentira. Lo que me dijo mi tía sí hizo que me volviera loca, que me preocupara mucho.

Holly me miró fijamente y apretó los labios.

—Lo que pasa es que necesitas un descanso. ¿Por qué no vas a verme después de clases?

—¿Te refieres a ir a tu casa?

—No. A mi casa no —se burló Holly—. Ven a verme a la caja de cartón que tengo debajo del puente. ¡Sí! ¡A mi casa!

La luz del sol que entraba por la ventana de la cafetería iluminaba su cabello. Entendí que me había invitado a ir a su casa y, de repente, empecé a pensar qué tan grande iba a ser su cuarto, en vez de pensar cómo carajos encuentras un coyote. Imaginé los bocadillos y chucherías que tendría en su cocina. ¡Por supuesto que quería ir! Pero, o sea, mamá...

—No sé si puedo ir. Mi tío y mi tía, pues, necesitan compañía. —Volteé a ver sobre mi hombro. Es algo muy extraño que empecé a hacer de repente. No es que me preocupara que, de la nada, mi papá apareciera junto a un coyote en el pasillo de la escuela o algo así. Pero no sé. Estaba nerviosa. Todo mi cuerpo era una bola de nervios desde que mi tía me dijo lo de mi papá.

Holly me dio un codazo.

—¿Y qué? No solo tú puedes hacerles compañía a tus tíos.

—Yo... O sea. No sé —balbuceé—. Mis papás son muy estrictos. Eso tampoco era mentira. En otras palabras, mis papás nunca me habían dado permiso para ir a la casa de alguien más que no fuera familia o amigo de la familia que conocieran por años.

—O sea, ¿no te dejan ir a la casa de un amigo? Eso es algo muy raro. —De inmediato Holly hizo una mueca como arrepintiéndose de lo que había dicho—. Perdón. Es que ir a la casa de tus amigos es, no sé, algo....

—¿Algo normal?

—Sí. —Holly se encogió de hombros.

Agarré mi bandeja. ¿Normal? ¿Qué es normal? Apuesto que no es normal preocuparse si a tu papá lo va a atrapar la Patrulla Fronteriza.

Vi fijamente a Holly.

—Pensaría que sí. Pero, okey, gracias. Voy a preguntar si puedo ir a tu casa.

Pero me di cuenta de que no tenía que pedir permiso. Mamá simplemente va a pensar que voy al club de arte, como cualquier otro día. ¡Sí!

Mientras más pensaba en eso, me sentía más ansiosa. ¿Y qué pasa si me deja el bus de vuelta a casa? Entonces y por si acaso, decidí que debía contarle a mamá que quería ir a la casa de Holly. Pero, por supuesto, había dejado mi teléfono en casa. YA SÉ. Durante la hora de estudio dije que tenía dolor de cabeza y pedí permiso para ir a la enfermería. No dije una mentira, solo que me dieron una aspirina que no era el tipo de medicina que podía curar mis males. Luego, tal y como lo esperaba, la enfermera me dijo que tenía que llamar a mi mamá para que ellos pudieran darme la aspirina. Ella contestó y le hablé en español durante toda la llamada. En épocas como esta, realmente me encanta ser bilingüe.

—¿Liliana? ¿Qué pasa? ¿Qué te pasó? ¿Dónde estás? —Así es ella. Siempre dramática.

—Estoy bien. No pasó nada. Estoy en la escuela. Dejé mi teléfono en la casa; te estoy llamando desde la enfermería.

—Oh. —Mamá hizo una pausa—. ¿Y qué te pasa? ¿Estás enferma?

Rápidamente le dije que no tenía nada de qué preocuparse.

—¿Nada? ¿Me llamaste por nada? ¿Qué te pasa Liliana? ¡Ya voy tarde!

La escuché moviendo cosas, haciendo cosas. Escuché el chorro abierto, el pitido de microondas. De seguro se está alistando para ir a otra entrevista. De repente quería que le dieran trabajo como ama de casa, pues según ella es un trabajo bien pagado. Ahora entiendo por qué le es tan difícil conseguir un trabajo. ¡Probablemente todos le piden los papeles! A propósito, ¿cuánto dinero necesita papá para volver? Supongo que es mucho dinero. Y aunque mis tíos estén de visita, en seguida ella pierde el control de sí misma. Apenas ayer me di cuenta de que había ordenado mi gaveta de las calcetas por color. ¡Por color!

—Pues tengo una nueva amiga acá en la escuela. Se llama Holly. Ella y su familia son mi familia anfitriona. Te conté sobre las familias anfitrionas del programa METCO. Ella es muy buena onda. Es pelirroja. Pues Holly me preguntó si podía ir a su casa a estudiar para una prueba de biología que tenemos el próximo lunes. Sabés que quiero causar una buena impresión con los maestros y este examen será horrible. O sea, va a ser un examen muy difícil. Todos están estudiando día y noche para estar bien preparados. Por la tarde, la mamá de Holly me puede llevar a la escuela para que tome el autobús de vuelta a Boston. Llegaría a casa como a las siete de la noche. ¿Puedo ir?

—Está bien.

—¿En serio?

—Me tengo que ir, mija. Ahorita.

—Okey. —¡Mamá me había dado permiso de ir a la casa de una amiga! ¿En qué universo estaba?

—¡Esperá! —gritó justo cuando estaba a punto de colgarle. La enfermera me observaba fijamente como diciendo: "Sabes, no te he escuchado decir la palabra *aspirina* ni una sola vez".

—¿Sí?

—Llama otra vez y deja un mensaje con el nombre de la chica, su dirección y número de teléfono. Por si acaso. Voy a dejar que la llamada entré al buzón.

—Okey.

—¡Que no se te vaya a olvidar!

—No. No. Buena suerte.

—Te amo.

—Yo también. —Y colgué.

Le di las gracias a la enfermera, le dije que ya no necesitaba la aspirina y me fui de vuelta al salón de estudios donde no pude concentrarme ni un poquito en la tarea de Matemática. Todos los números me hicieron pensar en dinero y en cómo tía Laura y tío R. habían ido hasta Boston para juntar dinero y llevar a mi papá de vuelta a Guatemala, porque enviarles el dinero de manera electrónica es algo muy peligroso. Pero los boletos de avión son bastante caros. ¿Qué tanto cobra un coyote por sus servicios? O sea, no puedes pagarle con tarjeta de crédito. ¡Y conseguir el dinero es la parte más fácil! A lo que me refiero es que mi papá le va a confiar su vida a un extraño. Incluso si es el mejor coyote del mundo, tiene que confiar ciegamente en él. Y, a propósito, ¿qué tan lejos está Guatemala de los Estados Unidos? No tenía ni idea. De repente, entendí que tenía mucho por aprender. Cerré mi libro de Matemática y pedí permiso para ir a la biblioteca.

De camino a la biblioteca pasé a un lado de la oficina METCO y escuché a dos chicas riéndose. Caminé más despacio y eché un vistazo dentro, intentando no ser tan obvia y vi que las dos chicas estaban comiendo dulces de un tazón de Halloween con forma de calabaza. Una de las chicas era Ivy. Parte de mí estaba enfocada en completar una misión. Guatemala.

¡Genial! Una de las computadoras de la biblioteca estaba desocupada. Me senté frente a ella y guglié "Guatemala". Obtuve los siguientes resultados:

- un artículo de Wikipedia y un mapa del país
- fotos de volcanes
- noticias de personas buscando a familiares desaparecidos
- recetas para hacer tamales

—¡Me encantan los tamales! —dije en voz alta. La bibliotecaria me fulminó con la mirada—. Perdón... me dio un calambre —aclaré como si eso explicara por qué había gritado de tal manera. Hice clic sobre el mapa de Guatemala. Ahí está mi papá, en ese lugar. Hmmm. Sé que mi papá llegó a los Estados Unidos cuando tenía dieciocho años, pero no sé cómo llegó acá. Mamá llegó a Boston dos años después proveniente de El Salvador. Se conocieron en una fiesta y el resto es historia. Continué mi búsqueda. Los países que rodean a Guatemala son México, Belice, El Salvador y Honduras. A continuación, encontré algunos hechos interesantes:

- Guatemala es hogar de volcanes, selvas tropicales y antiguas ciudades mayas.
- La capital de Guatemala es Ciudad de Guatemala donde hay muchos museos.
- La antigua capital del país es Antigua Guatemala, donde puedes encontrar muchos edificios estilo colonial.
- El Lago Atitlán está ubicado dentro de un enorme cráter volcánico y es una de las más importantes atracciones turísticas del país.
- Guatemala es más o menos tan grande como Luisiana.

¡Púchica! No sabía nada de eso. Deseé haberle hecho más preguntas sobre Guatemala a mis papás. Alguna vez medio que me pregunté por qué mis papás nunca nos llevaban a Guatemala. Ya sabes, de visita, especialmente si teníamos tantos parientes y todo es más barato allá. Mamá y papá se la pasan comparando los precios de todo y dicen que todo es más barato "en Guate".

Le hice clic a la ventana de imágenes y aparecieron docenas y docenas de fotos de campos de café, aldeas, mujeres vistiendo su indumentaria maya y faldas de un millón de colores; niños de la edad de mis hermanos con enormes canastas llenas de vegetales sobre sus cabezas; una mujer canche meditando sobre un yoga mat, frente a un enorme lago; una cruz gigante frente a una enorme iglesia, sitios arqueológicos mayas en una ciudad llamada Tikal, rascacielos junto a una antigua fuente; una pareja contrayendo matrimonio en una calle empedrada de Antigua, con nubes muy llenitas y un cielo rosa de fondo, y una calle cubierta por una alfombra hecha con aserrín de colores. ¿Por qué mi papá no me habla de estas cosas? De vez en cuando se pone bien nostálgico y nos dice que el pollo sabe mejor allá, y que en "Guate" la gente siempre te ve a los ojos. Pero pronto vuelve a lo que está haciendo o tal vez, tal vez nunca le pregunté nada de Guatemala. Quizás él pensaba que no quería saber nada de Guate. Pero, papá, ¡sí quiero saber más!

De repente, sentí la presencia de la bibliotecaria detrás de mí.

—¿Te puedo ayudar a buscar algo? —preguntó y su tono de voz me recordó a esos vendedores tan molestos que te siguen por todos los pasillos porque piensan que te vas a robar algo de la tienda.

—¡Oh, no, gracias! —respondí y de inmediato le di clic a la X en la pantalla. Por Dios. Ahora de seguro piensa que estaba viendo videos porno o algo así.

—Vi que estabas leyendo acerca de Guatemala.

¡De nuevo ese tonito! Habló como si en realidad sí hubiera estado viendo videos porno.

En ese momento no supe qué decirle.

—¿Estás escribiendo un reporte sobre Guatemala?

—Algo así... O sea, es para obtener puntos extra.

Qué buena respuesta.

—Es bueno ver que los estudiantes aprovechan los trabajos para recibir puntos extra —dijo con mucho entusiasmo—. Pero —añadió y miró el reloj de pared—, ya casi acaba el periodo. Puedo apartar algunos libros y otros recursos para que pases más tarde por ellos. ¡Bien por ti! Me alegra que aprendas más sobre esa gente.

¿Cómo así que "esa gente"?

Al salir de la biblioteca, fui derecho a la clase del señor Phelps mientras "esa gente" seguía dándome vueltas en la cabeza. Fui la primera en llegar a la clase. El señor Phelps estaba sobre un banco, inclinado sobre su computadora y parecía que sus lentes estaban a punto de soltar su nariz y caer al suelo.

Me empezaba a caer bien el señor Phelps, a pesar de que aún se le pasaba la mano al preguntarme si había entendido el material y todo lo demás.

Realmente le había puesto énfasis al tema de migración. El señor Phelps agregó un montón de libros a nuestra lista de lectura para que pudiéramos obtener puntos extra y había proyectado partes de documentales para que entendiéramos más sobre la migración desde diferentes puntos de vista. Un documental era sobre las mujeres que dejan a sus hijos en Honduras, Guatemala y El Salvador para llegar a los Estados Unidos y trabajar como criadas y amas de casa y cosas así, y luego enviar dinero a casa. Es muy triste ver cómo esas mujeres deben estar lejos de sus hijos durante toda su niñez y no pueden ir a sus cumpleaños ni graduaciones. Mientras, yo me quejo cuando mamá me obliga a hablar con la tía Rosa en su cumpleaños y ella vive ahí no más, en Nueva York. Además, vivo con mis dos papás —o solía hacerlo— no como los niños de los documentales. Supongo que siempre supe por qué mis papás habían venido a los Estados Unidos. O sea, en términos generales, querían tener una mejor vida. Pero realmente no entendía del todo lo que habían tenido que enfrentar de camino a los Estados, como dejar atrás su país, su idioma, familia, amigos y demás. Habían tenido que dejar atrás su vida entera. ¡Yo no tenía ni idea!

—Perdón, ¿señor Phelps? —dije.

Levantó la mirada.

—Ay, hola, Lili.

—Si está muy ocupado, puedo hablarle después —añadí rápidamente.

—No. Por favor, toma asiento—. Cerró su computadora—. ¿Con qué te puedo ayudar?

—Pues recuerdo que una vez dijo que podíamos obtener puntos extra si leíamos algún libro sobre migración.

—¡Así es! —afirmó.

Carajo, los maestros se emocionan tanto cuando sus estudiantes se interesan al menos un poquito en lo que sea.

—Pues habló de un libro sobre un chico que viaja sobre un tren de carga de México a los Estados Unidos.

—Guatemala.

—¿Qué? —pregunté y me quedé helada. ¿Guatemala?

El señor Phelps sacudió la cabeza.

—No. Guatemala no. Perdón. Quise decir Honduras. El chico se llama Enrique. El libro trata de su viaje de Honduras a Carolina del Norte. —Su voz se tornó más gentil—. Fue en busca de su madre.

—Ah….

El señor Phelps salió disparado hacia la librera. Pasó un dedo sobre algunos libros y dijo: —¡Acá está! —Me entregó un libro de pasta suave. La portada mostraba a un chico más o menos de mi edad sobre un enorme tren de carga. El chico pudo haber sido mi papá, de adolescente. Apreté los ojos.

—¿Es este el que decías? —quiso saber el señor Phelps.

—Sí. Gracias. —El libro era *Enrique's Journey*, de Sonia Nazario. Lo metí en mi mochila, no quería que nadie más lo viera. Nací aquí en los Estados Unidos y no tenía que probárselo a nadie, pero para mí era más fácil esconder el libro en mi mochila y no armar un escándalo.

—Lili, me alegra que te haya interesado.

No dije nada más. Me quedé ahí llevando mi peso de un pie al otro.

—Honduras. No lo sé. Pero Guatemala es un país hermoso.

—¿Ha ido a Guatemala? —pregunté.

—¡Sí! Fui cuando tenía unos veintitantos años. Fui a México, Guatemala y estuve en algunos lugares de Sudamérica. —Acomodó sus lentes. Parecía querer decirme algo o, peor aún, preguntarme algo. Pero no me preguntó nada. Simplemente comentó—: No lo olvides. Recibes puntos extra solo si escribes un ensayo sobre el libro. Mínimo, dos páginas. Hay más información en el sitio web de la clase.

Sonó la campana y otros estudiantes empezaron a entrar al salón.

—Sí, pues. Okey. Gracias. —Hice una pausa—. A propósito, ¿señor Phelps?

—¿Sip?

—¿Entonces, los migrantes sí lo logran? O sea, esos que van sobre los trenes de carga y contratan a coyotes, ¿realmente llegan a cruzar la frontera?

Frunció el ceño.

—Algunos sí.

—Ah, okey. Qué bueno saberlo. Gracias —dije; intenté no sonar tan preocupada, pero por dentro estaba intranquila.

Me está viendo como si yo fuera un bicho raro, ¿verdad? Seguramente ya adivinó por qué le hice esas preguntas, pensé. Encontré un asiento vacío en la fila de hasta atrás, me senté y saqué mi tarea.

15

De camino a juntarme con Holly junto a su casillero, después de clases —debo admitirlo, me emocionaba ir a su casa y ser una chica *normal*— eché un vistazo dentro del salón donde Dustin recibe su última clase del día, para ver si podía encontrarme con él. Pero no tuve suerte. ¡Odio no tener mi teléfono! Luego pasé por la librería para recibir los tres libros de Guatemala que la bibliotecaria había apartado para mí. Pero no eran para nada como los libros que el señor Phelps tenía en su clase. Eran libros, pues, básicos. En su mayoría tenían hechos históricos y algunas fotos de aves exóticas. Tomé dos libros para que la bibliotecaria no se sintiera mal, pero sabía cuál iba a leer primero.

Menos de veinte minutos después y muuuuuuy lejos de Guatemala, llegué a la puerta principal de la casa de Holly. Adentro, huele similar a la oficina de un dentista. Bueno, fue como una mezcla de dentista y pie de calabaza. Vive, además, en una casa enorme. O sea, hace falta un montononón de cartón para siquiera hacer una réplica de la casa de Holly. Todo —y me refiero a todo— tenía un tono bronceado: el color exterior de la casa (que tenía tres pisos), la enorme puerta principal, las alfombras que cubren de pared a pared, los azulejos de la cocina e incluso las toallas del baño de visitas son de un color bronceado. Cuando entré al baño, vi de frente una fotografía de Holly y su hermano pequeño, Max. En la foto salen riendo tan fuerte que tienen los ojos casi cerrados. Al nomás llegar a la casa de Holly tuve que ir al baño y, sí, tenía miedo de que mi pipí hiciera mucho ruido, entonces abrí el chorro del lavamanos. Hasta el cuarto del baño es gigantesco. Gracias a Dios, no tienen perros. Los perros me asustan muchísimo. La mayoría viven detrás de vallas metálicas con letreros que dicen "CUIDADO CON EL PERRO". No, gracias.

Holly y su madre dejaron de hablar tan pronto entré a la cocina. El piso estaba tan limpio que pudo haber aparecido en algún anuncio de Clorox. Cada detalle de la experiencia de estar en la casa de Holly llamó mi atención, como cuando la mamá de Holly nos dijo "chicas". O sea, es obvio que somos chicas. Pero nos hizo preguntas tipo: "¿Les gustaría a ustedes, chicas, unas botanas?" y nos hizo señas para que nos acercáramos a la isla —sí, tenían una isla— que estaba en medio de la cocina. Sin embargo, la señora Peterson parecía buena onda. Pero ¡ajá! ¡Tiene cabello color beige! De camino de la escuela, la señora Peterson le preguntó a Holly qué tal había estado su día y luego dejó que Holly pusiera la música que quisiera. ¡Y cuando empezó a sonar una canción de rap con muchas groserías, Holly le subió el volumen y su mamá ni siquiera le pidió que le bajara! Mi mamá hubiera perdido la cabeza.

En la isla de la cocina había muchos tazones hondos y platos llenos de pistachos, papalinas (de las caras, esas que cada papalina dentro de la bolsa tiene forma diferente de las otras), rebanadas de manzanas y cubitos de queso cheddar, galletas con trozos de trigo de verdad. A un lado había un poco de mantequilla de maní y dos vasos vacíos.

—¡Gracias por las botanas! —dije.

—¿Lili, te gustaría un poco de leche o jugo? —preguntó la señora Peterson.

—Mamá, ¿hablas en serio? —se extrañó Holly y soltó un suspiro dramático mientras pescaba algunos pistachos del tazón de las boquitas—. ¡Ya no tenemos cinco años!

Rápidamente contesté:

—Gracias, señora Peterson. Un vaso de agua es suficiente. Yo me sirvo.

La mamá de Holly volteó a verme antes de dirigir su atención a Holly.

—Pues, sin duda, Lili tiene mejores modales que tú.

—*Whatever* —dijo Holly y dejó caer un montón de pistachos dentro de su boca. Holly come como si no fuera una chica blanca y delgadita. O sea, no parece anoréxica o algo por el estilo, pero sí es muy delgada. Más delgada que yo.

Me comí una papalina y eché un vistazo por los grandes ventanales de la cocina, que ofrecía una vista al jardín bien cuidado. Más allá, había docenas de grandes árboles que, seguramente, albergan una tierra sacada de un cuento de hadas. Juro que me sentí en medio del bosque, como cuando fui de viaje escolar a Blue Hills el año pasado. Me enfoqué en las hojas brillantes que iluminaban el enorme jardín. Todas eran tan perfectas que esperaba ver a Bambi brincando entre los árboles. A mis hermanos les hubiera encantado estar aquí y yo empecé a desear que el invierno nos regalara al menos una enorme tormenta de nieve. Preferiblemente que ocurriera antes del fin de semana.

—¿Y qué tal te va en Westburg y con el programa METCO? —quiso saber la señora Peterson—. Pobrecita tú. El viaje en autobús es un viaje tan largo. Dime otra vez de dónde eres, cariño. ¿Extrañas tu antigua escuela? Es algo muy normal sentirse así.

No supe qué pregunta responder primero y ni siquiera tuve que hablar porque la mamá de Holly siguió hablando. Tomó el amuleto dorado en forma de herradura que tenía en su collar mientras hablaba.

—Cuando estaba en la secundaria, mi familia se mudó al otro lado del país. ¿Puedes imaginarlo? Fue un gran cambio, pero al final me alegra que nos hayamos mudado a la Costa Este, pues me enamoré de Cape Code y de las islas. Cada verano pasamos al menos una semana en Nantucket. ¡Deberías venir con nosotros el próximo año! Bueno, ¿hay algo más que pueda hacer por ti, Lili? ¿Quieres algo que comer? ¿Dulce o salado? No soy una excelente cocinera, pero sé lo que hago. Seguramente estás acostumbrada a comer comida muy rica que hace tu mamá. ¿Sabes qué? Puedo hacer unos mini sándwiches de mantequilla de maní y mermelada. ¿Quieres?

Guau. La mamá de Holly es todo un personaje.

—¡Mamá! Por favor, ya basta. —Holly volteó a verme—. Perdón. No sé por qué mi mamá se las lleva de Martha Stewart en este momento. —De nuevo le dirigió la palabra a su mamá—: ¿Y si mejor te vas?

Incómodamente mantuve la mirada entre Holly y su madre. Si alguna vez yo le llego a hablar a mamá de esa manera, especialmente frente a las visitas, ella seguramente me va a pellizcar y a darme un discurso para que nunca olvide que ella es mi madre. En vez de eso, la mamá de Holly sacó un frasco de crema humectante que estaba dentro de una canasta de mimbre color café —había como seis en el suelo— y se echó un poco en las manos. Canela. Y nada más. Me encanta el olor a canela.

Mientras se embarraba con crema las cutículas, la señora Peterson le dijo a Holly que el menú de la pizzería estaba en la gaveta de siempre y que iba a estar en su oficina en caso de que necesitáramos algo de ella. Entonces se esfumó al otro lado del pasillo alfombrado y se metió en su oficina. No te miento. Nunca había estado en una casa donde hubiera una oficina. Me moría de las ganas de me dieran un *tour*, pero sabía que es de mala educación pedir que mostraran la casa. Holly y yo nos quedamos en la sala.

Corrección: en la *suite* donde, incluso, tiene su propio baño. Es un baño que ningún tío deja apestoso.

—¡Tienes tu propio baño! —exclamé, como si Holly no se hubiera dado cuenta de ello.

Holly no respondió; estaba demasiado ocupada vaciando el contenido de una de las canastas de mimbre rosa sobre la alfombra. *Esta familia se toma muy en serio eso de las canastas de mimbre*, me dije.

—*Fuck!* Creí que había dejado mi cargador aquí. Lo juro. Si me entero de que Max lo volvió a agarrar, lo mato mientras duerme.

—Ha de ser un muy buen cargador—dije, sentándome con las piernas cruzadas sobre la alfombra.

El tiempo dejó de correr dentro del cuarto de Holly, dentro de su enorme casa, y mientras nos rodeaba el embriagante olor de la pizza de *pepperoni* que su mamá había dejado que pidiéramos sin razón alguna.

—Revisen en la gaveta donde guardo efectivo, para ver si hay billetes —nos indicó su mamá; su voz viajó por el pasillo, vino desde su oficina. ¡Ha de ser muy *cool* tener tu propia oficina! Un día tendré una. Me veía dando vueltas en una silla de cuero y trabajando en mi amplio escritorio, mientras Post-its amarillos y rosas vuelan a mi alrededor como si fueran confeti.

—¿Y tú mamá qué hace? O sea, ¿de qué trabaja? —le pregunté a Holly.

Comíamos trozos de pizza directo de la caja. Un largo hilo de queso grasiento colgaba de los labios de Holly cuando dijo:

—Da consultorías —como si eso significara algo para mí. Me dio vergüenza hacer más preguntas, entonces simplemente alcancé otro pedazo de pizza.

Luego Holly empezó a revisar las diferentes listas de reproducción que tenía en su laptop. Tenía todo tipo de música. De Taylor Swift a Cardi B, de Fetty Wap a *hip hop* de la vieja escuela. Me gustó la forma en que ella reproducía las canciones. O sea, no solo les daba *play*. Hacía cambios como si fuera un DJ o algo así.

Dudé antes de tomar el último trozo de pizza. Pensé que debía cubrirla con una servilleta y llevársela a mis hermanos. En casa solo pedimos pizza cuando a papá le dan un bono en el trabajo o para mi cumpleaños. Nunca es algo tan casual. Nunca alguien en mi casa dijo: "El menú de la pizzería está en la gaveta".

De pronto, escuché un ruido muy fuerte que parecía provenir de debajo del suelo, como si fuera un terremoto o algo así.

—¿Qué es eso? —pregunté.

Holly soltó una risita.

—Eres de lo peor. Eso es mi papá viniendo del trabajo. O sea, acaba de parquear su auto en el garaje.

Aún me cuesta saber cuándo Holly habla en serio y cuándo es sarcástica. Pienso que, en general, ella habla así en cualquier momento. La verdad es que nunca había estado dentro de una casa con un garaje. El garaje de la casa de Holly tiene lugar para tres autos. ¿Y para qué necesitan tanto espacio?

Un minuto después, un chico sudoroso de unos once o doce años, vestido de pies a cabeza con indumentaria de *hockey*, apareció en la puerta de Holly y le mostró su dedo de en medio.

—¡Hola, cara de nalga! —saludó.

—¡Vete de aquí, Max!

El hermano de Holly me miró de arriba abajo.

—*Hey*.

Holly atravesó su habitación muy a prisa, le cerró la puerta en la cara a su hermano y luego le subió el volumen a la música.

Ella dijo algo de que su hermano es un gran idiota; tuvo que gritar para que oyera su voz por encima de la música. Entonces apenas escuchamos que alguien tocó la puerta.

—¡Ush! De seguro es mi papá —gritó Holly—. Siempre quiere saludarme cada vez que viene a la casa —añadió como si decirle "hola" a tu papá cuando vuelve del trabajo fuese lo peor del mundo.

El papá de Holly volvió a tocar la puerta.

—¡Ya voy, padre!—replicó Holly en tono de burla y dio un brinco para ir a abrir la puerta.

—¡Hola, Lili!—dijo después de darle un abrazo a Holly.

—¡Hola! —respondí y volví a sentirme muy incómoda. El papá de Holly vestía traje y corbata, igual que el director de una escuela. No, más bien puro superintendente de escuela—. Mucho gusto de conocerlo, señor Peterson.

—Chicas, ¿qué tal les va en la escuela? —preguntó, y le sonrió a su hija.

—¡Bien! Emmm… ¿quieres algo?

—¿Qué dices si encendemos una fogata en la parte de atrás y hacemos unos Oreo *s'mores*?

—¡Sí! —se entusiasmó Holly y cerró su laptop de golpe.

No podía ni hablar. ¿Holly había sido muy grosera con su papá y ahora él, básicamente, la recompensaba con un postre?

—¿Qué son Oreo *s'mores*? —quise saber después de un rato.

—Ay, por Dios. Son lo mejor del mundo. Son *s'mores*, pero en vez de galletas Graham usamos Oreos. Son demasiado ricas. Ven. Acompáñame.

—Vuelvo en un momento —dijo el papá de Holly—. Solo me cambio de ropa—. Y despareció.

Parecía una excelente idea. Holly me llevó por unas escaleras curvas hasta donde estaba la despensa —¡tienen, además, un cuarto solo para comida! — y agarró los ingredientes, los malvaviscos, el chocolate y, claro, las galletas Oreo.

Holly me entregó las galletas Oreo cuando la señora Peterson apareció de la nada y con teléfono en mano.

—Oh, aquí estás, Lili. —Me observó con cuidado—. No quise asustarte, pero, em, cariño, tu mamá quiere hablar contigo. Creo que está preocupada por algo. Le dije que estás bien, pero.... La voz de mamá brincaba del teléfono de la señora Peterson.

De inmediato me estalló el cerebro. ¿Papá? ¿Le ocurrió algo terrible a mi papá? Mi cabeza empezó a dar vueltas en todas direcciones.

—¿Mamá? —hablé apenas susurrándole al teléfono. Apreté los ojos y recé en silencio para que papá estuviera bien.

—¡Liliana! ¡Te dije que dejaras un mensaje! Tuve que llamar a la oficina de METCO para encontrarte. ¡Te dije que llamaras otra vez y dejaras un mensaje!

—Mamá, tranquila —fue lo primero que salió de mi boca y me empezaron a temblar los labios.

Luego mis pensamientos empezaron a caer como dominós. El hermano molesto de Holly. Pepperoni lleno de grasa. Escuchar música. O sea, las cosas que están en la mente de cualquier adolescente. ¿No es eso lo que Holly había dicho, que ir a la casa de una amiga de la escuela es algo normal? Sí, a menos que tu nombre sea Liliana Cruz y tu madre piense que las únicas personas de fiar son tus maestros y familiares. E incluso de ellos no podían estar del todo seguros. Entonces, recordé cuando estaba en la enfermería, hablando por teléfono, pidiéndole permiso a mamá para ir a la casa de Holly. ¡Mierda! *Oh shit, shit, shit*. Tiene razón. Sí, me dijo que la llamara de vuelta para dejar grabada la dirección de la casa de Holly, su número de teléfono y el nombre de sus padres. Lo olvidé completamente. ¡Carajo!

—Perdón, pero no estoy bromeando, Liliana. ¡Te venís ya para la casa! ¿Oíste?

—Pero vamos a hacer Oreo *s'mores*.

—¿*Hacer* qué cosa? —gritó mamá.

Alejé el teléfono de mi oído; estaba segura de que Holly y su mamá podían escuchar todo lo que decía la mía. Ambas me miraban fijamente. Eché los hombros hacia atrás—.

S'mores, pero en vez de usar galletas Graham, vamos a usar…

—Te quiero de vuelta en casa en este momento. No conozco a esta gente. ¿Me entendés?

Tiene que ser una broma, pensé. Mis padres… No. Mi madre es básicamente la persona más paranoica de todo el mundo. Yo estaba en un vecindario perfecto, como sacado de una pintura, junto a mi amiga perfecta, dentro de una casa perfecta que tiene un garaje con espacio para tres carros, comiendo comida perfecta y saludable, aunque un poco sin sabor (excepto por la pizza y los *s'mores*, bueno, esos no cuentan). Solo intentaba ser igual que cualquier otro adolescente en este país: alguien normal. Pero no podía ser normal. Claro que mamá es una causa perdida. Eso lo entiendo, pero al mismo tiempo, ¿por qué tenía que arruinarlo todo? ¿Y cuál es la diferencia si estoy en la casa de Holly o en el club de arte?

—Está bien —dije, colgué la llamada y le devolví el teléfono a la señora Peterson.

—¿Todo está bien, cariño?

—Sí —respondí mientras respiraba con fuerza—. Solo que tengo que volver a casa.

—¿Ahora mismo? ¿No vas a probar los *s'mores*? —La voz de Holly fue como la de una niñita y me hizo sentir aún peor.

Ya era de noche para cuando llegué a casa. El señor Peterson insistió en llevarme, lo cual fue muy amable de su parte. Su carro es muy lindo y no es color beige. Es un Lexus negro con asientos de cuero color caramelo y con quemacocos.

Pero no pude disfrutar del camino a casa porque me imaginé a mamá tal y como sabía que iba a estar cuando llegamos al apartamento: de pie, con los brazos cruzados, en la cima de la escalera. ¿Es en serio? Imaginé que se puso ahí tan pronto colgué la llamada. Vi las cabezas de mis hermanos asomándose por la ventana del segundo piso; la boca de Benjamín era un óvalo perfecto, Christopher tenía los pulgares hacia arriba. *Tal vez si uno se cae de la ventana, mamá olvida lo que hice*. O lo que no hice. Por lo menos cinco veces le di las gracia al señor Peterson por haberme llevado a casa mientras él, un tanto preocupado, miraba a mamá. Me despedí con un tono muy falso y salí del carro justo cuando me dijo que siempre era bienvenida en su casa.

—¡Liliana! —dijo mamá y me jaló hacía ella justo cuando el Sr. P. se fue y me apretó como si regresara de la guerra.

—Hola, mamá —saludé, intentando sonar como una niña buena. Por el rabillo del ojo vi que mi tía Laura y tío R. iban saliendo del apartamento, probablemente para dar su paseo antes de cenar—. Me la pasé muy bien en la casa de Holly. Estudiamos mucho y escuchamos música y comimos pizza. Estoy bien. Te lo juro—. Pero era una mentira. Me daba vueltas el estómago porque sabía que me iba a regañar. *Pero ¿qué cree que puede pasar en una calle de los suburbios de Westburg, en una tarde entre semana?*, me dije. Sin duda, mamá está exagerando.

Dicho y hecho. Tan pronto entramos al apartamento, mamá empezó a regañarme.

—¿Qué estabas pensando, Liliana? —Tenía los ojos bien abiertos—. Imaginá si te hubiera pasado algo de camino a la casa de esa chica. No tenía ni idea dónde estabas. No puedo simplemente llamar a la policía. ¡Lo sabés bien! Dios mío, no quiero tener que lidiar con esto, además de todos los problemas que tengo ya. ¡Mija, tenés que usar la cabeza!

¿La policía? ¿Habla en serio? Entonces presentó la segunda parte de la regañada.

—¿Qué hago si les ocurre un accidente? Dios guarde. Al menos estás bien. ¿Y quién más estaba en la casa? ¿Tiene hermanos esta chica? ¿Es amiga de chicos más grandes que ella? Sabés que no puedes confiar en cualquier persona.

Empezó a caminar de un lado a otro.

—¿Sabés qué? No podés ver televisión. No podés hacer nada. Olvidalo. De ahora en adelante, venís a casa al salir de clases. Venís, hacés tus tareas, me ayudás con las cosas y jugás con tus hermanos. Hablo en serio. Debés tener más cuidado, hija. Solo porque los hombres de ese vecindario para ricos no están en las gradas esperando a que niñas chiquitas salgan de la escuela, no significa que no estén al acecho en otros lugares. Así son los hombres. ¡Debés tener cuidado! ¿Me entendés?

Yo (al final) dije:

—Estaba en la casa de Holly. ¡Ni siquiera estábamos afuera! ¡Ya te lo dije! Perdón porque se me olvidó llamarte y darte su número de teléfono. Pero no importa, los papás de Holly son muy amables. No son asesinos en serie o algo por el estilo. ¡Por Dios! En su casa tienen un garaje con espacio para tres carros. Honestamente, ¿qué creés que que podía haber pasado? ¿Y a qué te referís con que no puedo quedarme en la escuela después de clases? ¿Creés que me van a matar mientras estoy en el club de artes? Guau. Ah y a propósito, la familia de Holly es mi FAMILIA ANFITRIONA. ¿Siquiera sabés qué significa eso? No, ¡no sabés!

Empezaron a llenársele los ojos de lágrimas y de inmediato me sentí culpable, y deseé retractarme de lo que había dicho. Sí, lo había dicho para herirla. Fue como si… supiera exactamente qué era lo que había querido decirle: que soy mejor que ella; que había cruzado una frontera invisible y, del otro lado de esa frontera, había aprendido algo que ella no fue capaz de aprender y se lo había echado en cara. Esperé su respuesta. En vez de eso, ella apartó la mirada mientras una sola lágrima estaba a punto de caer sobre su mejilla. No voy a mentir. Eso fue lo peor de todo.

—Por favor, Liliana. Andate a tu cuarto.

—*My pleasure,* dije entre dientes.

Cuando la tía Laura y tío R. volvieron de su caminata, escuché cuando el tío R. le pidió a Christopher y Benjamín que le bajaran el volumen al televisor. Pude apenas imaginar sus caritas. Con mis tíos en casa, mis hermanos no tenían dónde jugar en paz. Todos estábamos unos sobre otros. Pensé en Holly, que tenía su propio baño —imagino ha de ser muy bonito— especialmente porque el tío R. había usado nuestro baño solo una vez y ush. Decidí aguantarme las ganas de ir al baño un rato, en vez de ir de inmediato. Después de la cena, mientras mamá y mis tíos jugaban cartas en la mesa de la cocina, fui a bañarme.

De camino al baño, le eché un vistazo al rostro de mamá. Parecía preocupada, como si su preocupación no tuviera nada que ver con el juego de cartas. Mientras el agua caliente caía sobre mí, se me ocurrió que podía construir un edificio nuevo de mi ciudad de cartón: el salón de belleza Sylvia. *¡Sí! A mí mamá le va a encantar*, exclamé para mis adentros. Me bañé rápidamente y me vestí. Luego, fui a sacar la caja de zapatos que tenía debajo de la cama, la que tenía sobras de cartón y recortes de revistas. Primero, hice una base para el piso del salón de belleza, con una pieza de cartón más pesada. Noté que la pieza de cartón tenía una manchita de grasa. Entonces cubrí el "piso" con una hoja de papel blanca, le dibujé azulejos y, al terminar, me di cuenta de que eran iguales a los que vi en el suelo del primer salón de belleza al que me llevó mamá. Esa vez me senté en una de las sillas plástico, en la sala de espera, y miré con atención cómo transformaban a mamá; cómo planchaban su cabello hasta formar suaves y gruesos rulos, depilaban sus cejas y les deban forma, y pulían y hacían brillar sus uñas. Durante todo el rato, ella le habló en español a las otras señoritas. Siempre que iba al salón de belleza, parecía flotar. Nunca la veía tan relajada.

Después de eso, pegué las cuatro paredes y apreté los bordes para que la goma sujetara todo bien. Luego, hice pequeñas sillas para acompañar a una mesa, e incluso hice un diminuto ramo de flores para ubicar sobre la mesa. Ya era tarde, pero continué trabajando. Pensé en como mamá había llegado a Estados Unidos sola, sin hablar inglés y trabajó muy duro para salir adelante, y luego ella y mi papá nos criaron a mí y a mis hermanos. No es como si, una vez que llegaron al país, hubieran dejado de trabajar y de esforzarse. O sea, *hello*. Mandaron mi solicitud al programa METCO y papá ni siquiera sabía que me habían aceptado. Quise tener dinero para que mamá pudiera ir al salón de belleza y, sin darme cuenta, dieron las once de la noche. Sí, mamá y mis tíos seguían jugando cartas. Mientras, ya había completado la mitad del edificio en miniatura.

Ojalá fuera así de fácil construir un salón de belleza en la vida real, me dije.

16

Después de la catástrofe en la casa de Holly, hice mi mayor esfuerzo para (a) no hacer enojar a mamá y (b) convencerla para que me dejara quedarme en la escuela después de clases. Una noche, preparé pasta y salsa de carne. Ni siquiera me quejé cuando el tío R. se sentó en la mesa de la cocina y empezó a criticar todo lo que yo hacía. Dijo que le eché mucha sal a la pasta, que debería haberle agregado tomates frescos y no usar solo salsa de lata. Dijo que, como Christopher y Benjamín eran niños, ellos no debían ayudarme. *Si los niños no deben estar en una cocina*, pensé, *¿por qué él está aquí conmigo?*

Ayudé a mamá a cargar las bolsas del supermercado, el correo y, durante Halloween, incluso me ofrecí para llevar a mis hermanos a que fueran a pedir dulces por el vecindario. Se disfrazaron de zombis luchadores y tuve que explicarle a tía Laura y tío R. todo al respecto. Supongo que no celebran Halloween en Guatemala. Convencí a mis hermanos de que me dieran diez dulces, porque si yo no los hubiera acompañado, no hubieran recibido ni uno solo. Supongo que tuvo efecto todo lo que hice, porque mamá de nuevo empezó a darme permiso para que me quedara en la escuela después de clases. Pasaron los días y las semanas, y no había noticias de la situación de papá. Cada día que pasaba, imaginaba que el muro del presidente se volvía más y más grande. *Pronto será tan alto que papá no podrá encontrar el camino de regreso a casa.*

Mientras imaginaba a papá trepando el muro, Holly pegó un brinco frente a mi casillero y me devolvió a la realidad.

—¡Tengo una cita con el ortodoncista! —dijo. Okeeeey. *Es un poco extraño estar así de emocionada por ir al dentista*, pensé—. ¡Me van a quitar los frenos! —agregó—. Los he tenido por dos años y tres meses. —Ah, bueno. Ahora todo tiene sentido. Yo también estaría así de feliz y emocionada. Cerré mi casillero y sus amigas trillizas de pelo castaño, Elizabeth, Shannon y Lauren, aparecieron frente a nosotras. Eran amables y todo, pero no me había hecho amiga de ellas como con Holly.

Lauren me sonrió, pero fue una sonrisa vacía. Supuse que no le agradaba que Holly, de repente, pasara tanto tiempo conmigo.

—¡Oye! —dijo Lauren—. ¿Quieres venir a Starbucks con nosotras? Tenemos un período libre—. Las demás asintieron al únisono.

Había ido a un Starbucks una sola vez, pero solo para usar el baño. Ahí el café cuesta como cinco dólares y, de todas formas, es muy malo.

—No, gracias. Estoy bien —respondí.

Lauren miró a otra de las chicas.

—Le estaba hablando a Holly —aclaró entre dientes.

¡Guau! ¿Acaso Lauren intenta humillarme?

De inmediato, Holly miró a Lauren como diciéndole: *What the fuck?*

—¡Lauren...!

Lauren pronto se retractó.

—O sea, está bien. ¿Por qué no vamos todas? —Soltó un pequeño suspiro—. De hecho… necesito de tu ayuda Lili.

—¿Mi ayuda?

—¡Sí! —Parecía estar muy emocionada—. Tengo que entregar un ensayo en español de tres páginas y ni siquiera he empezado. Te invito a Starbucks si me ayudas. Por favor.

Holly tosió y pareció empezar a ahogarse mientras yo veía a Lauren con la boca abierta.

—O sea, tú hablas español, ¿no? Guau.

Lauren no tenía ni idea.

—Sí, pero no soy muy buena escribiendo en español. De hecho, llevo clases de francés.

—Ah, ¿sí? —dijo Lauren—. ¿Por qué no solo te asignas a la clase de español? Seguro sacas una buena nota sin mucho esfuerzo.

Apreté los dientes.

—Pues sí, pero ¿acaso tú sacas buenas notas en la clase de inglés sin mucho esfuerzo?

Lauren se sonrojó. Todo el cuello lo tenía muy rojo.

—No quise… No estaba….

Mi intención no fue humillarla; solo quería responder su pregunta. Pero Lauren parecía a punto de ponerse a llorar. Genial. Imaginé los titulares del periódico: "Estudiante METCO hace llorar a chica del vecindario". ¿Qué demoni…?

—¡Ja! —soltó Holly y me agarró del brazo—. Nadie puede sacar buenas notas sin esforzarse. Hablando de sacar buenas notas, vamos a clase, Lili. Y, Lauren, no quiero Starbucks hoy. Pero gracias. Nos vemos después.

—Nos vemos—. Lauren apretó los ojos, acomodó un mechón de su cabello detrás de su oreja y se alejó a hurtadillas; Elizabeth y Shannon iban a su lado.

Cuando Holly y yo finalmente estábamos a solas, ella dijo:

—En serio, ¿cuál es su problema?

No quería que Holly hiciera un gran escándalo. No quería que eso fuera un tema de conversación. Lauren había asumido que yo podía ayudarla a escribir su ensayo y que estaba dispuesta a hacerlo. Y, pues, ¿qué tiene de malo? Ese no era el problema. Incluso me acordé de algo que me dijo Génesis mientras trataba de motivarme, cuando estábamos en la biblioteca. O sea, ¿por qué habría de ayudarla? Pero, no, ese no es el punto. Lo que me molestó es que iba a invitarme a ir a Starbucks a cambio de la ayuda. Ush. Fue todo un tema que tuve que explicarle a Holly, un tema muy complicado. Entonces, apenas aclaré:

—No importa. Es como *whatever.*

Pero, claro que importa.

Quería ver a Dustin. Esconderme en sus brazos. Usualmente, nos reuníamos después de clases y antes de que fuera a entrenar o antes de un partido. Pero hoy le tocaba ir a enfrentar un equipo ubicado a una hora de la escuela, entonces salió temprano de Westburg. De camino a casa, le envié como un millón de mensajes de texto, a pesar de que sabía que no podría contestarme, pero después respondió a todos y cada uno de mis mensajes. ¡Ya sé! Empezamos a hablar de deportes, de cómo es culpa de los medios de comunicación que los eventos deportivos de mujeres no reciban tanta atención como los de los hombres y que ellos perpetúan un círculo vicioso. No pude dejar de pensar acerca de lo fácil que era para mí conversar con él. Era diferente a todos los chicos que he conocido en mi vida. O sea, puede que suene algo raro o tontito, pero de verdad me encanta… ¡Ya sé! Lo diré y ya. Me encanta su mente. Me encanta que me enseñe cosas que no conozco y que hable de ellas porque las practica. Por ejemplo, la escalada en roca. Gracias a él aprendí de las graduaciones de dificultad de escalada, aprendí los nombres de agarres y empuñaduras, como la "pinza" y la "tipo agujero", y todo porque un fin de semana él y su hermano fueron a las Montañas Blancas.

Y sí, le encanta hablar de deportes, pero es capaz de darse cuenta cuando empieza a aburrirme y cambia de tema. No tiene idea de que prefiero hablar de deportes que de mi familia. ¿Qué? ¿Debía haberle contado de cómo la tía Laura revisó mi closet, mientras yo estaba en la escuela, para tomar "prestado" un suéter porque, aparentemente, se estaba muriendo del frío? Así son los noviembres en Boston, tía. Debo admitir que fue muy chistoso verla la otra noche, cuando se puso uno de mis abrigos más esponjosos. Parecía un enorme malvavisco azul, pero se paseó por el apartamento y me dio las gracias muchas veces. Fue algo muy dulce de su parte.

Hablando de cosas dulces, ¡Dustin estaba esperándome junto a mi casillero con un *muffin* de arándanos para mí! Me contó que había pasado por la pastelería de camino a la escuela. Dijo que en esa pastelería solo usan arándanos cultivados en Maine para sus *muffins* y que por eso son tan ricos. Entonces, le dije que a mis hermanos les encanta cocinar.

—¿Tienes hermanos? No sabía que tenías hermanos…

—Tengo dos hermanos —dije. *Por favor, que no me pregunte sobre mi familia*, pedí para mis adentros.

—¡Yo tengo tres hermanos! —añadió muy feliz—. Mis hermanos son mayores que yo. Uno ya está en la universidad. Otro está estudiando una maestría y el más grande ya está casado. ¿Y los tuyos?

—Nueve años—. Por favor, que no me pregunte…

—¿Son gemelos? ¡Ha de ser muy divertido estar con ellos!

—Emmm…

—¿Lil? —dijo y me dio un toquecito con su codo—. ¿Estás bien? Siento que no quieres hablar.

—No, sí quiero—. Sonreí—. Ves. Dije tres palabras. Esas son muchas palabras.

—Pero casi todas solo tienen una sílaba.

Le di un toquecito con el codo.

Un maestro apareció por el pasillo y felicitó a Dustin.

—¡Ayer jugaste muy bien, Dustin! ¡De verdad estuviste fantástico! —señaló.

Vi que a Dustin le empezó a temblar la garganta. No me aguanté las ganas y me acerqué para tocársela. Él volteó y podría jurar que estaba a punto de acercarse a mí y darme un beso, pero para entonces, el maestro ya estaba muy cerca de nosotros. Dustin le dio un chócales. Hubiera sido muy grosero de su parte no corresponderle al maestro, a pesar de que ya nadie en el mundo da chócales.

Sin embargo, algo cambió después de ese momento. Cada mensaje, cada mirada tenía como una energía distinta. Fue algo muy genial. Y ese mismo día, solo que más tarde, en vez enviarme los emojis que me manda todas las noches —el que tiene sueño, el que está dando un beso y el del mono tapándose los ojos— me escribió un mensaje que decía: **¿Quieres venir a mi casa este fin de semana?**

Vi fijamente el mensaje. Estaba muy feliz. Al mismo tiempo no lo podía creer. Luego mi felicidad se esfumó. Sí, cómo no. Como si mamá me diera permiso para ir a la casa de un chico. No puedo tener novio hasta que tenga noventa y pico de años. Seguro piensa que voy a resultar embarazada solo por hablarle a un chico. Muy molesta, me dejé caer sobre mi colchón.

¿Estás ahí?

Volví a sentarme y le dije que iba a preguntarle a mis papás. Después dije: **Perdón, mi familia tiene planes este fin de semana.**

Lo que pasa es que, si mamá se entera que me junto con Dustin, seguramente me saca del programa Metco o me lleva a un grupo de la iglesia como al que iban mis primos en Chelsea, los sábados por la mañana. Una vez fui con ellos y me la pasé re bien. Sí, de verdad. Un pastor muy sudoroso, que vestía un traje demasiado apretado, escupió proverbios en español y después de eso, todos fuimos al sótano de la iglesia para tomar ponche y comer galletas de azúcar mientras unos hombres tocaban panderetas y guitarras, y unas mujeres cantaban canciones de iglesia. Pero de todos modos, no volveré a ir con ellos nunca más.

Lo que sí pasó fue lo siguiente: fui al sótano de la escuela con Dustin.

Fue durante la hora de estudio. Me envió un mensaje de texto diciéndome que fuera a su casillero. Me llevó hacia las escaleras y vi a Génesis por ahí. Ella y otros dos estudiantes estaban pegando volantes sobre una obra de teatro en el tablero de los anuncios.

—*Hey* —dije y la saludé de lejos.

Ni siquiera me respondió, solo hizo una mueca y nos vio atravesar la puerta frente a las escaleras.

Bajamos dos pisos y seguimos bajando… ¿vamos a donde están las bodegas?

—¿A dónde vamos? ¿Al sótano? —pregunté y sonreí, él me sonrió de vuelta y su sonrisa fue incluso más grande que la mía.

Encontramos un sitio alejado de todo, detrás de unos viejos casilleros. Dustin se recostó sobre la pared y me jaló hacia sí mismo; estaba tan cerca de él que sentía cómo su pecho se elevaba y contraía con cada respiración. Me di cuenta de que si levantaba la mirada, podía darle un beso en los labios. Tal vez. Tal vez estaba enamorada de él. Entonces, tomó mi mano y la apretó con fuerza. Bajó la mirada.

—*Hey* —dijo.

—*Hey* —le respondí.

Y nadie dijo nada más.

17

Sí, me encanta la vida social que llevo. Y sí, me ayuda a no pensar en papá y en que, básicamente, debo estar atada a mi habitación porque tía Laura y tío R. hacen tanto ruido cuando juegan a las cartas —les gusta jugar treinta y uno o póker— o cuando hablan por teléfono con familiares y todo porque ponen el teléfono en altavoz. ¿Por qué, pero por qué tienen que poner las llamadas en altavoz? Nunca voy a entender eso. Pero sí, agradezco cualquier distracción.

Pero hay algo que no me encanta. Aunque no lo creas, me cuesta mucho trabajo mantener buenas notas en mi clase de escritura creativa. O sea, sí pude haberme esforzado aún más con mis tareas, pero despertarme a las cinco de la mañana estaba matándome, tanto que muchas veces me dormía con la ropa puesta. Al menos, sí terminé de leer *Enrique's Journey* para la clase del señor Phelps.

Saqué el libro de mi casillero para devolvérselo al señor Phelps. ¡Y vaya si es un libro desgarrador! No pude dejar de imaginar a papá encima de alguno de esos trenes de carga. ¡Y miles de personas hacen eso! Y no se suben solo a un tren, sino a unos treinta trenes, con tal de atravesar México. Si la gente supiera que, a veces, les toma más de un año hacer esto. Si tan solo supieran que estas personas pasan días sin comer, que muchos migrantes llevan pedazos de papel envueltos en plástico dentro de sus zapatos, pedazos de papel en donde tienen escrito el número de teléfono de parientes en Estados Unidos. Si la gente supiera estas cosas, ¿seguirían asumiendo que los migrantes vienen a este país solo a causar problemas?

Arranqué todos los Post-its en los que había tomado notas sobre el libro y que me iban a ayudar a escribir mi ensayo. Los cuadritos anaranjados cayeron al suelo como confeti. Había usado muchos Post-its. *Tal vez no debería recogerlos*, me dije. Consideré dejarlos ahí, en el suelo, para que los leyeran otros estudiantes. Sí, cómo no. Seguramente pasarían sobre ellos y dejarían que los recogiera el conserje. Entonces, me agaché y los recogí uno por uno, y no te miento, era como si pudiera sentir el peso de las palabras en el papel. Ver lo que había escrito me trajo recuerdos de lo que había leído en el libro. Recuerdo un relato de cómo un padre, antes de salir de casa y emprender el viaje al norte, se habpia atado en la muleca la liga favorita de su hija.

Imaginé a qué podría estarse aferrando papá en esos momentos.

De acuerdo, no había olvidado completamente su situación. ¿Y los fines de semana? Los fines de semana son muy impredecibles, muchas veces dependo de los cambios de humor de mamá.

La señora Grew no experimentaba cambios de humor. Ella les restaba puntos a sus estudiantes por TODO, por errores de ortografía, gramaticales, por todo. Hoy ni siquiera nos saludó. Apenas llegó y escribió el siguiente mensaje en el pizarrón: "Escriban sobre un viaje importante que hayan tenido y digan por qué fue importante para ustedes. Usen detalles sensoriales".

Escribí sobre el viaje que tomamos mi familia y yo en abril del año pasado. Fuimos a Houston, a visitar a los primos de mamá, en una camioneta que rentamos a través de Groupon y pasamos a través de estados que había visto solo en mapas; estados como Virginia Occidental, Tennessee, Luisiana. En vez de hacer paradas y comer en Pizza Hut o McDonald's, como todos los demás, ella había preparado comida casera y la llevaba en una lonchera. Había preparado suficiente comida para todo el viaje: panes con frijol, huevos duros, arroz, pollo asado, plátanos, tortillas y hasta unos rollitos de primavera vietnamitas. Comimos en mesas para picnic y en estaciones de descanso donde había charcos de gasolina, con arcoíris, en los parqueos. A pesar de que nos tomó una vida entera llegar a Houston, disfruté mucho esos días dentro de esa camioneta, con las ventanas abajo, mientras el viento jugaba con mi cabello y yo escuchaba música con los audífonos puestos, mientras Benjamín y Christopher dormían con la boca abierta, mientras mamá hablaba con papá o leía revistas y todos nos pasábamos una bolsa de papalinas. Así que escribí al respecto.

De repente, la señora Grew se ubicó frente a mí.

—¿Señorita Cruz? —dijo.

—¿Sí? —respondí y dejé de escribir.

—¿Le gustaría compartir su historia con los demás?

Parecía estar muy interesada en lo que había escrito, pero igual, no. O sea, ¡de ninguna manera iba a compartir lo que había escrito con la clase!

—No, gracias —dije.

Por si acaso sus amenazas de darme una mala nota eran ciertas, rápidamente le entregué la tarea para que viera que sí había escrito algo. La señora Grew volvió a su escritorio con el ceño fruncido. Intenté no voltear a ver a Rayshawn, pero, claro, no pude con la tentación. No entendí lo que me quería decir con la mirada. ¿Acaso se sentía mal por mí? Tal vez pensaba que lo que había hecho era algo muy patético. Tal vez solo tenía sueño.

Después de clase, en el pasillo, fue a hablarme.

—*Hey* —dijo.

—Ay, hola. ¿Qué tal?

—No dejes que te afecte. Ya sabes, no dejes que la señora G. te afecte. Para que lo sepas, no solo trata así a los chicos METCO.

—Me da igual.

Rayshawn me ofreció una media sonrisa.

—Ya llevas aquí dos meses. ¿Qué tal te parece Westburg? —Al cabo de un rato agregó—: ¿Y entoncesssssss?

—Perdón. Creo que sigo un poco molesta por lo que hizo la señora Grew.

—Claro.

—Pues, está bien. Nada mal —dije—. Algunas cosas me gustan mucho.

—¿Como Dustin?

Sentí calor en la cara.

—Sí.

Rayshawn sonrió o quizás hizo una mueca. Era difícil saberlo.

—¿Por qué no te sientas con nosotros, con los chicos METCO, un día para el receso?

—¿Perdón? Emm… no me trataron muy bien durante mis primeras dos semanas aquí.

—Ya sabes cómo es la gente.

—No… no sé.

—Solo están esperando.

—¿Esperando qué cosa? —solté una risa burlona.

—A ver si duras. Si sigues en la escuela.

¿Quéeee? Estaban esperando a que yo… ¿qué? ¡Nunca se me hubiera ocurrido! Ni siquiera recordaba que luego de empezar el programa METCO, los estudiantes podían simplemente salirse. Sí, cómo no, como si mis papás permitieran que yo hiciera algo así, pero técnicamente existía esa posibilidad.

Rayshawn puso su mano sobre mi hombro.

—No es la gran cosa. Seguramente ya están hartos de abrirle su corazón a otras personas y que al rato desaparezcan. ¿Me entiendes?

—¿Muchos estudiantes tiran la toalla?

De ser así, sería comprensible. Despertarse temprano. Maestros molestos. Días largos.

—La verdad es que sí.

Uno de los amigos basquetbolistas de Rayshawn se acercó a él y le dio un golpecito en la cabeza.

—¡Nos vemos! —dijo Rayshawn.

—¡Nos vemos! —respondí, pero ya se había dado la vuelta.

18

Justo cuando creí que mis tíos nunca se irían, de repente empezaron a preparar su viaje de vuelta a Guatemala. *A lo mejor ya tienen todo el dinero que necesitan*, pensé y de nuevo traté de imaginar qué tanto dinero necesitaban. Estaba algo emocionada y, a la vez, nerviosa. El domingo antes de su vuelo, el tío R. preparó pepián. Fue una gran sorpresa para todos, porque era el tipo de comida que papá hubiera pedido en un restaurante guatemalteco, en Waltham, al que a veces íbamos, cuando era una ocasión especial. No había probado antes el pepián. Es un guiso entre marrón y granate. Aparentemente, toma horas preparar algo así, por lo que el tío R. pasó toda la tarde en la cocina. Asó tomates, trituró semillas de calabaza e incluso le pidió ayuda a Christopher y Benjamín, y eso que me había dicho que los hombres no deben entrar a la cocina.

Mamá tuvo que ir al supermercado tres veces porque el tío decía que necesitaba más ingredientes, como chiles secos y ejotes, pero los pedía uno a la vez. Igual, ella no se quejó. De alguna manera, creo que los aromas del guiso la pusieron de buen humor o tal vez fue porque estábamos todos juntos en casa picando, cortando y triturando y, finalmente, enfocados en algo bueno que no tenía nada que ver con traer a papá de vuelta a casa. Jade llegó a cenar y le bastó un solo bocado para decir que le había gustado mucho. Luego nos preguntó si podía llevar un poco en un Tupperware para su abuela, que estaba trabajando e iba a salir tarde. Mamá, por supuesto, le dijo que sí. Deseé que mi tío no hubiera esperado hasta el último día para hacer comida guatemalteca. El pepián es tan rico como la comida vietnamita.

Mis hermanos recuperarían su cuarto tan pronto tía Laura y tío R. se fueran. Eso también significaba que todo comenzaría a materializarse respecto a papá, pero aún tenía muchas preguntas. Cuando terminaron de empacar y mientras mi tía vigilaba a mis hermanos, que jugaban con sus *scooters*, me acerqué a ella. Dustin me envió un mensaje de texto, pero lo ignoré. *I know!*Mi tía tomaba cerveza de uno de esos vasos plásticos que regalan en los bancos. Tío R. fumaba con unos tipos de la cuadra. Me llamó la atención un haz de luz rosa que estaba en el cielo. Cuando era pequeña, papá me dijo que esa luz rosa es la forma en que el sol nos daba las buenas noches en su idioma. *Buenas noches, papá*, dije mentalmente y me senté junto a mi tía.

Seguramente, la tía Laura se dio cuenta de que estaba pensativa, porque de inmediato me dijo:

—No te preocupes mucho por tu mamá. Está deprimida, pero se le va a pasar. El sol se oculta antes de volver a salir. Así son las cosas. —Hizo una pausa—. Y siéntate recta, mija.

—¿Por qué la gente me dice una y otra vez que me siente recta?

Entonces, sí. Mamá está deprimida. Eso ya lo sabía. Y sabía que no se le iba a pasar mientras papá no regresara a casa. Dije:

—Tía, papá lo va a lograr, ¿no? Necesito saber la verdad.

Mi tía suspiró.

—Solo Dios lo sabe.

Pues eso no me hizo sentir mejor. Sacó una rodaja de limón del vaso y empezó a chuparla, luego se la sacó de la boca y la sacudió frente a mí—. Pero te digo algo, tu padre es un hombre inteligente y muy trabajador.

—Siempre dice lo mismo.

—Porque es cierto. Cuando murieron sus padres, que en paz descansen, él tenía apenas nueve años. Siguió en la escuela por otros tres años y luego dijo que iba a salirse para poder trabajar y apoyar a su familia. Era imposible lograr que cambiara de opinión.

—Eso no suena como algo muy inteligente, tía.

—¿Ah, no?

—No.

—Pues tu papá consiguió trabajo en una universidad. Él limpiaba los baños y barría los pisos. No le importó hacer trabajo sucio. Empezó a hablarle a los estudiantes y, después de los exámenes finales, ellos empezaron a regalarle libros y cuadernos. Tu padre aprendió por sí mismo y aprendía cosas que sabían los estudiantes universitarios cuando apenas era un adolescente, ¡y además le pagaban por hacer su trabajo! Para mí, hizo algo muy inteligente.

Arranqué un pedazo de la grada que estaba a punto de caerse.

—Supongo. Sin embargo, y no quiero sonar grosera, pero ¿por qué tuvo entonces que venir a los Estados Unidos?

Tía Laura le dio otro trago a su cerveza y respondió:

—Bueno, es una larga historia. Ocurrió durante la guerra.

Me vibró el teléfono. Era Dustin. Guardé el teléfono en mi bolsillo. *¿Una guerra?*, me pregunté. ¿Sabía yo que hubo una guerra en Guatemala? Sabía que mis abuelos paternos habían muerto en una guerra, pero no quería parecer una tonta, así que dije:

—La verdad es que no sé mucho sobre esa guerra.

Mi tía hizo una cara.

—¿La guerra civil? Guatemala y El Salvador sufrieron guerras civiles. ¿Tus papás nunca te contaron al respecto?

—Tal vez... se les olvidó. O tal vez no les presté atención.

—¡Ja! Imposible. La guerra civil de Guatemala duró treinta y seis años.

¿Quéeee?

Mi tía escupió.

—Estuvo este horrible presidente, Ríos Montt. Fue una rata, ese hombre. Quiso matar a todos los indígenas.

Dejé de jugar con el pedazo de grada.

—¿Indígenas? Un momento. ¿Mi papá es... indígena? ¿Y ese tipo por qué los quería matar?

—¡Mija, déjame hablar! Mordisqueó el gajo de limón; ya casi solo había quedado la cáscara.

—Perdón, tía.

—Este Ríos Montt y otros, la mayoría políticos, tenían miedo de que los indígenas se rebelaran.

—¿Se rebelaran?

—Sí, en contra del gobierno.

Asentí con la cabeza, a pesar de que no entendía del todo. Pero decidí que no iba a interrumpirla de nuevo.

—Algunos ya se habían rebelado—aclaró—. Entonces, ese hombre tan estúpido decidió que, para ponerle fin a las revueltas, tenía que deshacerse de las comunidades indígenas.

Quedé boquiabierta.

—¿Es en serio?

Tía Laura tiró la cáscara de limón a la calle. Interpreté su gesto como un "sí".

Nunca había escuchado nada al respecto. Mi cerebro se llenó de preguntas. —Pero, espera un segundo. No respondiste a mi pregunta. ¿Mis papás *son* o no son indígenas?

—De alguna manera, todos somos indígenas, mija. Dentro de nosotros hay sangre indígena mezclada con sangre española.

Me senté sobre mis manos y fue como si la información que había recibido le hubiera agregado unas veinte libras a mi cabeza.

Mi tía Laura siguió contándome más. Dijo que hubo una guerra civil también en El Salvador y que Estados Unidos le dio armas y dinero al gobierno que, básicamente, quería acabar con todas las personas que estuvieran contra ellos. ¿No suena como algo loco? ¡Es algo loquísimo! Por eso mis papás salieron de sus países y dejaron todo atrás, incluso a sus seres queridos.

—¡No tenía ni idea! —fue lo único que pude decir en un inicio. Pronto, muchas preguntas estallaron dentro de mí. Tenía que saber más. —¿Algún familiar fue asesinado durante la guerra?

Tía Laura asintió en silencio, como si supiera que le iba a hacer esa pregunta.

—Sí, mija —y no dijo nada más. Esperé un rato en silencio.

—Perdón —dije después de un rato.

—Así es —respondió ella—. No podés volver al pasado. Eran dos hombres mayores, dos tíos tuyos y estaban muy involucrados con la causa. Por eso los persiguieron. Tuvimos que ir a hablar con una psíquica para encontrar sus cuerpos.

—¿Una psíquica? ¿Y funcionó?

Asintió con la cabeza.

—El comité de búsqueda halló una fosa y dentro había seis hombres, todos atados de manos y pies—. Mi tía empezó a llorar, pero se detuvo de inmediato—. Así es —dijo otra vez y su voz fue muy suave.

Tenía que cambiar de tema, para que ya no le doliera.

—¿Y el gobierno de ahora qué tal es?

—Pffff —bufó y movió la mano como queriendo matar un mosquito—. No hay suficientes trabajos ni suficiente comida para todos. Las escuelas son para los que pueden pagarlas. Es un círculo vicioso, ¿ya te diste cuenta?

—¡Con razón tanta gente cruza la frontera!

De nuevo asintió con la cabeza.

—¿Ya te diste cuenta cómo son las cosas?

Sí, claro que me di cuenta. De repente, apareció un gran mapa de Latinoamérica en mi cabeza, el que estaba en la pared de la clase del señor Phelps y que incluía las divisiones entre Centroamérica, Sudamérica y el Caribe.

Era algo raro, como si la historia que aprendí en la escuela y la historia que aprendí de mi familia empezaran a coincidir. ¿Por qué el mundo debe estar tan dividido? Como la cafetería a la hora del receso, por ejemplo. Como la división que existe entre los niños de Westburg y los del programa METCO. Como las ciudades de chocolate y los suburbios de vainilla.

Luego, otra imagen apareció en mi cabeza: la imagen de una gruesa línea blanca a lo largo de la frontera entre México y los Estados Unidos, e imaginé un gran muro oxidado, color naranja. Me acerqué a mi tía y hablé muy quedito, para que no me escucharan mis hermanos:

—Pero... decíme la verdad, por favor. Papá sí va a cruzar la frontera, ¿no?

—No es así de fácil, Liliana —señaló mi tía Laura y en su mirada vi una mezcla de tristeza y lástima.

—¿Usted le va a llevar el dinero que necesita para que contrate un buen coyote, ¿no?

Empinó su cerveza y volteó a ver a los gemelos. No me gustó ver la mirada que apareció en su rostro. Fue como si se estuviera aguantando las ganas de darme una mala noticia.

—¿Qué? —quise saber y le apreté el brazo.

—Nada —respondió.

—Tía, por favor. Quiero saber la verdad.

Mi tía parecía estar exhausta.

—Es un viaje muy peligroso, Liliana. Incluso si vas con un coyote. Los agentes de la Patrulla Fronteriza... algunos de ellos son unos malditos. No les importa usar sus armas.

Sentí un escalofrío en la espalda. ¿Armas?

—Lo siento, mija, pero esa es la verdad. Cruzar la frontera... no es como era. No es que antes fuera muy fácil, pero, la cosa es que ahora es mucho más difícil llegar al otro lado. Hay policías que se esconden en los arbustos, que examinan las huellas de las personas, que siguen a la gente con esas sus luces que les permiten ver de noche y todo lo demás. Hay muchas historias de... —se interrumpió y no dijo más.

—Ya sé. Niños encima de trenes, muertos de hambre o que se quedan dormidos y los mata el tren tras caer entre los vagones. Sé que violan a las mujeres. He aprendido al respecto en la escuela.

Parecía estar sorprendida.

—¿Te enseñan eso en la escuela?

—Acabo de terminar de leer un libro que se llama *Enrique's Journey*, *La travesía de Enrique*. Y hay otro que quiero leer que se llama *La distancia entre nosotros*. Se trata de...

Se le iluminaron los ojos a mi tía y dijo:

—Ay, sí que sos la hija de tu papá.

La hija de mi papá. Mi tía no tenía idea de lo bien que me hizo sentir escuchar esas palabras.

—Ten —dijo. Sacó un desgastado monedero de su brasier y me entregó un billete de veinte dólares—. Ve a la esquina y compra dos platos de comida de aquel restaurante dominicano. Ve. Andá.

—¡Gracias! —exclamé y salí corriendo colina abajo. Al llegar al restaurante de la esquina, sentí un olor a carne de cerdo, arroz, plátanos y *smoothies* de mango y coco. Esa combinación de aromas nunca había olido tan delicioso.

19

Y entonces se fueron. No voy a mentir. Voy a extrañarlos. Okey, voy a extrañar a la tía Laura. Quizás algún día escriba algo sobre ella para mi clase de escritura creativa. Quizás la señora Grew nos dé una tarea que realmente tenga ganas de hacer. Cuando nos devolvió aquella tarea para la que nos pidió escribir acerca de algún viaje en carretera, las hojas que yo le entregué estaban cubiertas de sus comentarios, escritos con un lapicero rojo sangre. Y cuando digo cubiertas, digo CUBIERTAS. O sea, ¿no tiene mejores cosas que hacer durante los fines de semana que editar cada una de las líneas que escribo en mis ensayos? Al final de la última página escribió un mensaje que decía: "Esto no puede considerarse escritura. Te sugiero que vayas al salón de escritura". Ni siquiera tuvo el valor de decírmelo a la cara. Guau. "Esto es una técnica llamada 'fluir de la consciencia' y debes darle forma con escenas, diálogo, pensamientos y otras cosas más", agregó. Está bien. Pero también dijo que lo que había escrito yo no podía considerarse escritura. Durante el resto de la clase, me quedé en una esquina, de muy mal humor. Incluso, me dio tiempo de hacer mi tarea de Matemática; quería hacer cualquier otra cosa, menos ponerle atención a su majestad, la Gran Escritora, que no paraba de hablar de cómo empezar una historia y lo efectivo que es empezar una escena usando diálogo o con acciones concretas o descripciones hermosas. *Screw you.* ¿Qué tal si empiezo un cuento de esa manera?

Después de clases, Rayshawn fue a hablarme otra vez.

—¿Qué tienes? Déjame adivinar. Nada. Todo está bien —dijo y levantó una ceja.

—No estoy de humor.

—Te afecta mucho lo que dice la maestra, ¿verdad? Ya te dije. Ni te preocupes por ella.

No sé si yo iba siguiéndolo o él iba detrás de mí, pero caminamos juntos por el pasillo.

—No solo es la señora Grew. Creí que había hecho un buen trabajo y todo por nada. Yo era la mejor escritora de mi antigua escuela.

—¿En serio?

—Sí, y la mitad de lo que escriben los otros alumnos son cosas muy aburridas.

—Estoy al tanto.

Paré en seco. Hace tiempo que no había escuchado a alguien decir "Estoy al tanto" y me pareció tan normal. Es muy fácil hablar con Rayshawn. Deseé que fuera así de fácil hablar con los otros chicos METCO.

Rayshawn y yo hablamos hasta llegar a un edificio en el que no había estado antes, un anexo al natatorio, que es como los ricos les dicen a las piscinas. El olor a cloro me llevó de vuelta a las clases de natación que recibí en el YMCA de Hyde Park cuando era pequeña. Papá me llevaba los sábados por la mañana. De repente, empecé a imaginarlo atravesando el Río Grande y me tropecé.

Rayshawn me agarró del brazo y me ayudó a recuperar el balance.

—¿Estás bien?

—Sí, estoy bien.

—Okey.

Nadie dijo nada más y empezamos a reír.

Luego, Rayshawn agregó:

—¿Vas a ir al partido del viernes por la noche?

—¿Partido de básquetbol?

Rayshawn dejó de caminar.

—¿En serio no sabes?

—¡Perdón! —dije y solté una gran carcajada. Claro que Rayshawn juega básquetbol. Está en el equipo de la escuela y es una de las estrellas. *Duh!*

Alguien dijo mi nombre y volteé.

—Hola, Holly....

—*Hey* —respondió ella y volteó a ver a Rayshawn como diciéndole: "¿Qué haces con mi mejor amiga?" No me gustó que lo viera de esa manera.

—¿Qué estás hacien...? —dijimos ambas al mismo tiempo.

—Estaba en el WC —dijo Holly.

—¿En el *water closet*? ¿En el baño? —quise saber. ¿Ahora qué?, ¿hablas como británica?

Rayshawn sonrió. Las orejas de Holly se tornaron color rosa. Me sentí mal porque no había querido burlarme de ella.

—Emmm… sí. Pero WC significa *Writing Center*, o sea, el salón de escritura.

—¿Tú vas al salón de escritura?

De seguro, Holly pensó que lo había dicho de forma acusatoria o que estaba juzgándola, o todas las anteriores, pero no pude evitarlo. No sabía que a Holly le gustaba ir al salón de escritura.

—Sí. Literalmente te ayudan con tus ensayos y literalmente te dan puntos solo por ir al WC. Mira —me mostró una hoja de color mostaza que tenía un par de firmas. Recibí la hoja y empecé a leer lo que decía.

—¡Oye! —dijo Holly—, ¿No tienes que estar en el salón de estudios?

—Sí —repuse y sonó la campana—. ¡Aaayyy! O sea, voy hacia allá.

—Yo voy para allá —dijo Rayshawn—. Examen de Biología. Deséame suerte:

—¡Suerte! —le gritamos a Rayshawn, Holly y yo.

De camino al edificio principal de la escuela, Holly me preguntó:

—Y… ¿qué onda con Rayshawn?

—Nada. ¿No puedo caminar por el pasillo junto a un chico?

Holly hizo una mueca.

—No y lo sabes.

Le respondí con una mueca igual a la de ella.

—Ay, por Dios. No es nada.

—Si tú lo dices. Me pregunto qué pensaría Dustin si los viera juntos.

—Mejor hablemos del salón de escritura....

—Qué sutil, Lili.

—Sí, ¿no? —coincidí y ambas nos reímos—. Te lo juro. No me gusta Rayshawn.

—Ya.

Tan pronto me despegué de Holly, di marcha atrás y fui hasta el salón de escritura para pedir más información sobre los servicios que ofrecían ahí. Me sorprendió saber que Holly iba al salón con regularidad. Supongo que creí que, quienes son inteligentes, no necesitan esa ayuda extra y después de mi gran conversación con la tía Laura, estaba 100% segura de que, si papá hubiera ido a Westburg de niño, hubiera estado en el salón de escritura muy seguido. Mientras me apuntaba para recibir mi primera tutoría, levanté la vista y ahí estaba Ivy.

—*Hey* —dijo.

No voy a mentir. En ese momento aguanté la respiración. ¿Por qué me sentía tan nerviosa? Supongo que me había acostumbrado a que ella y los otros chicos del programa METCO me trataran con la ley del hielo. Bueno, todos menos Rayshawn. Y la peor de todas es la chica de los Doritos.

—*Hey*—le respondí. Sos pero bien inteligente, Lili.

Al menos Ivy sonrió. Cuando terminé de apuntarme en la hoja, le entregué el lapicero.

20

La verdad es que fue algo loco imaginar a tía Laura y tío R. en Guatemala, entregándole a papá un montón de dinero, que pidieron prestado a muchas personas y que él usaría para contratar a un coyote que lo ayude a cruzar la frontera y volver a casa. Volver con nosotros. Al decirlo así, parecía una película, no la realidad. No mi vida, pero es parte de mi vida. No estoy segura de cómo mamá logró juntar el dinero, pero luego de escucharla hablar con mi tía a escondidas por las noches, creo que lo pidió prestado a otras personas, conocidos de la iglesia. Al parecer, tenía que juntar unos siete mil dólares en efectivo. De cualquier forma, ahora le debe a mucha gente.

Luego de que mis tíos regresaron a Guatemala, mamá volvió a estar sola todo el día y estaba muy nerviosa. Cualquier ruido la hacía brincar del susto, hasta el ruido del inodoro la espantaba. Parecía haber olvidado cómo relajarse. Un día le pregunté si podía usar los dólares que había acumulado en su tarjeta CVS ExtraCare para comprar unos útiles escolares. Sin embargo, en vez de comprar hojas cuadriculadas y resaltadores, regresé a casa con esmalte de uñas, acetona, bolas de algodón, crema para manos y una como brocha que sirve para lijar la piel muerta que tienes en la planta de los pies. Ya sé. Asqueroso. Pero me costó apenas noventa y nueve centavos. Construí una pequeña estación de manicura en la sala. Puse una toalla doblada a la mitad sobre la alfombra y dos tazones de agua tibia encima de la toalla. En uno de los tazones dejé caer unas gotas de jabón para manos y revolví el agua hasta crear espuma.

—Oye, mamá, podés venir un segundo?

Un minuto después se apareció junto a la puerta.

—¿Qué pasó? —dijo, tenía la bata atada a la cintura.

—Es para vos. Te voy a hacer una manicura y un pedicure. Vení. Sentate.

Sonrió y eso significa el mundo para mí.

—¿En serio?

—Sí. Vení. Sentate.

—Ay, Liliana.

Igual que antes. A mamá le gustan este tipo de cosas. Creo que hasta sueña con abrir su propio salón un día. Emmm… el salón de belleza Sylvia. Tengo que terminar de construir el salón de belleza. Tiene un buen nombre.

Creo que consentirla funcionó, porque ese fin de semana me dijo que por qué no le hablaba a Jade para que fuéramos con su abuela, doña Carmen, a comer comida china en el Chinese Buffet de la ruta 9. Jade + comida china = un paraíso. Además, mis hermanos iban a estar en una fiesta de cumpleaños, entonces podíamos ir sin ellos. Así que ese domingo le pedimos prestado su carro a un vecino (la verdad, nos lo rentó y tuvimos que pagarle por cada hora que lo usamos) y salimos a darnos una vuelta. No había visto a Jade en mucho tiempo y llegó con Ernesto.

Todo el rato, Jade y su novio se daban besitos mientras comían camarones fritos. A Ernesto le brillaba la piel y olía como a manteca de cacao.

—Voy a ir a traer más rollitos de huevo —dijo doña Carmen—. ¿Alguien quiere algo más del bufé??

—Mmm. No gracias —respondí.

—Vaya, pues. Con permiso —repuso Doña Carmen.

Jade y Ernesto empezaron a robarse comida entre sí. guácala. *¿Haría lo mismo con Dustin si estuviera aquí?*, pensé. Luego, recordé que no le había contado a Jade de Dustin. Me gusta tener mis mundos separados, como la comida que está en el *bufé* de ensaladas. El maíz se queda en el área del maíz, la lechuga está siempre donde va la lechuga.

—Voy a ir a traer más arroz —anunció mamá e interrumpió mis pensamientos, volteó a ver a Jade y Ernesto, y se alejó de nuestra mesa. Tan pronto se fue, Ernesto empezó a hablar conmigo.

—Oye, Liliana—dijo—, ¿qué tal las cosas en tu nueva escuela?

¿Las cosas? Para ser honesta, nunca había hablado con Ernesto. Él solo estaba ahí, en la periferia. Iba a traer o a dejar a Jade a su casa y, a cada rato, le enviaba mensajes de texto.

—Es como *whatever* —señalé—. Me da igual.

—¿Hay muchos niños que se creen la gran cosa? —insistió.

—Supongo.

Jade me miró a los ojos como diciéndome: *WTF, no tienes que ser así de grosera.*

Le di un trago a mi té.

—Pues, o sea, no sé. Es un lugar raro....

—Pues, pronto va a haber un *rally* en JP. Vamos a formar una alianza con SIM, ya sabes, el Student Immigration Movement. Algunos jóvenes van a compartir sus historias.

¿Una alianza? ¿Jóvenes? Está bromeando, ¿no? ¡Él apenas tiene diecisiete años! Un momento. Tal vez es más grande y a Jade le dijo que tenía diecisiete años.

—¿Cuántos años tienes? —pregunté y casi escupí las palabras.

—¿Qué? —dijeron Ernesto y Jade al mismo tiempo.

—Olvídalo. Sí, un *rally*. Suena *cool*. Tal vez llego un rato.

Ernesto hizo la cabeza a un lado.

—Imaginé que te llamaría la atención. Ya sabes, por eso de la situación con tu papá y todo.

La situación con mi... *What the hell?* Con mi mente le disparé unas dagas a Jade, pero, de repente, estaba muy ocupada intentando atrapar un arroz con sus palillos chinos. ¿Acaso Jade le contó a Ernesto lo de papá? No pude quedarme ahí como si nada. Les pedí permiso y me fui directo al baño. Luego de lavarme las manos, las dejé debajo del secador por un buen tiempo; tenía miedo de lo que sería capaz de decirle a Jade si volvía de inmediato a la mesa. *No tiene NINGÚN derecho*, me dije y justo en ese momento Jade entró al baño lista para hacer un gran drama.

—¡Oye! —dijo y tenía las manos sobre la cintura como con mucha actitud.

Le di un golpe a la encimera con las manos.

—¡Ni se te ocurra ponerte así, Liliana! —De inmediato tomó protagonismo—. Ernesto y yo… somos buenas personas. Disfrutamos la compañía del otro. Es natural que yo le cuente cosas. Pero parece que no estás de acuerdo con eso y todo es culpa de ese tu programita METCO, o *whatever*, esa tu actitud de niña que va a una escuela para blancos.

—¿Qué? Guau. Espera un momento. Esto no se trata de mí. *Tú* le contaste a Ernesto lo que le pasó a mi papá. Jade, ¿hablas en serio?

Se acercó a mí.

—¿Ves a lo que me refiero?

—¡No! ¿A qué te refieres?

—¡Eso! ¡Ahí está! Tienes una actitud de mierda. Eres muy sarcástica. ¿Así habla tu nueva mejor amiga, la tal Heather o Holly, o como sea que se llame?

Entrecerré los ojos.

—Ahora entiendo de qué se trata todo esto. Estás celosa.

—¡Ay, por favor!

—No, es en serio. Actúas como si yo soy la que ha cambiado, pero TÚ pasaste de cero a cien con Ernesto. Ya solo hablas de él y solo hablas *con* él, y es como… guau. Hablo en serio, Jade. ¿Por qué tienes que contarle de mis asuntos? Capaz le cuenta a alguien. ¿Se te ocurrió qué podría pasar si le cuenta a alguien?

Seguramente le toqué un nervio, porque se quedó muy callada. Luego levantó el mentón y dijo:

—¿Sabes qué? Al carajo contigo.

—¡Pues, al carajo contigo!

Me hice hacia atrás y me topé con el secador, y por el golpe volvió a activarse, a lo cual respondí dando un brinco hacia adelante. Una mujer dentro de una de las cabinas se pedorreó muy fuerte. Cuando se detuvo el secador, la mujer seguía pedorreándose; sacó todo lo que tenía dentro. Y sí, supongo que somos muy inmaduras, Jade y yo, porque de inmediato nos echamos a reír como locas.

—Puaj. Vámonos de aquí —dije.

Al salir del baño, Jade puso su mano sobre mi hombro.

—¿Liliana?

—¿Sí?

—En serio, perdón por haberle contado de tu papá a Ernesto. Le interesa hablar de migración y de ayudar a la comunidad. No es un mal tipo. De hecho, es un muy buen tipo, la verdad. Tienes que conocerlo un poco—. Tenía los ojos llorosos, como si estuviera rogándome.

—Yo sé. O sea, perdón. Es que, sí, he estado muy ocupada en la escuela, pero aún eres mi mejor amiga. Simplemente, siento que voy a clases a un millón de millas de distancia, pero la que no está disponible eres tú y eso que vives al lado, literalmente.

Jade se echó a reír.

—¿Y ahora qué?

—*Girl*, es que ahora dices "literalmente" a cada rato.

No sabía qué decir.

—No pasa nada. Todavía te quiero mucho—dijo rápidamente.

Justo en ese instante la mujer dentro del baño —ya sabes a quién me refiero— abrió la puerta. Caminó muy aprisa al lado nuestro. Jade y yo no pudimos evitarlo. Intentamos con todas nuestras fuerzas no reírnos de ella, pero prácticamente estábamos llorando de la risa.

—¿Liliana? —me llamó mamá y se acercó a nosotros; su voz interrumpió nuestra reunión—. ¿Dónde estaban? ¡Pensamos que las habían secuestrado!

—Okey. Un poco dramático, ¿no, mamá? —bromeé.

—¡Vámonos! Ya pagamos la cuenta.

—¡Pero no he terminado de comer! —protesté.

—Pues es tu culpa. Tenemos que regresar el carro. Vámonos ya.

De camino a casa probé todas las estaciones de la radio, pero no estaba poniéndole atención a las canciones. Me enfoqué en lo que aparecía en mi ventana. Mientras más nos acercábamos a nuestro edificio de apartamentos, vi que había más y más radiopatrullas en la calle. Había más y más señales de alto. Más y más borrachos en las esquinas. Más edificios de apartamentos dañados. Vi que un carro casi atropella a un niño en bicicleta. El hombre que iba en el carro le gritó al chico: "¡Te pude haber matado, idiota!". Nunca le había puesto atención a ese tipo de cosas. Fue como si alguien hubiera cambiado el voltaje de los focos en la calle y ahora, a pesar de que todo era igual que antes, todo parecía tener otro tono o algo así. El viento iba en aumento y sentí el olor de las alcantarillas. Subí la ventana y me cubrí la boca con el brazo. Todo es tan diferente.

—¿Qué estás pensando? —quiso saber mamá.

—Nada —respondí y nada más. Pero en realidad estaba pensando en todo.

21

Cuando le conté a Holly, a la hora del receso, que mis tíos se habían ido de vuelta a Guatemala, puso la misma cara que cuando me contó que le iban a quitar los frenos. A propósito, sus dientes ahora lucen perfectos, como los de una modelo de revista. "Ahora puedo ir a tu casa", dijo muy feliz. Le dije que mejor yo iba a su casa el fin de semana. No tenía idea de cómo iba a convencer a mamá, pero es mejor eso que llevarla a mi casa. Pero Holly me dijo que estaba muuuuuy harta de Westburg. Fue algo… incómodo. El maíz va donde va el maíz, ¿recuerdas?

Mira mi relación con Dustin, por ejemplo. Lo veo únicamente en la escuela y, de momento, todo funciona de maravilla. O sea, ¿qué otra opción tengo? Él no puede ir a mi casa, pero hablamos todo el tiempo por mensaje de texto. No tanto como Jade y Ernesto, pero sí guardé algunos mensajes.

Mi Lili… dónde estás?

Sálvame de la clase de biología. Hoy disecar gatos. Bromas. Creo…

Hoy te vi escribiendo como loca en clase. Qué estás escribiendo?

Sobre ese último mensaje, sí, no. El maíz va donde va el maíz. Punto. No estaba lista para compartirle mi vida entera a Dustin. La escritura es algo muy mío. Entonces nunca le respondí esa pregunta y él no insistió. Por el otro lado, Holly era implacable y muy persistente. Seguía diciéndome que quería ir a mi casa. Días más tarde, me llamó por teléfono para decirme que sus papás la estaban presionando mucho para que empezara a planificar sus estudios universitarios, a pesar de que apenas estaba en el décimo grado. Los escuchó hablar de que querían enviarla a una escuela de preparación en Maine. ¿Por qué a la gente de Westburg le obsesiona tanto Maine? Holly prácticamente lloraba por teléfono y me sentí tan mal que acabé invitándola a que llegara a mi casa.

Me preparé para recibirla. Hice mis tareas de siempre, pero, además, hice otras cosas. Le quité el polvo a la extraña colección de *spray* para cabello y las botellas de *mousse* que estaban sobre un mueble. Saqué un montón de trapos y Windex y limpié las ventanas, el televisor, la mesa para el café, las lámparas, todo. Me aseguré de que el bote de basura en el baño estuviera vacío y agarré los cupones y anuncios expirados que estaban en el refrigerador y los metí dentro de una gaveta. Hasta trapeé la cocina, carajo. Benjamín me preguntó quién iba a venir.

"No, nadie", dije. Si le hubiera dicho la verdad, seguro hubiera puesto un cojín de pedos debajo de Holly o hubiera iniciado un concurso de eructos con Christopher; mis hermanos, vaya que pueden eructar bien duro. Por suerte, resulta que un chef de la televisión estaba haciendo demostraciones en el YMCA y mis hermanos le rogaron a mamá para que los llevara. ¡Fiu!

El sábado por la tarde, justo a tiempo, el papá de Holly llegó a dejarla en su Lexus. Los chicos del vecindario suspiraron al ver el carro del papá de Holly, al verlo a él y al verla a ella. Le dije hola y la llevé adentro. Su padre se quedó ahí un rato. Podíamos verlo ahí parqueado desde la ventana del segundo piso. Se fue hasta que Holly le mandó un mensaje de texto diciéndole que podía irse.

A pesar de que mamá le agradecía a la familia de Holly por ser mi familia anfitriona o lo que sea, yo presentía que desde el principio ella intentaba encontrar evidencia para argumentar que Holly es una mala influencia. ¿Su camisa huele a cigarros? ¿Tiene groserías escritas en su mochila? ¿Mira muy de cerca los mantelitos que tenemos en el sillón de la sala? No, no y no.

Además, Holly es una chica muy *cool*, una chica normal. Sí, a veces habla como camionero, pero no, no siempre trata a sus papás con educación. Es mi nueva mejor amiga, mi única amiga en Westburg. Mientras, nos acomodamos en la sala para conversar un poco con mamá, antes de que Holly y yo fuéramos a mi cuarto.

—No seas muy dura con ella—dije suavemente y en español.

Luego empecé a hablar en voz alta.

—Holly, esta es mi mamá. Mamá, te presento a Holly —las presenté con una voz muy amigable, como si estuviéramos frente a una cámara de televisión o algo así.

—Hola, mija —dijo mamá.

Le eché un vistazo a Holly. ¿Acaso sabe qué significa esa palabra, "mija"? Ella tomó cursos de español. Claro que sabe.

—*Mucho gusto* —dijo mamá, mientras se arreglaba el cabello. Mamá está... ¿nerviosa? ¿Nerviosa por conocer a Holly?

—¡Hola! —respondió Holly, muy casual, como si le acabara de presentar a cualquier otra amiga mía.

Yo tenía quince años y esa era la primera vez que llevaba a casa a una amiga de la escuela; Jade no cuenta, ella es casi como de la familia. A diferencia de Holly, Jade le dice "señora" a mamá y siempre dice "perdón" y "por favor" y gracias" cada vez que habla con ella. Es como si siguiera alguna ley o algo así que dice que debes ser super educado con los adultos, especialmente con los papás de tus amigos. Mamá medio le sonrió a Holly y Holly medio le sonrió a mamá. Nadie dijo nada más. Escuché grillos, veinte segundos de un silencio insoportable.

—¿Tienes hambre? —pregunté casi a gritos y me llevé a Holly a la cocina, donde agarré un paquete de galletas Ritz y dos vasos donde serví un poco de jugo de naranja.

Holly miró a su alrededor y se fijó en los enormes utensilios de madera que colgaban de la pared.

—Seguramente ustedes hacen unas ensaladas muy ricas— dijo, mirando la pared.

—Vamos a mi cuarto —propuse.

—*Cool*—. Holly les echó un vistazo a las habitaciones conforme íbamos por el pasillo principal—. Es muy lindo tu apartamento.

—¡Gracias!

En mi cuarto, Holly empezó a hojear mis diarios sin antes haberme preguntado si podía hacerlo.

—Em... perdón —dije mientras le quitaba los cuadernos de las manos.

—Sí que te gusta escribir —dijo mientras seguía mirando todo a su alrededor. Intenté verlo todo a través de sus ojos.

La desgastada alfombra rosa que papá prometió reemplazar el año pasado. Los muebles que no hacen juego y que compramos en mercados de pulgas y ventas de garaje. Una foto de Jade y yo haciendo la señal de paz y amor que tenía al borde mi espejo. Sobre un mueble había una torre desigual de botellas (¡llenas de polvo!) de gel para el cabello y *mousse*; nunca compramos la misma marca, sino la que esté en oferta. Por eso, un mes compré una botella XXX de gel para darle volumen al cabello. Mamá me dijo que ese gel hace que mi cabello pareciera como el de una tal Diana Ross. Ni siquiera mis sábanas hacen juego con las fundas de mis almohadas. En el cuarto de Holly todo hace juego. Todo es parte como de un set, incluso unas toallas color verde musgo que vi en su baño. La verdad es que me gustaría tener toallas que hagan juego con otras cosas.

Seguí la mirada de Holly hasta que encontró un póster de Romeo Santos que tenía en la pared, las botellas de perfume que tenía sobre un mueble y que había comprado en distintas farmacias. Algunas seguían dentro de sus cajas. Por último, se fijó en una bolsa de malla que usaba para guardar la ropa sucia y que estaba en una esquina.

Luego, pegó un gritito lleno de felicidad.

—¿Qué son esos?"—preguntó apuntándole a un par de casitas de cartón que había puesto junto a mi ventana. Era una iglesia diminuta y la Licorería de Don Lorenzo. Me metí una galleta Ritz en la boca; quería ver cuál era su reacción.

—¿Lil? ¿Qué son? Por Dios… ¡me encantan!

—¿En serio? —Migajas cayeron de mi boca—. Es algo que hago, ¿sabes?

—Son increíbles—. Se agachó para ver cada detalle más de cerca—. ¿Trabajas en ellas cuando vas al club de arte?

—Sí, bueno, cuando voy.

—¡Ja!

Holly vio que, junto a la iglesia, había una banda elástica verde. La tomó para hacerse una cola, o al menos lo intentó. La verdad es que es muy mala para hacerse colas. Mientras intentaba domar su cabello, me di cuenta de que mamá estaba junto a la puerta de mi habitación con un plato lleno de galletas de mantequilla, de las que tienen centro de fruta. *Aww.*

Puso el plato sobre el mueble y se limpió las manos en su gabacha. Holly dejó caer sus brazos y su cabelló se extendió con suavidad sobre sus hombros.

—Ay, hola —dijo rápidamente.

—Gracias, mamá… gracias por las galletas—señalé.

—Sí —añadió Holly—. ¡Muchas gracias! —dijo en español. ¡Puntos para Holly!

—De nada —respondió mamá, también en español.

De repente, sentí que mi habitación era muy pequeña. Mamá se dio la vuelta, gracias a Dios, pero dos segundos después volteó para decirnos:

—¿Quieren algo más?

Justo en ese momento Holly me hizo una pregunta muy penosa. Obvio. OBVIO.

—Oye, Lili —dijo—, ¿tienes tampones?

A mamá casi se le salen los ojos.

—¿Qué? Em, no… de seguro se me acabaron. —Con la vista le rogué a mamá que se fuera, pero ahora no solo no dejaba de verme, sino que, además, tenía las manos en las caderas. No es una buena señal.

Tragué saliva.

—¿Ahora usas tampones, Liliana?

Holly volteó a verme, luego a mamá y de nuevo a mí.

—Un momento, ¿no tienes permitido usar tampones? —se sorprendió.

Quería que me tragara la tierra. ¿Cómo podía explicarle a Holly que mamá cree que los tampones son para chicas fáciles y que, si usas tampones, técnicamente ya no eres virgen?

—Mamá… —dije, mientras le rogaba a Dios que mamá entendiera que, con mi tono de voz, intentaba decirle: *Ahora no, por favor.*

—¿Liliana? ¿Y si tu papá se entera de que usas esas tonterías?

—¿Qué? —preguntó Holly—. ¿Tienes papá? ¡No me habías hablado de tu papá!

Holly miró a su alrededor, como si esperara que él saliera del clóset.

¿Qué se supone que debía responderle? *¡Sí, de hecho, mi papá se está preparando para cruzar la frontera en estos momentos!* Dolor. En. El. Pecho. Por Dios. No quiero lidiar con eso, no en este momento.

—¡Dale una respuesta! —ordenó mamá con una voz muy seria.

Holly tenía cara de *WTF?*

—Perdón por mi imprudencia Parece que es un tema sensible—se disculpó Holly. Agarró una galleta y le dio un mordisco—. Mmm. ¡Estas galletas están muy ricas, señora Cruz! —dijo muy efusiva.

Holly intentaba arreglar las cosas y guardarlas dentro de un folder llamado "Vaya, eso fue incómodo".

Mamá miró a Holly atentamente, como si intentara descifrar si era sincera o no. Luego volteó a verme y, seguramente, decidió que se ocuparía de eso más tarde porque lo único que dijo antes de salir de mi cuarto fue:

—Dejá la puerta abierta.

Me dejé caer sobre la cama mientras mi corazón iba a mil por hora.

Sin levantar la voz, Holly dijo:

—*Sorry* —antes de comerse otra galleta—. Te lo juro, Lili. No quería meterte en problemas. Es que ya me bajó.

—No estoy en problemas—repliqué rápidamente, pero ambas sabíamos la verdad.

Después de eso, vimos una película en la sala, pero estaba tan estresada que no sé ni qué vimos. Y cuando mamá regresó a casa con Christopher y Benjamín, escuché que les dijo que nos dejaran solas. El papá de Holly la vino a recoger a las cinco en punto. Llegó en su carro, tocó la bocina dos veces y le envió un par de mensajes de texto. Ya era hora de que Holly saliera de mi edificio de apartamentos y volviera al mundo donde permiten que las chicas usen tampones. Vi que Holly había dejado su vaso de jugo de naranja sobre un mueble en mi habitación. No le había dado ni un solo trago.

—¡Qué chica tan grosera! —sentenció mamá mientras vaciaba el jugo en el lavaplatos—. Liliana, sabés que no debés usar… esas cosas.

Tampones. Ni siquiera es capaz de llamarlas por su nombre. Los tampones compartían categoría con los aretes en la cara y eran una entrada al infierno.

—Ya sé, mamá —dije mientras sacudía el vaso.

—Y ni siquiera se tomó su jugo de naranja—añadió.

—Nop —reconocí y esa palabrita fue lo único que pude decir en ese momento. Sentía que me palpitaban las sienes.

Y *esa* era la razón por la que no quería que Holly viniera a mi casa.

Escuché que mamá suspiró mientras yo enjuagaba el vaso. Luego, dijo en silencio y casi como un insulto: "americana".

Se me resbaló el vaso de entre las manos.

Sí, Holly es una chica americana.

Pero yo también, ¿o no?

22

Sí, soy una americana, una estadounidense. O sea, nací acá. Incluso si mis papás me hubieran traído acá de bebé o niña chiquita, aun así, me consideraría estadounidense. Pero…, también soy latina. Soy ambas cosas. ¿Por qué esas cosas tienen que ser un tema de debate tan grande? Además, mi papá intenta volver a nosotros porque quiere que estemos juntos, en los Estados Unidos. No nos pedía que nos mudáramos a Guatemala. ¡Y pudo haberlo hecho!

Me pregunté si se estaba despidiendo de mis tíos justo en ese momento. "Por favor, Dios, cuida de él. Por favor", murmuré. Es mi rezo de las mañanas, antes de entrar a clases, ya sabes. Nada del otro mundo. El lunes, cuando llegué a la entrada principal de la escuela, pum, de inmediato dirigí mi atención a unas serpentinas blancas y naranjas que colgaban de la pared, haciendo espirales. Luego, vi un enorme póster hecho a mano que decía, "¡VAMOS, WESTBURG! TENEMOS EL MEJOR EQUIPO DE BÁSQUETBOL DEL MUNDO". ¿Qué? Ah, sí, cierto. Este fin de semana, el equipo de la escuela tiene un juego muy importante. Vi que un grupo de porristas estaban en una esquina, dibujándose el número 16 en las mejillas con pintalabios. ¿Dieciséis? Es el número de Chris Sweet. La única razón por la que sabía eso es porque él llevaba puesto su jersey todos los días. Supongo que él es el capitán. Tal vez juega de delantero. Creo que solo hay delanteros en *soccer*. Lo único que sabía de básquetbol es que a Rayshawn le gusta jugarlo. Seguramente sacaría mala nota en un examen de básquetbol, si existiera algo semejante. Avancé por el pasillo viendo los posters, las serpentinas, los globos, las fotos de los jugadores que habían puesto en las puertas, lo que me pareció un poco exagerado. Intenté encontrar a Rayshawn entre las fotos. Su foto estaba justo a un lado del enorme zapato de los Celtics. ¡Estar ahí seguramente es considerado un gran honor!

Encontré a Holly junto a su casillero. Le di un empujón con mi hombro.

—¿Qué es todo esto? —pregunté señalando los globos a nuestro alrededor.

—*I know!*. El equipo de la escuela ganó el viernes. Lleva ocho partidos sin perder; es todo un récord. A propósito, supongo que ahora tu mamá me odia, ¿no? Me dio malas vibras.

—¡Qué! No.... —Pero, tal vez sí, un poquito—. Entonces. Westburg. Básquetbol—. Ya soy toda una experta para cambiar de tema de conversación.

—Sí, por si no lo habías notado, a los de Westburg les encanta el básquetbol—. Sacó un cuaderno de su mochila y lo dejó dentro de su casillero.

—¡No me había dado cuenta!—. Reímos las dos.

—Y supongo que Chris Sweet nos va a llevar a las semifinales, lo que no ha pasado desde hace como veintisiete años, o algo así. Así que….

—*Cool.*

Holly sonrió.

—Bueno, te veo a la hora del receso.

Dustin y su amigo apestoso, Steve, se juntaron conmigo y me llevaron a la cafetería antes de irse a los vestuarios con el resto del equipo de básquetbol. En el pasillo, cuando pasamos frente al gran zapato, le eché un vistazo a la foto de Rayshawn y tuve que parar en seco. ¡Alguien había dibujado una gran X en su cara! ¿Qué? Vi las fotos de los otros jugadores, pero no habían tachado ninguna otra foto.

—¡Mierda! —dijo Dustin y también dejó de caminar. Volteó a ver a Steve—. Sabes de qué se trata, ¿no?

Steve se rio.

—No los culpo, hombre. Yo también estaría muy molesto.

Le hice una mueca a Steve.

—¿Qué está pasando?

Steve le chifló a Dustin y luego volteó a verme.

—Nada. Dustin, hombre, el entrenador se va a enojar si llegamos tarde—. Dustin me dio un besito en el cachete —¿de verdad sus labios tocaron mi piel?— y se fue corriendo con Steve.

Entré a la cafetería sintiéndome algo molesta; me di cuenta de que todo el salón parecía estar vibrando. Tan pronto

Holly me vio, llegó a tomarme del codo. Nos sentamos y ella empezó a contarme lo que sabía. Aparentemente, justo antes del partido del viernes y para la sorpresa de todos, el entrenador había seleccionado a Rayshawn por sobre Chris Sweet para jugar como armador. Lo único que se me ocurrió es que, a lo mejor Chris había bajado su rendimiento escolar. Da igual. Entonces Chris, o alguno de sus amigos, estuvo en desacuerdo con la decisión del entrenador y alguien dibujó una X sobre la foto de Rayshawn.

Antes de que pudiera entender lo que estaba pasando, una chica del consejo estudiantil se acercó a nosotros.

—Hola, chicaaaaaaas. Hoy vamos a tener evento para recaudar fondos. ¡Lleguen a las mesas a mostrar su apoyo por Westburg! ¡Se acerca el gran juego! —dijo, como si no lo supiéramos ya.

—Okey —repuso Holly con esa su cara de *no me interesa.*

Al otro lado del salón, un montón de miembros del consejo estudiantil habían puesto un par de mesas plegables. Sobre las mesas habían ubicado altas pilas de sudaderas, chaquetas y playeras. También pequeños letreros con mensajes como "¡APOYA A WESTBURG HIGH!" o "¡JUNTOS ENCONTRAREMOS LA CURA PARA EL CÁNCER!". ¿Qué?

Holly me dio un codazo.

—Vamos a ver qué tienen. —Momento. Pensé que estaba siendo sarcástica.

—¿En serio?

—¿Qué? Mejor eso que estar haciendo la tarea de Matemática.

—Ve tú —dije y me quedé ahí.

Unos minutos después, Holly volvió y me mostró su nueva playera, que tenía "WEST" escrito en el pecho. Se la puso encima de su camiseta.

—A ver la parte de atrás —quise ver.

Se dio la vuelta y atrás decía "BURG".

—Es muy linda —señalé.

—¿Quieres una? —preguntó.

No me iría mal tener ropa nueva. Una mejor sudadera, ¿no?

—Tal vez —dije. Niños y niñas se acercaron a las mesas para comprar ropa con sus tarjetas de crédito y débito, y los encargados les cobraron por sus compras con sus iPhones. Parecían todos unos profesionales.

—Oye, Lili —dijo una de las chicas del consejo estudiantil—. Por Dios, te verías tan bien vistiendo algo así —señaló y me mostró una sudadera de Westburg. Era negra y anaranjada y muy linda.

—¿Cuánto cuesta? —pregunté.

—Cincuenta —respondió sin dudarlo.

Casi me ahogo.

—¿Dólares?

La chica se rio y, cuando se dio cuenta de que hablaba en serio, dejó de sonreír y rápidamente añadió:

—Es para investigar el cáncer.

Busqué en mis bolsillos (sí, claro, como si tuviera más de cinco dólares) y fingí estar muy molesta.

—¡Mtch! Dejé mi dinero en mis otros jeans. ¿Van a estar acá mañana también?

—Sip —dijo la chica y fue a atender a alguien más, alguien con una tarjeta de crédito.

Jalé a Holly de la manga de su camisa.

—Estoy bien así. Vamos a comprar unas Chipwichs o algo. Yo invito.

—¡Creí que te había gustado la sudadera!

—Pues, sí, pero está muy caro.

Sé que puedo ser honesta con Holly o, al menos, mostrarle la superficie de mi verdad. Darle una capa esponjosa de mi verdad que no sea demasiado amarga o difícil de digerir.

—Oye —dijo Holly, hablando en voz baja—. Te puedo prestar el dinero si quieres.

Succioné la carne de mis cachetes.

—No, gracias —repliqué tras mucho esfuerzo y me fui de vuelta a nuestra mesa. Holly iba detrás de mí.

—Lil, en serio. No hay problema. Sé que me vas a pagar.

Fingí no escucharla y guardé mi cuaderno dentro de mi mochila.

—Hablo en serio. No es para tanto.

No es para tanto. ¿Qué debía responder a eso? Cincuenta dólares sí es para tanto para algunas personas. Para mí sí es para tanto. Además, no solo se trataba de dinero. Pero, sí, no es para tanto.

—¿Lil? ¿Estás molesta o algo?

—Nop. —Cerré mi mochila.

Holly se quedó ahí parada, como si no supiera qué decir, como si… no entendiera mi situación.

—Mira, gracias por la oferta. Es algo muy amable de tu parte. Pero, la verdad es que tengo muchas sudaderas. Bueno, ya está, tengo que ir con la señora Dávila. Pidió un nuevo… tipo de papel y quiero recibir un poco antes de que se vaya. Nos vemos —dije y me fui de ahí.

Antes de salir de la cafetería, escuché un mensaje del director. Dijo que, a partir de ese momento, todos los posters y volantes debían ser llevados a su oficina para ser aprobados. Sí, cómo no. El daño ya está hecho.

O, más bien, era apenas el inicio.

23

La mañana siguiente vi a Rayshawn y sus amigos METCO afuera del aula y viendo sus teléfonos, tocando, tocando las pantallas y muy molestos.

—¡No puede ser, maldita sea! —gritó Rayshawn. Había angustia en su voz. Sus amigos se acercaron a la pantalla de su teléfono.

—¡Es una estupidez! —dijo otro tipo.

—¿Qué pasa? —pregunté, acercándome a ellos.

Rayshawn hizo la cabeza hacia atrás, chocándola con el casillero. Fuera lo que fuera, era algo muy malo.

—Déjame ver.

Los amigos de Rayshawn se agacharon y se hicieron a un lado.

—Rayshawn.

Ahora tengo que ver, pensé.

Rayshawn estaba muy herido, pero igual me mostró la pantalla de su teléfono. Era peor de lo que pude haber imaginado. Alguien había publicado un meme en Instagram donde aparecía Rayshawn con una red de básquetbol alrededor del cuello, como si fuera una soga.

Quien subió la foto, la borró poco tiempo después, pero no antes de que alguien más tomara un pantallazo de la imagen y la compartiera de nuevo en redes sociales. Miré a mi alrededor con furia en los ojos. *¿Cómo puede pasar algo así?*, me preguntaba. No tenía ni idea de lo que sentía Rayshawn. Le agarré el brazo. Quería decirle algo, pero no sabía qué decirle. Mi amigo parecía estar tan dolido que se me llenaron los ojos de lágrimas.

Me di cuenta de que Dustin estaba buscándome hasta que lo tuve cerca de mí.

—Tenemos que hacer algo al respecto—dijo uno de los amigos de Rayshawn.

Otro respondió:

—No hay duda.

Dustin me agarró la mano.

—Hola.

—Hola.

Dustin levantó la barbilla como para saludar a Rayshawn y los otros, pero Rayshawn no respondió, tenía el rostro compungido y había empuñado las manos.

—¡Oye! —gritó con fuerza—. Más te vale que le digas a tus amigos, a Chris o Steve o quien sea que haya hecho ese meme, que se deje de mierdas.

Dustin dio paso hacia atrás.

—¿Qué mierdas?

Los amigos de Rayshawn se rieron, pero fue una risa sarcástica, carente de alegría.

Rayshawn entrecerró los ojos.

—Está bien. Como quieras. No digas que no te advertí.

Dustin hizo una mueca.

—Vamos, *bro*. ¿De qué estás hablando?

Hice un gesto de molestia y dolor cuando Dustin dijo "*bro*". Rayshawn apretó los dientes.

Justo entonces sonó la campana, pero nadie hizo nada, excepto yo. Agarré el brazo de Dustin y dije, mascullando las palabras:

—Nos tenemos que ir—. Era lo único que podía hacer para calmar la situación.

Cuando llegamos al otro lado de pasillo, le conté a Dustin del meme. Estaba tan sorprendido como yo.

—¿Crees que Steve sería capaz de hacer algo así? —quise saber.

—¿Por qué crees que fue Steve? —preguntó Dustin y se mordisqueó el pulgar—. No fue él —dijo, pero no parecía del todo convencido. Además, ni siquiera volteaba a verme. Creí que Dustin era incapaz de mentirme. Si sabía algo al respecto, si Steve hizo ese meme, me lo hubiera dicho. Entonces, o Dustin no tenía ni idea de quién había hecho ese meme o… Chris Sweet es el culpable.

Para la hora del almuerzo todo mundo se había enterado del meme. Rayshawn y su amigo Patrice pidieron reunirse con el director, pero el director les dijo que estaban "investigando el incidente". Patrice puso una tira de cinta de aislar sobre su boca como para simbolizar que estaban acallando sus voces y no se la quitó hasta que un maestro lo amenazó con castigarlo si no lo hacía. Usualmente, en el receso, me juntaba con Holly, pero ese día, no sé, tuve la necesidad de ir con los otros estudiantes del programa METCO. Estaban todos frenéticos, hablaban con gritos y se interrumpían los unos a los otros.

—Esto está muy mal.

—¿Alguien tiene idea de quién pudo haber sido?

—Tuvo que haber sido alguien del equipo de básquetbol.

—Quien sea que haya sido, debe ser expulsado.

Un chico estaba con la cabeza sobre la mesa, mientras una chica le sostenía la mano.

Nadie tocó su comida.

—Oye —le dije a Brianna; tenía su cabello en una cola, igual que yo. Me volteó a ver como si hubiera interrumpido un funeral.

—¿Qué quieres? —respondió, muy molesta.

—Nada… Yo…. Solo quería decir que…

Brianna me hizo señas para que los dejara en paz.

—¿Por qué no vas con tu grupo de siempre, con todas esas chicas blancas? No necesitamos de tu ayuda.

Sentí una presión en el pecho.

—Yo… Yo…

Se chupó los dientes y dijo:

—Gringa. —Quedé boquiabierta. Quería gritarle: *¡Pero yo también estoy en el programa METCO! ¡Yo también soy de*

Boston! Pero escuchar esa palabra: "Gringa", acabó con toda mi energía. ¿Gringa?

—*Whatever* —respondí y me di la vuelta. En vez ir con "mi grupo de chicas blancas", fui al salón de arte. De repente, ya no tenía hambre.

24

Rayshawn no fue a la escuela al día siguiente. ¡Carajo! Justo cuando recordé el meme que hicieron de él, el director dio un anuncio por el altavoz: "Los estudiantes que publiquen mensajes racistas en línea SERÁN EXPULSADOS y, en algunos casos, vamos a ponernos en contacto con universidades, y a notificar a los asesores de admisiones de los detalles de los comentarios que fomenten el discurso de odio".

Pues, bueno, eso atrapó la atención de todos. Fue algo maravilloso que el director le diera tanta relevancia a lo que había pasado. Es algo RELEVANTE. Los estudiantes a mi alrededor guardaron sus teléfonos, como si por tan solo tenerlos en sus manos fueran, de inmediato, culpables de algo. Luego, un tipo cerca de la ventana dijo entre dientes:

—Eso va en contra de la Primera Enmienda, pero ni modo.

Una chica frente a él se dio la vuelta y preguntó:

—¿Qué?

—No puedes evitar que alguien comparta sus ideas de forma pública. ¿Alguien ha oído hablar de la libertad de expresión?

Algunos se rieron. Yo quería ir a darle un golpe en la cabeza a ese tipo, pero no valía la pena *Lo más seguro es que a quien suspendan sea a mí*, afirmé para mis adentros.

* * * *

Durante el primer periodo, el de la clase de francés, madame Volpée pidió que todos se pusieran en parejas y empezaran a practicar su vocabulario. Nos había dicho que usar tarjetas didácticas de colores pastel —colores como azul celeste, rosado claro y verde claro— supuestamente nos ayudaba a memorizar las palabras. Me tocó trabajar con Peter Rubenstein, un buen estudiante que siempre olía a mantequilla de maní. Llevaba ropa de Vineyard Vines, como los pantalones azul marino y su camisa de botones rosa que llevaba ese día.

Peter recién me había preguntado cómo se dice "edificio" en francés, cuando escuché que crujió la bocina del altavoz. "Liliana Cruz, a la oficina del director. Liliana Cruz a la oficina del director".

¿Por qué escuchar tu nombre por el altavoz de la dirección siempre te hace sentir que te atraparon con las manos en la masa?, pensé. En mi antigua escuela, los niños hubieran empezado a burlarse y a decir cosas como "¡Te atraparon!" o "¡Hoy sí te cae!". Pero en mi clase de francés avanzado nadie siquiera levantó la mirada, excepto yo.

De camino a la oficina del director, escuché que llamaban a otros niños, a todos los niños del programa METCO. Sí, incluyo a Brianna. *Ay, Dios, ¿qué va a pasar?*, me preguntaba.

Al pasar junto a la clase de Biología de Dustin, aminoré el paso y eché un vistazo dentro. Dustin tenía las piernas estiradas al frente, de tal modo que sus pies casi sobrepasaban el escritorio que tenía frente a él. Llevaba su gorra de los Boston Red Sox hacia atrás y tomaba notas. *Lucía tan lindo*. Carraspeé, con la esperanza de que volteara a verme. Verlo sonreír me calmó de inmediato. Me miró como diciendo: "¿Qué onda?". Supuse que también él escuchó que el director me llamó por el altavoz. Entonces, el maestro llegó a cerrar la puerta y yo imaginé a Dustin haciendo una mueca.

Cerca de la entrada, me topé con Steve. ¿Por qué no pudo haber sido alguien más?

—*Hey!* —dijo con torpeza, antes de entrar a la oficina principal de la escuela.

—*Hey!* —le respondí, igual de torpe.

Al mismo tiempo, tiempo ambos dijimos:

—¿Por qué estás acá?

Una maestra sosteniendo un portapapeles y una enorme y mochila le asintió a Steve.

—¿Ya estás listo?

Steve levantó los pulgares y agregó:

—Excursión del club ambiental. Vamos a hacer una investigación en el pantano de Barnstable.

No pude más que parpadear. ¿Steve está en el club ambiental?

—¡Diviértete! —bromeé. Fue lo único que se me ocurrió decirle.

A medida que se alejaba de mí, me acerqué a una de las secretarias y, con una voz muy amable, el tipo de voz que uso en la escuela, le dije:

—Buenos días. Me mandaron a llamar por el altavoz.

—¿Y... cuál es tu nombre?

—Ay, perdón. Lili.

Se inclinó hacia adelante.

—¿Y cuál es tu apellido? Ayúdame, cariño. Tengo miles de estudiantes en mis registros.

—Cruz. Liliana Cruz —respondí. Estaba muy nerviosa y me sudaba las manos.

—Ah, sí. Ve hacia allá —dijo la mujer y señaló una puerta que estaba al otro lado de un pasillo.

Hice una pausa antes de entrar. De pronto, se escuchó otra voz:

—¡Adelante!—. Era el señor Rivera. Al entrar, lo vi alisando su corbata rosa y con una gran sonrisa en el rostro—. ¡Bienvenida! ¡Bienvenida! Toma asiento, Liliana.

Me indicó que me sentara en una silla de cuero frente a una mesa ovalada, como las que están en las salas de reuniones que había visto en programas de televisión. Adentro, ya estaban algunos de los otros chicos del programa METCO. Y sí, ahí estaba Brianna.

—¿Tienes hambre? —preguntó el señor Rivera y me indicó dónde había una caja de donas—. Debería haber quince acá—. Hizo una pausa y volvió a sonreír—. Quince estudiantes, no quince donas.

Un tipo de sudadera roja —Isaac, creo que se llama— hizo girar su silla y se inclinó hacia atrás.

—Podría acostumbrarme a esto—dijo y subió los pies al filo de la mesa.

El señor Rivera esperó otro minuto para que llegaran más estudiantes. Finalmente habló:

—Okey. Buenos días a todos y todas. —Empezó a aflojarse la corbata.

Todos lo vimos fijamente.

—Seguramente ya saben por qué están aquí.

O sea, sí. Es bastante evidente que la administración de la escuela ahora quería reunirse con nosotros porque alguien había publicado aquel meme de Rayshawn.

—¿Nos van a meter a un programa de hermanos mayores, o algo así? —quiso saber el tipo de la sudadera roja.

Brianna levantó un dedo.

—*Yo*, señor Rivera, yo ya estuve en el programa de hermanas mayores y no me gustó. Lo único que hizo mi "hermana mayor" fue llevarme un par de veces a Chipotle y, para mi cumpleaños, me dio un libro aburridísimo, y ya. ¿Me puedo ir a mi clase?

El señor Rivera le entregó la caja de donas al tipo y le pidió que la pasara a los demás.

—Es importante que tengamos un lugar para… hablar —dijo.

Estaba a punto de agarrar una Boston Creme cuando alguien abrió la puerta.

—Perdón. Perdón que vine tarde. Tenía ensayo.

Era Génesis. Le di gracias a Dios. Le asentí con la cabeza, pero me ignoró. De hecho, bajó la cabeza, me mostró su papada y se sentó al otro lado del salón, a pesar de que había un asiento vacío a la par mía. Allá ella.

—Entonces —dijo el señor Rivera—, a partir de mañana, vamos a reunirnos cada jueves; van a tener permiso de no estar en la cafetería durante la hora del receso. Vamos a hablar de racismo, clasismo, sexismo, discriminación, estereotipos y universidades. Tal vez vengan algunos oradores y, quizás, vamos a hacer algunos proyectos especiales. ¿Les parece bien?

—¿Vamos a hablar de memes racistas? —lanzó Ivy y fue como si hubiera dejado caer un micrófono al suelo.

—Sí, por supuesto que sí —respondió el señor Rivera.

—¿Siempre van a haber donas? —quiso saber otro chico.

—Puedes apostarlo—afirmó el señor Rivera; parecía estar abrumado.

Todos apuntamos nuestros nombres en una hoja de papel. Cuando sonó la campana, intenté hablarle a Génesis, pero salió corriendo del salón y ya no la vi en el pasillo. Obviamente estaba molesta conmigo por algo. Pero ¿por qué?

25

Estaba en la calle, luego de sacar el bote de basura a la acera y antes de ir a dormir, cuando escuché a gente gritando arriba de mí.

—¡Lo juro! ¡No es lo que parece! —Era la voz de Jade.

Luego hubo silencio. Subí las gradas aprisa hasta llegar a mi ventana.

Luego escuché a alguien llorar.

Jade empezó a gritar de nuevo y, luego, más llanto. Escuché que alguien movía muebles o algo. Me acerqué a la ventana de la sala, pero lo único que pude ver detrás de las cortinas de la casa de Jade fue un grupo de sombras. Entonces, apagaron todas las luces. Salí del apartamento y bajé las gradas a toda velocidad. Me encontré a Jade frente a mi edificio; un lado de su rostro lo tenía muy hinchado.

—¡Ay, Dios! ¡Jade!

Me abrazó con fuerza. La llevé a mi apartamento para que nadie más dentro del edificio escuchara lo que le había pasado a mi amiga.

Mamá entró al apartamento, le echó un vistazo a Jade y le dijo que se sentara.

—Te voy a dar un poco de hielo —dijo.

Me senté junto a mi amiga, en el sillón.

—Jade… —murmuré, pero no sabía qué decirle. Lo que pensé fue lo siguiente: *Si Ernesto te pegó, te juro que lo voy a matar.*

—No es lo que crees, Liliana, así que no empieces—indicó Jade, mirándome fijamente a los ojos.

—¿Cómo así? No estaba pensando en nada.

—Claro que sí. Ernesto no me hizo nada.

Okey. Pero si él no es el culpable… Igual, asentí con la cabeza.

—Okey. Pero dime qué pasó, Jade.

Le temblaba la barbilla y empezó a llorar. Mamá apareció con un poco de hielo envuelto con servilletas de papel.

—A ver, ten. Póntelo sobre el cachete —le indicó y se sentó junto a ella.

—Me… Me pegó mi abuela—dijo Jade y le dio hipo de tanto llorar—. Empezó a regañarme, porque un maestro llamó para contarle que no había llegado a su clase y mi abuela pensó que no había ido a la escuela por estar con Ernesto. Lo que pasa es que llegué tarde. Nada más. Lo juro. Sí, pasé a comprar algo a Dunkin' Donuts. Por eso me atrasé, pero el maestro igual apuntó que no había llegado a su clase, pero les juro que solo llegué tarde. Yo siempre voy a clases. —Jade volteó a ver a mamá—. Lo juro.

Mamá asintió con la cabeza.

—Da igual. Mi abuela nunca me va a creer.

—¿Y por qué no intentaste explicarle lo que pasó?—. Yo estaba confundida.

—Ay, por favor—. Jade movía el hielo de un lado a otro—. Mi abuela perdió el control. No me hizo caso.

Jade me miraba a mí y luego a mamá.

—¿Me puedo quedar a dormir aquí hoy? Solo necesito que ella se calme un poco.

—Claro —dije justo cuando mamá empezaba a decir—:

—No estoy segura, Jade…

—¡Mamá!

—Voy a llamar a doña Carmen para decirle que estás aquí y que estás bien, pero mañana tienes que hablar con ella, mija.

Jade asintió, se recostó en el sillón y volvió a colocar el hielo sobre su rostro.

Mamá nos dejó solas. La escuché hablando por teléfono. Mientras, Jade y yo fuimos a mi cuarto.

—¿Quieres unos Cup O'Noodles? —le ofrecí.

—Sí.

Nos preparé sopa y puse uno de los vasos de *duroport* en la alfombra, a un lado de Jade; ella tenía una almohada sobre sus piernas.

—Gracias, chica.

—De nada.

Según mi reloj era casi media noche. Iba a estar muy cansada en la mañana, pero Jade es mi amiga, aunque esté cansada o no.

—¿Liliana?

—Dime.

—¿Sigues escribiendo?

—Sí, ¿por qué?

—¿Y si me lees algo? No sé, me haría sentir bien escuchar algo de lo que has escrito.

—¿En serio? —Llevaba rato sin leerle mis cosas a nadie y, de pronto, me di cuenta de que hacía tiempo que no escribía.

Jade sorbió un fideo grande y rizado.

—Sí, hablo en serio.

—Okey.

Fui a traer mi cuaderno morado. *¿A quién le importa si estoy cansada o no?*, pensé.

—¿Liliana?

—¿Sí? —dije mientras buscaba qué leerle a Jade.

—¿Hay noticias de tu papá?

Levanté la mirada.

—No. Pero sé que se está organizando para volver a casa. Hice una pequeña plegaria en mi cabeza: *Por favor, Dios, cuida de él.*

—¡Qué buena onda! —añadió Jade y cruzó las piernas—. Bueno, a ver, ¿qué me vas a leer?

Carraspeé y empecé a leer.

26

De camino a la escuela el jueves, le envié a Jade como mil millones de mensajes. Mamá me había dicho que iba a prepararle el desayuno a Jade y su abuela en el apartamento y luego, pues, ya sabes, pedirle que volviera a su casa después de clases. Hice clavito con los dedos, las piernas y los brazos. ¡Hubiera hecho clavito con los dedos de los pies si hubiera podido hacerlo! Justo antes del receso, recibí un mensaje de texto de ella que decía **"gracias a Dios"** y una foto de Jade y su abuela abrazándose. Buen trabajo, mamá.

Durante nuestra primera reunión del grupo de apoyo del programa METCO, o como sea que se llame, hicimos una lluvia de ideas para hablar de nuestros "problemas" o "preocupaciones": las clases de preparación de las pruebas SAT o el hecho de que las máquinas expendedoras casi siempre están vacías, o que pronto debíamos empezar a trabajar.

Un tipo llamado Biodu trajo a colación lo de los trabajos. Cruzó los brazos y dijo:

—Señor Rivera, lo que yo necesito es tener dinero.

Otros asintieron con la cabeza.

—Mi hermana está en la universidad y ella hace lo que le llama un "*work-study*". O sea, que puede trabajar mientras estudia, o sea que le pagan. ¿Por qué no podemos tener algo así acá?

El señor Rivera le regresó la pregunta a Biodu.

—¿Y por qué no?

—¡Acabo de preguntarle lo mismo!

—Biodu, si quieres inaugurar un programa de *work-study*, escribe una propuesta y vemos si lo podemos implementar. Trae la propuesta el lunes. Voy a poner el tema en agenda para nuestra próxima reunión.

—¿Es en serio?

—Sí, es en serio

—¡Eso! —Biodu sacó un cuaderno y empezó a escribir su propuesta ahí mismo.

Y luego, nada. Grillos. Luego, poco a poco, empezamos a hablar de temas más profundos. Daltonismo racial, maestros insensibles, lo de Rayshawn. Aparentemente, Rayshawn iba a recibir tutorías en casa mientras se calmaban las cosas.

No había tiempo suficiente para que habláramos de todos los temas que habíamos mencionado en la lluvia de ideas. Al menos no en una sola reunión, pero era un buen comienzo.

Durante la próxima reunión METCO pasaron muchos, muchos milagros. Primero, Brianna dejó de hacerme caras. Un buen comienzo, ¿no? No nos dirigimos la palabra ni nada, pero al menos dejé de pensar en ella como LA CHICA DE LOS DORITOS siempre que entraba al salón. El señor Rivera nos pidió que nos pusiéramos en parejas para hacer una actividad que se llama "dos verdades y una mentira". Así me enteré de que Brianna toca el violín y que había estado en el programa METCO desde el primer grado. ¡Ya lleva un buen rato! Quise saber cuánto tiempo Rayshawn llevaba dentro del programa. Fue una lástima que no pudiera ir a esas reuniones; no eran tan malas. Además, fue un poco raro que no estuviera él ahí. Le envié un mensaje de texto diciéndole que me había acordado de él. Rayshawn respondió con un emoji de pulgares arriba y una carita sonriente, nada más.

Menos de un minuto después vibró mi teléfono. Había recibido un mensaje de Dustin. Me preguntó si quería ir a su casa después de clases y, ¡qué diablos!, le dije que **sí**.

Así que, unas horas después, ahí estaba yo, rompiendo unas dieciocho normas de mamá y junto a un chico, en una calle sin aceras. No iba a donde dije que iba a ir y, claro que sí, iba de camino a la casa de un chico. Por eso le pedí a Holly su sudadera azul. Subí el zíper hasta mi barbilla, me puse la capucha y la até muy apretada al cuello. ¿Que si estaba paranoica? Sí. Lo llevo en la sangre.

—¿Y qué tal es ser el hijo más pequeño? —le pregunté a Dustin mientras íbamos camino a su casa que, según él, estaba a unos diez minutos caminando.

—No está tan mal —dijo Dustin—. Puedo hacer cosas que mis hermanos nunca hicieron. Y mi hermano mayor ya está casado. ¿Te conté que su esposa está embarazada?—. Podría jurar que vi a Dustin sonrojarse.

—No —respondí—. ¡Qué emoción!

—Sí. ¡Voy a ser el tío Dustin!. Pero, bueno, no solo soy el hermano menor. También soy el más inteligente y el más *cool* de todos.

Me reí.

—Qué bueno que tienes mucha confianza en ti mismo.

Intenté memorizar el área por donde íbamos pasando. El vecindario realmente no tiene cuadras. Hay unas como calles que serpenteaban y hay, además, grandes árboles que le dan sombra a los jardines y las entradas de las casas, lo que hizo que pareciera que era mucho más tarde. Tenía que tomar el mismo camino de regreso para tomar el bus de vuelta a casa. *Le voy a pedir a Dustin que me acompañe*, me dije.

Dustin me dio un toquecito en el brazo.

—Oye, ¿te puedo preguntar algo?

—Sí, claro.

—¿Por qué pareces un testigo protegido?

Volví a reírme.

—En serio. Mírate. Solo puedo verte la cara. O sea, no me malinterpretes. Eres muy linda, pero parece que hubieras cometido un asesinato y te estuvieras escondiendo de la policía—. Y Dustin se rio de su broma—. Si es así, ahora soy un cómplice.

—No, es que tengo frío.

Dustin me agarró la mano y la sacó del bolsillo de mi sudadera.

—Pues tienes las manos muy calientes. ¿Segura que estás bien?

—Sí, estoy bien.

Vibró el teléfono de Dustin. Miró la pantalla y lo volvió a guardar.

—Un mensaje de Steve —me hizo saber, como si me hubiera leído la mente.

—Oye, ¿puedo ahora yo preguntarte algo? —dije.

—Dispara.

—¿Por qué…? ¿Por qué es que…? ¿Desde cuándo…?

—Déjame adivinar. ¿Por qué somos tan buenos amigos Steve y yo, si él es un idiota?

Casi me tropiezo del susto.

—No quise que…

Dustin se rio.

—No pasa nada. Lo entiendo. A veces es un poco… molesto estar con él. Pero lo conozco desde que estábamos en preescolar. Nuestros papás nos inscribieron juntos a todos los deportes posibles. Todo empezó desde que empezamos a jugar T-ball juntos.

¿Qué carajos es T-ball? Pero antes de poder preguntarle, Dustin giró a un lado y quedé boquiabierta. Apenas y pude asimilar todo lo que veía, pues él de inmediato me llevó hacia unas puertas enormes, luego pasamos por un vestíbulo donde había una lámpara de araña y llegamos a la sala; no fue una sala color beige, como la de Holly, sino que dentro había muchos azules. Los muebles eran de cuero verdadero; pasé la mano sobre una silla mientras Dustin me llevaba a otra habitación. Se me ocurrió que mis hermanos serían capaces de hacer pedazos esa silla en menos de un minuto.

En uno de los muros de la habitación había un enorme mapa de los Estados Unidos que tenía estrellitas sobre algunas de las ciudades. Alguien había dibujado una línea para conectarlas todas, de Massachusetts a Kansas. Dustin me explicó el significado.

—Mi hermano Pete está yendo por todo el país con sus amigos de la universidad, y nosotros le seguimos la pista con este mapa. —Señaló las estrellas, como si no fuera evidente por qué estaban ahí. Me acerqué al mapa y entrecerré los ojos. Obviamente, el viaje de mi papá era muy diferente al del hermano de Dustin.

—¿Qué estás pensando? —quiso saber Dustin, y estaba tan cerca de mí que sentí el olor de la salsa de soya en su aliento.

Él había comido comida china de la cafetería. Pensarías que olía muy mal, pero… No, la verdad es que sí era muy apestoso. Pero igual. Es Dustin. No podía darle la espalda. De repente, sentí su mano en mi cadera y empezamos a besarnos ahí mismo. Luego, nos sentamos en el sillón y, a pesar de que le pregunté una y otra vez si pronto iba a llegar su mamá a casa o algo, no dijo nada. Para mí eso es un "no". En vez de eso… uno de sus hermanos caminó hasta llegar bajo el umbral de la puerta y carraspeó varias veces hasta que nos dimos cuenta de que estaba ahí.

—Esteee… ¿Dustin? —dijo.

De inmediato. me senté recta y me acomodé el cabello detrás de las orejas. Dustin dio un brinco y se puso entre mí y ese tipo muy alto que se parecía a Dustin, pero a un Dustin del futuro.

—Ay, hola, Kev. Ella es Lili.

—Hola —me saludó su hermano.

—Hola —respondí.

No entendí la reacción del hermano de Dustin. ¿Estaba sorprendido? ¿Le dio curiosidad vernos juntos? ¿Estaba impresionado? ¿Confundido? Su cabello era tan canche que parecía gris, pero, además, él estaba muy bronceado, lo que para mí es un oxímoron, o sea, no sabía sí era alguien joven o un tipo viejo, o qué.

—Dustin… solo vine a… a recoger unos libros—.Volteó a verme—. Tengo que trabajar en mi tesis.

—Pronto vamos a tener que decirle doctor a mi hermano—señaló Dustin.

—Ah y dile a mamá que vengo el fin de semana a lavar mi ropa —dijo el casi doctor hermano de Dustin.

—A lavar la ropa. Claro. —Dustin sacudió la cabeza para quitarse el cabello de sus ojos.

—Pues, fue un placer conocerte, Lili —dijo Kevin y me sonrió.

—Mucho gusto. Adiós. —Un momento después escuchamos cuando Kevin salió de casa.

—Ay, no, qué vergüenza—dije mientras Dustin me acariciaba el rostro.

—Nah. Kevin es buena onda. —Hizo una pausa y luego agregó—: ¿sabes?, seguramente no tiene mucha ropa para lavar.

—¿A qué te refieres?

—Y seguramente no tenía que venir hasta acá para recoger esos libros.

Estaba muy confundida.

—Mis papás... se están divorciando.

Oh. Ooooooooh.

Lo tomé de la mano.

—Ha de ser muy difícil eso para ti.

Dustin se sentó en el sillón y le dio toquecitos como pidiéndome que me sentara junto a él. —Sí. Kev viene a cada rato para ver qué tal estoy, como si yo fuera un niño chiquito o algo así. Y cuando viene a casa da unas excusas muy tontas.

—Me parece algo muy dulce de su parte.

Nos acercamos el uno al otro en el sillón, pero parecía que besarse no era una opción viable en ese momento. Luego, Dustin susurró:

—Mi mamá tuvo un amorío o algo parecido.

—¿En serio?

—Sí... con alguien del trabajo. Muy cliché, ¿no?

—Pues...—No sabía qué decirle.

—Solo que no es tan cliché, la verdad. O sea, fue con su jefe, o más bien, su jefa. Una mujer.

Dustin me contó de su mamá y su amiga, y básicamente todo lo que había pasado. Yo escuché con atención. Le acaricié la mano, pero él la alejó de mí para mordisquear su pulgar. Él siguió y siguió hablando. Compartió todo conmigo.

Entonces, dijo:

—¿Y tú?

—¿Yo qué? —repliqué con cautela.

—Tu familia. Tus papás. Tu papá, apenas hablas de él. De hecho, no hablas de él.

—Pues, mi papá… —dije y agregué—: ¿qué horas son? —Saqué mi teléfono—. Ay, Dios. Si no me voy en este instante, no voy a cachar el bus de vuelta a casa:

Dustin se puso de pie y propuso:

—Te acompaño y me cuentas de tu papá de camino a la parada.

Apreté los labios. ¡No tenía que ir a la parada yo sola, pero sí tenía que contarle algo a Dustin sobre mi papá!

Al final, en cuanto comencé a contarle a Dustin, todo fue más fácil. No pude parar de hablar. Le conté todo, luego le conté cómo había sido papá de niño y que él me motivó a leer.

Antes odiaba leer. Y entonces un día, después de la feria de libro de la escuela a donde iba, llegué a casa muy molesta. Papá me preguntó qué tenía mientras yo bebía de un pequeño cartón de jugo con la ayuda de una pajilla que me había ganado durante una fiesta de cumpleaños en Chuck E. Cheese; amaba esa pajilla. "Libros aburridos en la escuela", contesté. "Tenemos que escoger uno de esos libros y todos son tan, pero tan aburridos".

Papá asintió con la cabeza, se quedó callado un minuto, pensando y volvió a asentir. "Vamos. Te voy a llevar a un lugar especial". Tomó sus llaves y salimos de puntillas del apartamento.

Me encanta ir a Boston con papá. Él siempre silba cuando vamos caminando. Saluda a extraños en la calle. Cuando nos topábamos a una persona en situación de calle, él siempre, SIEMPRE les daba un dólar. ¡Un dólar! Nada de monedas. Un dólar. Mientras vamos por la calle, las mujeres lo miran con atención. En algunas ocasiones, también los hombres. O sea, papá es un hombre guapo. A veces lleva el cabello muy corto. A veces se lo deja muy largo. Además, tiene ojos muy grandes, piel oscura como la mía y una frente amplia, lo cual, según él, es señal de que es una persona muy inteligente. Es bastante alto. Me molesta no haber heredado su altura. No importa. Esa tarde tomamos la línea naranja y llegamos a una estación donde nunca había estado, la estación en Haymarket. Cuando le pregunté a dónde íbamos, él solo dijo que era una sorpresa.

Unos minutos después, llegamos a unas gradas de concreto. Papá las subió de dos en dos hasta llegar al rellano y me costó seguirle el paso.

—¿Qué hay acá? —dije, mirando a mi alrededor. Había gente por todos lados. Dos filas de mesas, cajas y cajones de madera, y pilas y pilas de libros.

—Es una feria de libro —aclaró—. Una feria de libro callejera.

Fuimos de un lado a otro mientras él me explicaba que ese es el mejor sitio para encontrar buenos libros en Boston porque (1) eran muy baratos —y realmente lo eran, algunos costaban apenas diez centavos— y (2), porque eran libros usados. "Si lees un libro y te gusta mucho, quieres que alguien más lo lea", dijo.

Esa tarde, el sol nos siguió de mesa en mesa y papá me ayudó a escoger varios libros. Incluso, me mostró un libro de Sandra Cisneros. Dijo que era muy pequeña para leer los libros de Sandra, pero que lo iba a comprar y me lo daría en un par de años. Y, la verdad, escucharlo decirme que era muy pequeña para leer ese libro, solo me dio más ganas de leerlo. Pensándolo bien, tal vez él sabía exactamente que eso era lo que debía decirme porque esa tarde me convertí en lectora, una verdadera lectora.

—Entonces, ¿tu papá te contagió su amor por la lectura *y* la escritura? —preguntó Dustin.

—Sí—. Deseé que el camino a la escuela fuese más largo porque ya estábamos a un par de cuadras.

—Oye, qué mal que estás lidiando con todo eso. ¡No es como si hubieras hecho algo malo!

Escuchar lo que dijo Dustin me alivió de muchas maneras. Ya no tenía que esconderme de él, y me hizo pensar que no era un problema tan malo, sino que tenía una solución porque papá no es un tipo malo ni un criminal. Al mismo tiempo, me puse un poco ansiosa. O sea, le confié esa información a Dustin. Y, sí, yo confiaba en él.

—Exacto —asentí—. De hecho, mi papá es un tipo muy buena onda.

—Un momento. —Dejó de caminar—. ¿Tú también eres indocumentada?

—No—dije—. Yo nací acá. ¿Recuerdas?

—Ah, sí —respondió y me tomó de la mano.

Nos imaginé caminando juntos por esa calle llena de árboles. Ahí estaba yo, libre de caminar por un vecindario de los suburbios de Estados Unidos, pero ¿dónde está mi papá en este momento? ¿De dónde viene y hacia dónde va? Es como cuando dicen que la latitud y longitud del lugar donde naces determina las fronteras de tu vida. Ya sé, qué duro, ¿no? En ese momento me empezó a doler la cabeza. Apreté con fuerza la mano de Dustin y no me importó quién iba por ahí, quién podía vernos. Así caminamos hasta llegar a la escuela y todo el tiempo iba con la capucha abajo.

Tengo un bono: ¡mamá no sospechó nada! Puse los materiales que uso en la clase de arte sobre la mesa de la cocina, incluso un papel neón que me dieron en la escuela. Entonces le dije: "Necesito espacio". La verdad es que es más fácil escuchar las conversaciones de mamá cuando habla por teléfono si estoy en la cocina. ¿Cómo iba a enterarme de cualquier cosa luego de que se fue mi tía? Y así es cómo supe que mamá le había consultado a una abogada sobre la situación de papá.

Unos días después, llegué casa y había una señora blanca —la abogada— conversando con mamá en la mesa de la cocina.

Hablaban en español. La abogada lo hablaba bien. Mis hermanos estaban en la sala viendo repeticiones de *WWE SmackDown*, pero yo me hice la que estaba limpiando mi cuarto y volví una y otra vez a la cocina a traer toallas de papel para el Windex. Según lo que escuché, papá estaba en México. Había viajado de la Ciudad de Guatemala hasta llegar a Tijuana, pero en la frontera varias veces fue obligado a darse la vuelta porque siempre había miembros de la patrulla fronteriza patrullando el área. Luego, creo que hablaron de que papá solicitara asilo. Aparentemente, si, de alguna manera podían comprobar que era un asilado político, es posible que lo dejaran volver a los Estados Unidos. Pero, o sea, no es un buen momento para pedirle nada al actual gobierno.

Mamá empezó a quitarle pedazos a una servilleta.

—Tengo una pregunta, ¿si lo atrapan cruzando la frontera con un coyote, todavía puede solicitar asilo?

En serio que había mucha empatía en los ojos de la abogada.

—Si lo atrapan intentando entrar al país de forma ilegal, entonces, no, desafortunadamente deja de tener la opción de solicitar asilo en los Estados Unidos. Por lo tanto, en este momento es mejor enfocarnos en la opción de solicitar asilo. Se quitó el cabello de la cara; tenía cabello rizado castaño y atravesado por una franja de canas. Supongo que ella trabaja como abogada de amnistía o algo por el estilo. Es una mujer muy amable y capaz de mantener la calma, contrario a mamá, que seguía despedazando la servilleta. Escucharla hacer pedazos la servilleta fue suficiente como para que yo empezara a sentir tensión en los hombros.

—Y entonces, ¿cuánto dura ese proceso? —preguntó mamá.

—Bueno, en realidad depende.

¿De qué? ¿Qué tanto tiempo puede tomar una solicitud de asilo? ¿Será que mamá me mata si le hago esa pregunta a la abogada? Tenía más toallas de papel en la mano y fingí buscar algo en el refrigerador. Saqué el bote de jugo de naranja y muy lentamente me serví un vaso.

—Sylvia —dijo la abogada, insistente—, cruzar la frontera es algo muy peligroso, hoy más que nunca. Sí, solicitar asilo puede que tome más tiempo, muchísimo más tiempo que si tu esposo cruza la frontera. Pero esa es la realidad a cambio de cruzar de una forma segura.

Mamá me volteó a ver como diciéndome: "Vete a tu cuarto, ya", así que le hice caso y caminé de vuelta a mi ccuarto, pensando en lo que había dicho la abogada. Tenía razón. Hasta yo sé que a los abogados les toma muchísimo tiempo hacer las cosas. Esa mujer es un buen ejemplo. Se sentó a hablar con mamá y hablaron por un largo rato. Todavía podía escucharlas hablar mientras intentaba concentrarme en mi tarea, pero oírlas me distraía. "Inmigración", "amnistía", "asilado", "derechos humanos", "Ronald Reagan". ¿Qué tiene que ver ese tal Ronald Reagan con lo que está pasando? ¿No fue presidente hace como cien años? Y me molesta cada vez que esa señora dice el nombre de papá. Dice su nombre como si lo conociera, como si supiera qué piensa él. *Ella no conoce a mi papá*, pensé. Quería que dejara de hablar. O sea, a menos que realmente fuera a ayudarnos. ¿Pero y si solo empeora las cosas? Al menos, me sonrió cuando fui a la cocina. Tal vez sí intenta ayudarnos. No parece que fuera millonaria; sus calcetas parecen viejas por cómo se amontonaban en sus tobillos. Es algo muy extraño escucharla hablar tan bien el español, tan extraño como cuando mamá habla en inglés siempre que salimos. No podía quedarme quieta. Cuando fui a lavarme los dientes escuché que le decía a la señora:

—De cualquier forma es peligroso, pero tenemos que intentarlo.

¿Intentarlo? Esa palabra dio vueltas en mi cabeza. "Intentarlo" significa cruzar la frontera con el coyote.

En *Enrique's Journey* hay una parte que dice que, algunos coyotes, se quedan con el dinero de la gente y luego los matan o los desaparecen. Hay tantos hombres y mujeres y niños, o sea, familias enteras, que intentan cruzar la frontera todos los días. *Y ahora*, me dije, *de veritas, de veritas, papá también quiere cruzar la frontera. ¿Qué pasa si...? ¿Qué pasa si acaba como todos esos que no lo logran?* No pude evitar que mi cerebro fuera a esos sitios tan oscuros. ¿Qué pasa si el coyote le roba el dinero y lo deja tirado en el desierto, muriendo de hambre o sed? ¿O qué pasa si la patrulla fronteriza lo atrapa? ¿Qué le van a hacer?

Mi humor parecía ser igual a los viajes a la escuela y de vuelta a casa, que cada vez eran más oscuros y fríos. Había luces y adornos de Navidad casi en todas las casas de

Westburg. A la gente en los suburbios les encanta poner luces navideñas, ¡y algunos ponen luces alrededor de toda la casa! Todo se ve muy *chic*, como son las casas de los gringos, claro. También está esa otra familia que, lo juro, adorna toda la casa con los colores de Westburg High. Me recordó cuando la escuela estaba cubierta de globos y serpentinas lo que, a su vez, me recordó a Rayshawn. *¿Qué tanto tiempo estará sin ir a la escuela?* Seguramente, todos en el equipo extrañan tenerlo en la cancha. Todavía no sabían quién había publicado aquel meme. Le envié otro mensaje de texto: **Extrañas Westburg?** Me respondió de inmediato: **Nah.**

Por suerte, las cosas entre Jade y su abuela se calmaron. Aparentemente, Ernesto le hizo una carta escrita a mano a la abuela de Jade, en la que se disculpaba por hacer que su nieta llegara tarde a la escuela y la metió por debajo de la puerta. Al final, a la abuela de Jade le gustó ese gesto. Para ella, fue algo a la vieja usanza, como lo que hacían en su tiempo y digno de un caballero de mucha clase. Entonces, le dio permiso a Jade para que invitara a su novio a cenar y así resolvieron todo. Ernesto, incluso, empezó a ayudar a la abuela de mi amiga y hasta reparó la fuga del lavabo que llevaba molestándola desde hace meses. Entonces, como diría Jade, todo se puso bien *fly*.

27

Durante nuestra siguiente reunión METCO, me super concentré en todo. Quería, no sé, tener un poquito de esperanza. Me pregunté qué se sentía tener una úlcera. Sé que preocuparme mucho podría darme una úlcera y papá no querría que estuviera así de mal. Hablando de esta reunión, sip, papá se hubiera involucrado en todo. Imaginé que le hubiera encantado el entusiasmo del señor Rivera y su manera de hablar tan rápido y golpear la mesa cuando algo le emociona. *Seguramente le gusta mucho hablar*, pensé. *Está bien, papá, yo también lo voy a disfrutar.*

—¡Escuchen, todos y todas! —dijo el señor Rivera y, sí, le dio un golpe a la mesa—. Vamos a empezar. Retomemos la discusión de la semana pasada. ¿Terminaron la lectura?

—Yo sí. Bueno, le había dado una hojeada anoche mientras hablaba por teléfono con Holly.

—¿Alguien? —insistió el señor Rivera al ver que nadie levantaba la mano.

Todos dimos vueltas en nuestras sillas de cuero. Génesis no había llegado a la reunión; de hecho, llevaba tiempo sin verla.

—Está bien. No pasa nada. —El señor Rivera parecía estar desmotivado, como si no tuviera un plan B.

Seguramente, Brianna quiso apiadarse de él, porque rápidamente dijo:

—Yo sí terminé la lectura. —Como siempre, llevaba su cabello en una cola y la cola dio un brinco cuando terminó de hablar.

—¡Maravilloso! ¡Bien, Brianna! Por favor, dinos lo que piensas de la lectura. —Parecía estar a punto de llorar de la alegría.

El señor Rivera nos había asignado un artículo sobre Little Rock Nine, un grupo de nueve estudiantes afroamericanos que ingresaron a la Central High School en Little Rock, Arkansas, en 1957. Supongo que, al inicio, el gobernador había evitado que ingresaran a esa escuela de estudiantes blancos. Luego, el presidente Eisenhower dijo que sí, que esos nueve estudiantes podían ir a Central High. El artículo incluía información del caso de Brown vs. el Consejo de educación y la Corte Suprema de Justicia, y había información sobre el NAACP, la Asociación Nacional para el Progreso de las Personas de Color. Yo sabía por qué el señor Rivera quería que leyéramos sobre el caso de esos nueve chicos afroamericanos. De acuerdo, le di más que una hojeada al artículo. Y, además, ya no es la década de los años cincuenta.

Brianna se recostó en el respaldo de su silla.

—Puedo ser honesta, ¿verdad?

—¡Por supuesto! —dijo el señor Rivera y empezó a mover la cabeza con mucho entusiasmo. *Debería bajarle un poco,* me dije. *Si quiere que los estudiantes participen, sí, debería bajarle un poco. Al menos eso pienso yo.*

—¡Es rídiculo! —señaló Brianna muy seria. Me sentí muy mal por el señor Rivera.

El rostro del señor Rivera perdió firmeza.

—¿Ridículo?

—Literalmente, nada ha cambiado.

—Hmm. Nada ha cambiado —dijo el señor Rivera y se ajustó la corbata.

—Señor Rivera, ¿va a repetir todo lo que digo?

Las orejas del señor Rivera se tornaron color rosa.

—A lo que se refiere Brianna, es que el artículo solo demuestra que la segregación es igual hoy a como era en ese entonces —aportó un chico llamado Anthony. Tenía el cabello rapado y "dibujaba" en su escritorio con un borrador y luego borraba lo que había dibujado con las manos; pequeños trozos del borrador rosado se apilaban frente a él.

—¿Te gustaría explicar a qué te refieres? —preguntó el señor Rivera y la esperanza volvió a sus ojos.

Brianna dijo:

—Han pasado ya sesenta años y el hecho es que los niños blancos van a escuelas para niños blancos, y los afroamericanos, a escuelas para afroamericanos. Nosotros somos la excepción. Para que eso pase, necesitamos la ayuda del programa METCO.

Otras dos personas y yo asentimos con la cabeza.

—Entiendo, entiendo—. El señor Rivera metió un dedo entre las láminas de la persiana y miró con atención al otro lado de la ventana, en donde estaba el parqueo de la escuela. Cuando se dio la vuelta, parecía estar muy triste. Se quitó los lentes y los limpió usando un pañuelo; se tomó su tiempo limpiando sus lentes—. ¿Saben por qué están aquí? —preguntó después de un rato y dobló su pañuelo en cuatro.

Sentía que el señor Rivera estaba a punto de darnos un discurso.

—O sea, ¿por qué están en esta escuela? —aclaró.

—Sí —respondió Marquis y parecía estar desafiando la pregunta del señor Rivera—. Sé por qué quieren que algunos de nosotros estemos aquí y es para ganar partidos de básquetbol. No se haga el que no sabe.

Quedé con la boca abierta. Ay. Por. Dios. Ni siquiera había pensado en eso. *¿Será que escogieron a algunos niños para el programa METCO porque eran buenos atletas?*, me pregunté.

Miré a mi alrededor. Muchos estaban de acuerdo con lo que había dicho Marquis. ¡Carajo!

—¡Ya estoy harta de esta escuela de mierda! —se quejó Ivy e interrumpió mi creciente indignación—. Hablo en serio. Estoy cansada de que gente tonta me haga preguntas tan tontas. Una chica hoy, en la clase de Biología, mientras aprendíamos sobre el ADN y los rasgos hereditarios, me dijo: "¿Por qué pareces asiática si eres latina?".

—¡Qué interesante! —dijo el señor Rivera, de nuevo muy entusiasta. Su radio emocional, al parecer, era capaz de sintonizar una estación y nada más.

—No, hablando en serio. Marquis tiene razón—coincidió Biodu—. Estoy al tanto. ¿Por qué no llevan a estudiantes blancos a las escuelas de Boston?

—Pues, porque…—dijo Marquis e hizo como si encestara una canasta—, porque ellos son muy malos para jugar básquetbol—. Se rio de su propia broma, pero fue como si con su risa abriera una represa, porque todos empezaron a dar sus opiniones.

—La semana pasada, una maestra me acusó de copiarle la tarea a otra chica y, en realidad, esa chica me había copiado la tarea a mí. ¿Por qué asumió que yo fui la copiona? —cuestionó Jo-Jo.

Todos gruñimos.

—A ver, ¿qué piensan? —quiso saber Biodu—. Chicos blancos usando la palabra "nigga". O sea, ustedes no tienen derecho de usar esa palabra.

Más gruñidos.

—Además —agregó una chica llamada Patricia. Era la primera vez que escuchaba su voz.

—¿Sí, Patricia? Cuéntanos —la animó el señor Rivera.

—Estoy harta de que la gente diga que soy "hispana". O sea, ¿qué onda con todas las tiendas y restaurantes en Hyde Parke y Roslindale que dicen vender "comida hispana"? —preguntó—. ¡No soy hispana! ¡No somos españoles!

—Espera. Espera un momento. ¿A qué te refieres? —quiso saber Marquis y parecía estar muy confundido—. Pero ustedes son hispanos, así como yo soy negro.

Algunos se rieron, pero no el señor Rivera.

—Traes a colación un punto muy importante, Patricia. Muchos latinos *hablan* español, pero eso no significa que *seamos* españoles, hispanos—. Varios parecían estar muy confundidos, incluyéndome y el señor Rivera se dio cuenta—. Los que han prestado atención durante la clase de Historia ya lo saben, pero es importante repetirlo. Los conquistadores españoles atacaron a la mayoría de Latinoamérica en varias ocasiones durante la historia. Acabaron con civilizaciones.

—*Dang* —acotó Brianna.

—Eso, Brianna, *dang*—. El señor Rivera volvió a ajustar su corbata, a pesar de que la había ajustado ya varias veces—. Cuando vinieron a América, trajeron su idioma: el idioma español. Pero eso no significa que todos en Latinoamérica se convirtieron en españoles. Las personas ya tenían su propia cultura y tradiciones, y tenían todo en su lugar.

Tiene sentido.

—Y, otra cosa. El término "latinx". Úsenlo más. Es un término incluyente.

—Bueno —dijo Brianna y noté en su voz que quería terminar ya la discusión—. Todavía no sé si… Todavía no sé si me gusta—. Me alegró que lo dijera, porque, debo admitirlo, este "término" no me convence al 100%—. ¿Y para qué la "x"? —agregó.

—Como dije. Es un término que busca incluir a todas las personas con ascendencia u originarias de América Latina, sin importar su género.

Brianna subió un pie a la mesa y dijo:

—Está bien. Puedo empezar a usarlo.

—¡Ja!

Entonces el señor Rivera empezó a explicar cómo el término "latinx" también busca retar la mentalidad anticuada del idioma español, que le asigna un género —masculino o femenino— a todas las palabras. Obviamente, nos habíamos ido por una tangente, pero hablar al respecto era interesante. Para ser honesta, no sabía que cuando le digo "hispano" a alguien de ascendencia dominicana, puertorriqueña o guatemalteca, estoy cometiendo un error. O sea, todos los restaurantes, bodegas y tiendas de mi barrio tenían letreros que decían que vendían comida "hispana", entonces nunca le di mucha importancia. En mi antigua escuela, la mayoría de los estudiantes simplemente se refieren como "hispanos" a quienes hablan español, independientemente de dónde son sus antepasados. El señor Rivera volteó a verme; fue como si fuera capaz de ver que mi cerebro daba vueltas sin parar.

—¿Tiene algo que agregar, señorita Cruz? Usted es nuestra estudiante más nueva, ¿cómo ha sido su experiencia acá en términos de raza y clase social?

Levanté una ceja.

—Bueno, para serle honesta...—Tenía mucho que decir, pero ¿para qué? Pensé en la cafetería y cómo parecía estar dividida en grupos. No había grupos mixtos. Igual que en mis clases.

—¿Sí? —quiso saber el señor Rivera para motivarme, como si fuera capaz de ver dentro de mi cabeza.

Entonces lo escupí todo.

—Supongo que… me sorprende que no haya mayor interacción entre los grupos que se forman acá en la escuela—. Recordé mi primer día en Westburg, cuando vi que había un grupo de estudiantes del programa METCO, todos juntos en el graderío y en medio de un mar de niños blancos. Luego, a la hora del receso, todo es igual. Dije—: O sea, una cosa es tener diversidad o lo que sea, pero si personas de diferentes razas no pueden interactuar entre sí, eso es un tipo de segregación, ¿no? O sea, ¿alguna vez se han dado cuenta de esto?

Marquis entrecerró los ojos y señaló:

—¿Sabes qué?

Volteé a verlo con desconfianza.

—Tienes razón —dijo. Me sorprendió ver que todos estaban de acuerdo conmigo y luego recuperé el aliento.

—De acuerdo —agregó el señor Rivera—. Lo que dijo Lili es muy importante. ¿Por qué creen que hay, como ella dice, segregación en la cafetería?

El señor Rivera caminó dentro del salón por un minuto entero, pero nadie respondió a su pregunta. Entonces, aplaudió. Me había dado cuenta de que él siempre daba un aplauso antes de decir algo importante. Dicho y hecho. Luego dijo:

—Es algo imprevisto que Liliana… perdón, que Lili haya traído a colación hoy cómo interactúan diferentes grupos porque, de hecho, la administración de la escuela quiere que hagamos eso, que planifiquemos una asamblea, una asamblea de esperanza.

—¿Qué? —me sorprendí, pero no quise decirlo en voz alta. Brianna incluso se rio y no como para burlarse de mí.

—Una asamblea en donde diferentes grupos estudiantiles den presentaciones sobre la igualdad y la empatía.

Es una broma, ¿verdad?, pensé. ¿Una asamblea? Como si con eso fuéramos a lograr algo. Además, es algo muy tonto.

El señor Rivera ignoró los gruñidos y lamentos de los estudiantes.

—Los miembros de la administración y los maestros de esta escuela queremos que ustedes hagan una presentación en relación con el programa METCO. Si hay algo que quieren decir, hacer o cambiar del programa, realmente queda a su discreción. Tienen unas semanas para trabajar en su presentación. La asamblea será antes del descanso de fin de año.

—¡Tiempo! —dije—. ¿Solo los estudiantes METCO tenemos que hacer una presentación? ¿Por qué los otros estudiantes no tienen que hacer nada? ¡Ya se dio cuenta! ¡De nuevo, segregación! ¿Por qué nosotros tenemos que educar a los estudiantes blancos?

—¡Sí! —gritó Brianna con furia. Estaba muy molesta.

—¿Quién dice que tienen que educarlos? —preguntó el señor Rivera.

—Ay, por favor —dije.

—A ver, a ver, concéntrense. Esta es una gran oportunidad. Todos en la escuela pueden aprender cosas nuevas. Puede que consideres que los estás "educando", pero para mí es una gran oportunidad. Aduéñense de ella y hablen entre ustedes para ver qué pueden hacer.

—¿Podemos organizar un concurso de bikinis? —preguntó Marquis.

Sin dudarlo, el señor Rivera dijo:

—Pues, eso depende, Marquis. ¿Tú también te vas a poner un bikini?

—¡De ninguna manera!

Todos empezaron a alentar a Marquis y vitorear su nombre. De repente, sonó la campana. Creí que habíamos hecho enojar al señor Rivera, pero estaba viéndonos con una sonrisa muy tonta en el rostro. Parecía un papá orgulloso.

Al salir de la reunión recibí un mensaje de texto de Dustin. **¿Te acompaño a tu clase de arte después de clases?** Le respondí: ☺. Entonces lo vi en el pasillo. No. No a Dustin. ¡A Rayshawn! ¡Había vuelto a la escuela y saludaba a todos en el pasillo! Una chica preguntó si podía darle un abrazo y, por supuesto, él dijo que sí. Estaba abrazando a la chica cuando me vio. Levanté la barbilla, para saludarlo y él me saludó de vuelta. En serio que lo había extrañado.

* * * *

Oficialmente, había empezado la cuenta regresiva para las vacaciones de fin de año y toda la escuela se vistió de Navidad, Janucá y Kwanza. Había muchos adornos en el *lobby*; parecía una fiesta de una oficina de las Naciones Unidas, pero una fiesta. Necesitábamos una idea de qué presentar durante la asamblea y la necesitábamos ya. Dejé de ir a la cafetería para juntarme con Holly y hacer una lluvia de ideas en la oficina del señor Rivera. Un proyecto sobre el transporte estudiantil, un PowerPoint para explicar la historia del programa METCO, un panel con ex alumnos del programa METCO. No, no, no. No eran malas ideas, pero... era como ir a la segura. Un poco, aburrido, aburrido, aburrido. Quería hacer algo con más energía y capaz de poner a las personas en un aprieto, personas que no están acostumbradas a estar en ese tipo de situaciones. O sea, provocar un despertar dentro de ellos, no ponerlas a dormir. Pero no tenía ni idea de qué podía lograr algo así. Aún no.

Un día, de camino a la oficina del señor Rivera, Holly me tomó del brazo.

—¡Hola, extraña! —dijo con una gran sonrisa en el rostro.

—¡Hola! —respondí y le di un gran abrazo. Me pareció que no la había visto en mucho tiempo. La verdad es que hacía muchísimo que no nos juntábamos.

—¿A dónde vas? —quiso saber.

Sabía que ella conocía la respuesta a esa pregunta. Ya le había contado de las reuniones del programa METCO.

—¡Oye, Lili! —me llamó Brianna desde las gradas. Sí, ahora ya hablamos. No vamos a ir a comprar aretes que combinan o algo así, pero ya nos llevamos bien. *Ya sé*. Han pasado cosas extrañas, ¿no?

Volteé a ver a Holly.

—Oye, seguimos trabajando en aquella cosa de la asamblea que te conté. ¿Te puedo llamar más tarde? —Holly parecía herida. Pude ver el dolor en sus ojos. Me sentí muy mal, pero tenía que irme. Me tragué la culpa y fui hasta donde estaba Brianna.

—Okeeeey—dijo Holly desde lejos y me sentí peor.

* * * *

El señor Rivera nos contó que había estado hablando con la señora Dávila sobre la asamblea y nos dijo que ella tenía unas ideas. Entonces, fuimos "de viaje" al salón de arte, donde ella había extendido media docena de posters. Uno era una impresión en blanco y negro de una activista de los derechos civiles llamada Audre Lorde, con las manos al aire. Sobre ella había una frase que decía: "Sin comunidad, no hay libertad". Al lado de ese póster había otros. Uno de Dolores Huerta, otro de Martin Luther King Jr. y uno más de César Chávez. El póster de César Chávez decía "La preservación de la cultura propia no requiere desprecio o la falta de respeto de otras culturas".

Hice una pausa y volví a leer la frase. Recordé el meme que hicieron de Rayshawn y de cuando el maestro de Génesis insinuó que ella iba a necesitar una beca para seguir estudiando. Entonces, lo juro, pensé en que había juzgado a los estudiantes de Westburg antes de siquiera conocerlos. ¡Había juzgado a Holly antes de conocerla! Vi fijamente el primer póster mientras una idea hervía en mi mente. *Comunidad. Cultura. Pero, ¿cómo podemos lograr que la gente hable?*, me preguntaba. Ese es el objetivo primordial del programa METCO: integrar a las comunidades. Sí, había leído aquel volante, ¿lo recuerdas? Pero, ¿realmente es posible algo así?

Vi el reloj en la pared. Ya casi se había acabado el tiempo de la reunión.

—Tengo una idea —anuncié—. ¿Y si hacemos una presentación de diapositivas con varios posters y frases, y ofrecemos el micrófono para que la gente reaccione a lo que vamos mostrando?

Brianna apretó los labios y consideró mi idea.

—Hmm—. Luego asintió con la cabeza—. No está mal. Y deberíamos poner algo de música también.

—Me parece bien —dijo Ivy.

—Les voy a tomar fotos a estos posters y seguro podemos hallar más en línea —propuso Brianna. Mientras ella sacaba su teléfono, le envié a Jade una foto por Snapchat de nuestro salón de artes. *Le encantaría estar aquí*, pensaba. Me respondió de inmediato. **Chica, iría a la escuela los fines de semana si nuestro salón de artes fuera algo así.**

No es que algo pudiera evitar que Jade pintara o dibujara. La semana pasada, compró pinceles de la tienda de a todo a un dólar para pintar un mural en su habitación. Le quedó muy *cool*. No puedes comprar suministros de arte en la escuela de Jade y, además… ¡Tiempo, tiempo! Acabo de referirme a mi antigua escuela como la "escuela de Jade".

Llegué a la puerta e hice una pausa. Podía hacer la tarea de Matemática o podía canalizar a mi mejor amiga. Di un giro en dirección opuesta, o sea, camino al salón de escritura. Cuando me apunté en la recepción, tuve el presentimiento de que alguien estaba viéndome. Terminé de escribir la fecha de hoy y levanté la mirada.

—Hola, Lili. Me sorprende verte aquí. —¡Era la señora Grew! Parecía estar a punto de salir.

Un momento. Eso fue un insulto, ¿no? Vi con atención su rostro y dije:

—Ah, sí… decidí ver qué tal es este salón de escritura. Y como dijo que podíamos reescribir una de nuestras tareas para obtener una mejor calificación, pues…

—Eres muy inteligente por querer aprovechar esa oportunidad —aseguró con una sonrisa en el rostro.

—Sip.

Volvió a sonreír. Pero no era una sonrisa sarcástica. Parecía un poco feliz, orgullosa o quizás… satisfecha.

—¡Que lo disfrutes! —dijo—. Espero con ansias leer tu tarea. —Y salió por la puerta con mucha arrogancia.

Me ubiqué en un cubículo y saqué las hojas donde había escrito sobre aquel viaje de carretera, pero casi de inmediato un maestro leyó mi nombre del portapapeles en el que me había apuntado antes de ingresar al salón.

—Ay, hola. Yo soy Lili —me presenté, tomé mi ensayo y me acerqué a él.

—Mucho gusto de conocerte. Soy el señor Hall y soy el maestro de la clase de seminario avanzado. Sentémonos por allá. ¿Lista para empezar? —Se veía más joven que los otros maestros. Parecía que una ráfaga de viento hubiese despeinado su cabello y, con ese tono de piel, bien podría ser un marinero recién bajado de un barco. El señor Hall sonreía con los ojos y llevaba uno de esos protectores de bolsillos que se usaban antes, lo que hizo que me cayera muy bien él.

Nos sentamos en una mesa de madera. Le entregué mi ensayo y, mientras él lo leía, me preparé para lo peor, para que meneara la cabeza de la decepción y dije: "Tsk-tsk". Por la forma en que se movían sus ojos me di cuenta de que realizaba una lectura rápida de mi ensayo.

—¡Ja! —dijo de repente. Me quedé ahí, con las manos debajo de mis piernas y muy nerviosa.

Entonces, me devolvió las hojas.

—Parece que fue un viaje maravilloso —señaló.

—¡Gracias! —dije y puse el ensayo sobre la mesa y con mis manos traté de quitarle las arrugas a las hojas.

—Ya no lo necesitamos, no te preocupes —me detuvo el señor Hall.

—¿Ya no? ¿Tan malo estuvo?

—No. —Sacó una hoja de papel, la ubicó de forma horizontal y dibujó una línea justo en medio—. Cuéntame de tu viaje otra vez, de principio a fin.

¿Qué? Pero si acaba de leer mi ensayo, pensé. Pero le hice caso y, mientras yo hablaba, él hizo apuntes en la hoja y pronto creó una cronología de lo que ocurrió durante ese viaje.

—Okey, a esto le llamamos "historia frontal". Es decir, los eventos principales. Pero tratemos de encontrar la mejor manera de contar los eventos de esta maravillosa historia y en qué orden.

¿Qué? Nunca se me había ocurrido que no tenía que contar una historia de forma cronológica. Creamos un nuevo orden para mi historia, usando partes de ella. Empezamos por el momento más interesante, cuando nos quedamos sin gasolina en medio de la carretera durante una tormenta de lluvia en Tennessee y desarrollamos la línea del tiempo a partir de ese momento.

Al rato sonó la campana y, por Dios, deseé tener un período adicional para seguir trabajando con el señor Hall. Quería darle un abrazo, pero seguro es muy raro que una alumna abrace a su maestro. Fui aprisa a mi siguiente clase y me dije a mí misma que, el próximo año, debía inscribirme en su seminario.

28

Como habían agendado la asamblea para el miércoles antes del descanso de fin de año —"Para así terminar bien el año", dijo el director— el sábado, me junté con Brianna en la Biblioteca Pública de Boston para ampliar nuestra investigación. Le rogué a Jade que me acompañara. Nos sentamos hasta atrás, cerca del calentador y, a escondidas, tomamos té AriZona. Los empleados de la biblioteca eran muy estrictos con eso de que no permiten bebidas dentro.

Mientras buscábamos más citas, Biodu, Marquis y —¡oh, sí! — también Rayshawn y otros chicos se juntaron en la casa de Biodu para buscar fotos históricas de muros alrededor del mundo. Compartimos todo el material en un documento de Google Docs. Yo hallé un libro muy interesante llamado *This Bridge Called My Back*. *¡Mi próxima estructura en miniatura debería ser un puente!*, pensé y, a pesar de que se supone que debíamos buscar material para la presentación, copié algunas frases para mí, pues me dieron una idea para un poema.

Los chicos hallaron muchas cosas. Ha habido muchísimos muros importantes a lo largo de la historia, ¿quién lo diría? El muro que Grecia erigió a lo largo de su frontera con

Turquía, el muro que Hungría ubicó en su frontera con Serbia y, claro, La Gran Muralla China. Intenté no pensar en papá y si en ese momento estaba frente a un muro, intentando encontrar maneras de escalarlo. Habían pasado tres semanas y media desde la última vez que supimos de él. Mamá ahora estaba como loca todo el tiempo y volvió a ordenar calcetines y ropa interior por color. ¡Hasta organizó las especias por orden alfabético y le gritó a Christopher cuando él puso la canela después del cilantro! ¿Y por qué mamá no estaría como loca? Al menos yo podía distraerme en la escuela y con Dustin. Pero, ¿mamá? Ni siquiera le dieron el trabajo de ama de casa.

—¿Sigues acá? —preguntó Jade. Seguramente me cachó con la mirada perdida.

—Sí, sí.

Ella apretó los labios, muy incrédula. Pero también supo que no es una buena idea presionarme.

—Oye, Lili —dijo Brianna—. Encontré otra buena cita.

—Genial. Agrégala al Google Doc.

Retomé mi lectura. ¡Carajo!

—¿Sabían que el muro de la frontera entre Estados Unidos y México partió varias comunidades a la mitad? ¿O sea que esa gente está obligada a tener siempre sus papeles, incluso si quieren ir, digamos, a un supermercado que está al otro lado del pueblo donde viven? Eso no tiene sentido.

—Hum —musitó Brianna mientras cortaba y pegaba en una hoja de papel; no estaba segura si me respondió a mí o a lo que estaba haciendo.

—Y, no es por nada —agregué—, pero cuando el gobierno de los Estados Unidos construyó el muro entre San Diego y Tijuana, los migrantes simplemente encontraron otras maneras de entrar al país.

Brianna cerró su laptop. Jade hizo a un lado su lápiz de carbón. Había estado coloreando, en su cuaderno de bocetos, el afro del dibujo de una chica que hablaba por un micrófono.

—Y escuchen esto. —No podía dejar de hablar—. En algún momento, el gobierno gastó doce mil millones de dólares para instalar unas luces de lujo capaces de detectar a las personas que cruzan la frontera. ¡Es una locura! ¿Se imaginan lo que podrían lograr si usaran ese dinero para construir, no sé, mejores escuelas en Centro América y México?

Para ese entonces, Brianna y Jade me sonreían como un par de padres orgullosos.

—¿Qué?

Jade soltó una risita.

—Realmente te gusta mucho este proyecto, Lili. Eso me alegra.

—¿Verdad que sí? —coincidió Brianna y volteó a ver a Jade como si tuvieran un plan maléfico—. Oye, creo que deberías estar a cargo de las presentaciones.

—¿Qué? ¿Yo? De ninguna manera. Gracias, pero no gracias.

Jade y Brianna se vieron entre sí e hicieron una mueca. Tenía el presentimiento de que iban a insistirme.

Justo cuando empezamos a guardar nuestras cosas —la biblioteca iba a cerrar temprano por un evento especial para trabajadores— una mujer con cabello rosado y los pelos de punta se acercó a nosotros.

—Hola, chicas —dijo—. Soy la señorita Amber. Me gustaría invitarlas a una clase de escritura creativa a la vuelta de la esquina.

—¿Una *qué*? —escupió Jade, lo que me causó risa. No pude evitar reírme y Brianna también se rio.

La mujer no dudó ni un segundo. Nos ofreció una linda sonrisa y agregó:

—Una clase de escritura creativa. Es en este sitio llamado 828. Tengan—. Nos entregó unos volantes color naranja—. Empieza en media hora y me encantaría verlas por ahí.

Vi con atención el volante, intentando ser muy educada.

—Hum. ¿Cuánto cuesta? —quise saber. Jade me miró como felicitándome por preguntar desde un principio.

—¡Es gratis! —respondió la señorita Amber, muy feliz.

—Gracias, pero yo no puedo ir —dijo Brianna—. Mi papá viene por mí en diez minutos y me advirtió que, si no estaba afuera esperándolo, se iría sin mí. ¡Y es capaz de irse!

A Jade y a mí nos causó risa lo que dijo Brianna. *Ojalá la señorita Amber no piense que somos unas abusivas*, pensé. Y luego Jade dijo:

—Liliana sí puede ir.

—¡Jade! —le grité.

—Sí, ella sí puede ir, tan pronto terminemos aquí. Gracias. —Jade agarró más volantes. Mientras, me di cuenta de que la señorita Amber sonreía como una loca.

—¡Genial! Te veo más tarde, entonces, Liliana, ¿cierto?

—Así es.

Volvió a sonreír y se acercó a unos chicos que estaban viendo videos de YouTube en unas computadoras de escritorio.

—¡Jade! —le reclamé entre gruñidos y le di una patada debajo de la mesa—. Muchas gracias. Ahora *tengo* que ir a esta cosa. —Le sacudí el volante en la cara.

Brianna dijo que no con la cabeza.

—No *tienes* que hacer nada. Ni siquiera conoces a esa tal señorita Amber.

Jade se chupó los dientes.

—Liliana. No seas así. A ti te encanta la escritura y la maestra de inglés ha estado detrás de ti. Ve a ver qué tal es. En serio.

—De acuerdo, solo si me acompañas. —Crucé los brazos como para retarla.

—De acuerdo —dijo en tono de burla—. Solo si *tú* me acompañas a *mí*. —Ella también me retó. Trato hecho.

* * * *

Jade sí me acompañó a la clase. O sea, me llevó hasta la entrada del edificio; ambas íbamos con nuestras chaquetas puestas porque había mucho viento, pero se fue de inmediato para juntarse con Ernesto. La verdad es que no me importó. Adentro de 826 (es un nombre extraño para un centro de escritura, ¿no?) vi que una de las paredes la habían pintado de naranja oscuro y había unos diez libreros tan altos que llegaban al techo. Unas ocho personas de todas las edades estaban regadas en varias mesas. En medio de cada mesa había un gran bloque de papel blanco y un vaso de vidrio lleno de lapiceros. ¡Y, sí! ¡Lapiceros de tinta de gel de todos los colores! Muy *cool* todo. Había algunos adultos, al fondo del salón, vestidos con esas largas batas verdes que se usan en los laboratorios. Supuse que eran tutores. La señorita Amber estaba con ellos. Imaginé que hacían cosas locas ahí en el 826, o sea, que eran locos a propósito. Tomé un lápiz color violeta; alguien ya le había sacado la punta.

De repente sonó un timbre y un grupo de niños entraron muy a prisa, riendo y gritándose entre sí. Diez segundos más tarde, otra chica entró al salón y llevaba un enorme café frío de Dunkin' Donuts.

—*Hey*, ¡no empiecen sin mí! —exclamó, levantó su vaso de plástico y lo sacudió para que los hielos hicieran ruido. Me atrapó el brillo del arete que tenía en la nariz.

La señorita Amber se sentó en la cabecera de una de las mesas. Entre todos, éramos unos doce reunidos ahí. Luego, volteó a verme y declaró:

—Me alegra que hayas venido.

—¿Me escuchó, señorita Amber? —dijo la chica del café frío, mientras se acercaba a ella.

—Te escuché, Keisha. No nos atreveríamos a empezar sin ti.

—*That's whatsup*—. Keisha y sus amigos se sentaron.

La señorita Amber nos pidió que apuntáramos nuestros nombres en unas etiquetas adhesivas, que nos presentáramos ante los demás y les dijéramos dónde estudiamos; solo había chicas en el salón y un chico afroamericano con cabello Mohawk y un solo arete. La mayoría iba a Boston Public, un par iba a escuelas subvencionadas y todos estaban ya en secundaria. Cuando llegó mi turno, dije:

—Yo estoy en el programa METCO y voy a una escuela muy lujosa que está como a una hora de aquí, pero no está mal.

También tuvimos que decir cuál era nuestro cereal favorito. Era para romper el hielo o algo así. Cuando dije Froot Loops, un par de personas reaccionaron de forma positiva.

Después de mí, pasó el Chico del Mohawk y dijo que le gustaban los Shredded Wheat. ¿Qué? Y la señorita Amber concluyó:

—De acuerdo. Empecemos con un ejercicio de calentamiento.

Lo primero que pensé fue: *Ush, ejercicio. Es justo lo que la señora Grew nos pediría que hiciéramos. Dang.* Tenía la esperanza de que ese ejercicio de escritura fuera mejor que los que nos asignaban en la escuela. Entonces, la señorita Amber dijo—: Todos vamos a escribir una biografía de seis palabras.

¿Una biografía de cuántas palabras?

—¡Acá va un ejemplo! —dijo ella, muy animada. Supuestamente, hace como mil años, Ernest Hemingway había escrito una historia usando solo seis palabras. La señorita

Amber la había memorizado—: *For sale: baby shoes, never worn*, que en español es *Se vende: zapatos de bebé, sin usar.*— Luego explicó el significado detrás de esas palabras. El bebé había muerto y por eso los padres pusieron a la venta sus zapatos. ¿Ya? Sin usar. Ya sé.

Todos empezamos a escribir. Bueno, cuando digo "todos" me refiero a todos, excepto a mí. Supongo que pensar en ese bebé me hizo pensar en sus papás y me puse muy triste, como si me hubieran desinflado. Entonces imaginé a papá, lo que me llevó a otros pensamientos. La señorita Amber se acercó a cada uno de los estudiantes y luego se detuvo frente a mí, frente a mi hoja en blanco. Pero no hizo eso que hacen los maestros, que se agachan a tu lado y tampoco me dijo que hiciera mi mejor esfuerzo. En vez de eso dijo:

—A veces, ayuda ver al vacío con la mirada perdida. No lo pienses demasiado. Suelta la mirada. Sueña despierta. Imagínate cosas.

—¿Qué, qué?

Okey, y tal vez en vez de imaginarte cosas, objetos, puedes pensar seis emociones, seis pasatiempos o, incluso, seis palabras en otro idioma. También puedes pensar preguntas. ¿Qué preguntas tienes sobre este mundo? Recuerda, no más de seis palabras. Sé que puedes hacerlo.

Hice lo que me indicaba. Solté la mirada. Soñé despierta. Imaginé cosas. Pensé en la pregunta que me hizo Steve el día del simulacro de incendios. "¿Y tú de verdad de dónde eres?". La verdad es que cuando pienso en mis orígenes, siento orgullo. O sea, sí, soy de Boston, pero también soy latina y mis papás nacieron en Centroamérica, y yo soy de "JP" o "de la ciudad". Gente como Steve no hace preguntas, sino declaraciones. "Seguro no eres de por aquí". Para mi biografía de seis palabras escribí lo siguiente: *No me preguntes de dónde soy*. Cuando la señorita Amber nos pidió que compartiéramos con los demás lo que habíamos escrito, por primera vez en la vida no dudé en levantar la mano. Leí con fuerza mi biografía:

—No me preguntes de dónde soy.

Hubo silencio. Algunos asintieron con la cabeza. Exhalé. Solo con haber dicho esas palabras me sentí más ligera.

—Liliana, gracias por pasar de primera. ¿Puedes decirnos por qué escogiste esas seis palabras? —preguntó la señorita Amber.

—Pues... —dije y me enfoqué de nuevo en lo que había escrito—. Estoy harta de que la gente me pregunte de dónde soy. O sea, que me pregunten de dónde *realmente* soy. Estoy harta de que la gente asuma que no nací en este país o que no hablo inglés, o que todas las noches ceno arroz y frijoles.

Dos chicas por ahí se rieron, pero fue una risa llena de empatía.

Cada vez me sentía más y más ligera, y no pude parar de hablar. Les conté del meme de Rayshawn, que alguien le había puesto una red de basquetbol en el cuello y que, en mi escuela, no había diversidad racial.

—¿En dónde está ubicada tu escuela? —se interesó la señorita Amber.

—Westburg.

Se le iluminaron los ojos a la señorita Amber.

—¡Un momento! ¿Conoces a la señora Grew?

¿Quéeeee?

—Emm, sí. Es mi maestra.

—¡No te creo! La conocí mientras hacía mi maestría. Fue mentora en el programa que cursé. Nos dio una presentación de cómo ella organizó una campaña de GoFundMe, y que los alumnos de su clase recaudaron dinero suficiente para ir de vacaciones a Washington en abril de ese año. Me impresionó mucho escucharla.

Mi mente = muy loca.

—¿En serio? ¿De verdad conoce a la señora Grew?

—Sí, es una maestra fabulosa.

¿Quién?, pensé. *¿La señora Grew?*

—De acuerdo —dijo la señorita Amber—. No quise alejarnos del tema principal de hoy. Escribiste una fantástica biografía de seis palabras, Liliana. Nos dice muchas cosas. Pero bueno, ¿quién quiere leer su biografía?

Una chica de nombre Gabriela leyó la suya:

—No, no me gusta comer perros. —Como para morirse.

Otra chica llamada Christina aportó:

—Escribe poemas, come, duerme y repite.

Sí, este sitio, el 826… es un lugar diferente y diferente de buena manera. Pero no podía creer que la señorita Amber conociera a la señora Grew.

29

De tarea, el señor Phelps nos pidió leer un artículo sobre la intersección de lenguajes en el mundo moderno. Luego, en clase, nos preguntó qué pensábamos de una sociedad multilingüe, cuáles eran los beneficios y desventajas de esto para cualquier país del mundo. Como siempre, me dirigió la mirada para motivarme a hablar y, como siempre, el corazón me latía muy rápido, pero no porque no quería dar mi opinión, sino por lo contrario: quería compartirla con los demás. Pero no levanté la mano de inmediato. Esta chica, Erin, la presidenta de la clase, levantó la mano.

—¿Señor Phelps, está hablando en serio?

—¿Cuál es tu comentario, Erin?

—O sea, vivimos en los Estados Unidos y acá hablamos inglés. Así que el que viene a este país debería ya hablar nuestro idioma. O sea, no me parece que sea algo tan loco, pedir que hablen nuestro idioma. Es nuestro idioma. Si yo voy a Rusia, la gente espera que les hable en ruso, ¿no? No podría yo pedirles a los rusos que aprendan a hablar inglés solo porque yo estoy ahí.

Le di una patada a la pata de mi silla. *Otra vez con esta mierda*, pensé.

Erin se ajustó la diadema. Seguro le encantan las diademas. Todos los días lleva una diferente. Ese día llevaba una de color lavanda. Y todavía tenía la piel bronceada por el viaje que tomó con su familia para el Día de Acción de Gracias. ¿Quién se va de viaje para el Día de Acción de Gracias? ¿No se supone que el punto de ese día es comer pavo y puré de papas y pies hasta reventar, y usar suéteres y ver películas con tus primos? Eso hacíamos todos los años, igual que este año, solo que sin mi papá. Nadie, ni siquiera, habló de él ese día. Mamá fue a trabajar en la mañana. Ayudó a una familia en Brookline a cocinar y limpiar la casa para los invitados, y luego llegó a casa súper exhausta y comimos relleno, puré de papas y pie que prepararon mis hermanos, y esperamos a que el pavo estuviera listo. Tuvimos que esperar hasta media noche porque, sí, se nos olvidó meterlo al horno temprano.

Entonces, Erin hizo los hombros hacia atrás; no había acabado.

—Lo que digo es que, una cosa es querer hablar más de un idioma, pero todos los que vienen a este país deberían hablar inglés, ¿no?

Un tipo llamado Andrew replicó:

—Solo estás molesta porque seguramente te va muy mal en la clase de idiomas extranjeros. Métete a la clase de español con la señorita Kim. Su clase es muy fácil de ganar. Casi que todos los días vemos películas y telenovelas, y cosas así en español.

Un par de niños se rieron mientras yo seguía dándole patadas a la pata de mi silla.

Erin fulminó a Andrew con la mirada.

—*Whatever.*

Una tal Sarah levantó la mano. Sarah tenía el cabello bellísimo y le llegaba hasta las nalgas. Creo que se estaba dejando crecer el cabello para donarlo a niños con cáncer o algo así.

—Sabes, Erin tiene un punto. Cuando mi familia y yo fuimos de safari a Zimbabwe y Kenya, el año pasado, tuvimos que aprendernos unas diez palabras en shona y otras diez en suajili.

—¡Oh, por Dios! —dijo un chico hasta atrás—. Seguro fue agotador.

No pude evitar reírme.

Fue un error. El señor Phelps dio un brinco.

—Señorita Cruz, ¿hay algo que quiera agregar a la discusión?

Saqué mis manos de los bolsillos. ¿Que si tenía algo que agregar a la discusión? Sí. Pero sabía que si hablaba tendría unos cuarenta ojos encima, como si yo fuera la representante de todos los hispanohablantes del chingado universo. Mejor dije que no. Paso.

El señor Phelps parecía decepcionado.

—¿Alguien más? —preguntó.

—¿Saben qué odio? —dijo la mejor amiga de Erin, una tal Kate.

—¿Qué cosa? —el señor Phelps regresó a su banquito.

—Que ahora hay español en todos los programas de televisión.

El señor Phelps se cruzó de brazos.

—No te entiendo.

Kate parecía molesta.

—Sí, ya sabe, a veces los personajes hablan en español o hacen bromas en español, y se supone que tengo que saber qué dicen y ni siquiera le ponen subtítulos.

—Sí.

—Eso.

—Sip.

—Ajá. Varios niños estaban de acuerdo con Kate. No podía creerlo.

Erin volvió a levantar la mano.

El señor Phelps volteó a ver el reloj.

—¿Sí?

—También pasa en las canciones. O sea, cada vez que me pongo a escuchar música, siempre aparece alguna canción con letras en español. ¿Ya escucharon "Despacito"? Me enoja tanto.

Empecé a rebotar mi rodilla izquierda. ¿Qué? ¿Somos un inconveniente para los demás? ¿Les molestamos tanto? Ya no puedo más.

—Pero, em, disculpe.

Boom. Cuarenta ojos voltearon a verme. ¡Lo sabía!

—¿Señorita Cruz?

Carraspeé antes de hablar.

—Sí, pues, ¿ya se dieron cuenta de que la palabra "Florida" viene del español? ¿O que "Colorado" significa algo rojo, de color rojo? Son palabras en español porque la gente hablaba español en este país antes de que hablaran en inglés. Solo digo. —Lo último que dije me lo saqué de algún libro, así que creo que el señor Phelps debería haberme dado puntos extra por eso.

Todos guardaron silencio. Escuché el tictac del reloj en la pared. Luego un niño hasta adelante dijo:

—Estoy al tanto. —Casi me caigo de mi silla. Era un chico asiático. Quizás era de Camboya. Guau.

—Gracias, señorita Cruz —dijo el señor Phelps—. Es un excelente punto.

Luego, recordé algo más y lo dije sin pensarlo:

—Sí y la frontera entre México y Estados Unidos antes era muy diferente, pues. O sea, Arizona, Nuevo México y partes de Texas y California eran parte de México. —Eso lo había leído de uno de los libros de la librera del señor Phelps. Pensándolo bien, debería agregar esa información a alguna diapositiva de la presentación que habíamos preparado para la asamblea.

El señor Phelps asintió con la cabeza. No me importó cuántos ojos estaban viéndome. Juro que no me importó nada. Pero Erin aseguró, muy agresiva:

—Sí, pues, pero ya no es así.

—Pues —dije de inmediato y con mucha actitud—, mi punto es que, sí, puede que estén molestos por tener que apretar el uno en el control remoto para escuchar sus programas en inglés o lo que sea. Imagínense lo molestos que estarían si alguien llegara, los sacara a la fuerza de sus tierras y les dijeran que el idioma que hablan, su comida, su cultura y todo lo que los representa está mal y, además, que tienen que cambiar. Si no, los matan. Está bastante mal, ¿no? Eso sí que es molesto, ¿no?

Todos perdieron el control.

—Oh…

—*Boom.*

—¿Escuchaste, Erin?

No sé lo que pensó Erin en ese momento. Ella simplemente empezó a aplicarse protector labial en cámara lenta. Entonces, se puso de pie y salió corriendo del salón. Parecía como si su rostro estuviera a punto de desmoronarse.

El señor Phelps se subió al banquito donde estaba sentado.

—A ver, todos saquen sus cuadernos. Quiero que escriban un párrafo a modo de reflexión. Ya vuelvo.

Yo escribí lo siguiente:

> *Genial. Ahora van a decir que soy una latina enojona y que puse en su lugar a la canche de la clase. ¿Ya ven? Por eso mejor no digo nada.*

Unos minutos después, Erin y el señor Phelps regresaron al salón. Erin tenía el rostro tan rojo como un rábano. Agarró su mochila y de nuevo salió del salón. Un par de niños voltearon a verme con odio en los ojos, pero no había dicho nada malo o una mentira. ¿Sabes qué? Había llegado a mi límite. ¡Ya basta!

—¿Señor Phelps?

—Dime, Lili.

—¿Me puede dar el pase para ir al baño?

—Sí, claro, ten—respondió sin ponerme mucha atención.

Parte de mí quería ir corriendo al baño más cercano y ponerse a llorar. Otra parte quería pretender que estaba enferma para así tomar una siesta en la enfermería. Entonces tuve una mejor idea. De mi mochila saqué una hoja de papel e hice un pase falso para Dustin, en el que escribí de forma descuidada como hacen los maestros. Arrugué un poco el papel, para que se viera más auténtico y fui al sector de Matemática, pues estaba segura de que Dustin estaba en su clase de Álgebra. Cuando llegué a su clase, me sentía un poco mareada. La maestra estaba escribiendo una ecuación muy loca y terrorífica en el pizarrón.

Y, carajo, Steve también estaba. Fue el primero en verme y empezó a toser con fuerza. La maestra volteó a verme y dijo:

—¿Sí?

—Ay, hola. La, emm, la bibliotecaria pidió ver a Dustin —dije y le mostré el pase, pero la maestra simplemente agitó el marcador verde que tenía en la mano y regresó al pizarrón.

A Dustin casi se le salen los ojos, pero logró mantener la calma. Caminó relajado entre los escritorios y no le hizo caso a la tos de Steve que, a mí parecer, sonaba como si tuviera tuberculosis. Imaginé que la maestra se daría cuenta de que odo era mentira, de que no había necesidad de que Dustin fuera a la biblioteca y que debía castigarme por hacer lo que hice, pero no. La maestra empezó a elaborar otra ecuación.

En el pasillo, Dustin me agarró la muñeca.

—Y… ¿qué pasa? —quiso saber.

No pude hablar.

—¿Lili?

—Yo… —respondí, pero tenía las palabras atrapadas dentro de mí.

—Espera. Ven, vamos —dijo y me llevó por el pasillo, de camino al sótano. Cuando llegamos a un cruce, nos topamos a Génesis y ella dejó caer el libro que llevaba en las manos.

—Hola, chica —saludé y me agaché para recoger su libro, pero —y esto es muy extraño—ella lo recogió rápidamente y siguió caminando. O sea, me ignoró totalmente.

Dustin volteó a ver la puerta frente a nosotros mientras mordisqueaba una de sus uñas. No importa. *Después le hablo a Génesis*, me dije. En ese momento tenía que hablar con Dustin.

Luego de pasar encima de unos obstáculos y unos cuantos conos, llegamos al sitio de la vez pasada. Me recosté en su pecho y, de repente, sentí un escalofrío en mi cuerpo y se me puso la piel de gallina.

—Oye—se inquietó Dustin—, ¿estás bien?

—Sí —dije y crucé los bazos.

Se quitó su sudadera de Westburg.

—Ten. Póntelo.

Respiré profundo el olor de Dustin en su sudadera y me la puse. Me quedaba demasiado grande, lo cual es perfecto para mí.

—Gracias.

Luego Dustin agachó la cabeza y me dio un beso. Sus labios tocaron mis labios. Una y otra vez. Sentí que estaba bajo del agua; que el mundo había sido silenciado y estaba muy, muy lejos. Puso sus brazos alrededor de mí, me levantó del suelo y yo di un gritito. No estoy acostumbrada a que, emm, la gente me cargue. Me llevé la mano a la boca.

—Perdón —dije, muy suavemente—. ¿Crees que alguien escuchó?

—No. Pero no podemos hacer mucho ruido.

Dustin me jaló hacia sí mismo, pero quería estar incluso más cerca de él. Enterré mi rostro en su cuello.

—Lili, ¿qué te pasa?

No estaba llorando, pero tenía que esforzarme para no romper en llanto.

—Es una larga historia.

—Dime qué te pasó. Después de todo, me sacaste de una clase muy entretenida.

Me reí, gracias a Dustin y le conté lo que había pasado; de cómo Erin había vuelto a la clase muy molesta como si la hubiera agredido o algo.

—Olvídate de ella —me aconsejó—. Es una chica muy sensible. Seguramente está molesta porque al fin alguien la puso en su lugar.

—Tal vez. —Me recosté sobre el pecho de Dustin.

—Oye —dijo y empezó a quebrársele la voz—. ¿Qué tan bien conoces a Gen?

—¿A quién?

—Gen.

Me tomó un momento entender a quién se refería Dustin, quizás porque todavía me sentía como si estuviera bajo de agua.

—Ah, ya. ¿Génesis Peña? Es mi compañera del programa METCO. ¿Eres amigo de ella?

En ese momento vibró el teléfono de Dustin; lo tenía en el bolsillo de su pantalón. Lo ignoró y nos besamos otro rato. Un minuto después volvió a vibrar.

Me hice a un lado.

—¿No tienes que atender tu teléfono?

—Nop.

Volvió a vibrar su teléfono y entonces supe que había algún problema.

—Está bien —dijo y soltó un suspiro. Leyó sus mensajes y empezó a fruncir el ceño.

—¿Quién es?

—Steve —respondió mientras leía. Luego cambió su expresión y podría jurar que Dustin me dio un empujón casi imperceptible—. Lili, ¿exactamente qué le dijiste a Erin?

Resulta queeeee… después de nuestra discusión en la clase de Historia, aparentemente Erin le mandó un mensaje a Steve y dijo que yo la había "atacado". Dustin me mostró los mensajes. Dejé caer el teléfono de Dustin por accidente. Él lo recogió y dijo:

—No es la gran cosa. Steve solo quiere saber qué pasó. Le voy a contar lo que tú me dijiste. Tu versión de los hechos.

—¿Mi versión de los hechos? —Di un paso hacia atrás.

—Sabes a qué me refiero. ¿Sabes qué? Olvidémonos de todo esto —Me agarró de la cintura, pero yo me alejé aún más de él.

—¿Lil?

—Mira, me tengo que ir.

En sus ojos vi que lo había herido.

—¿A dónde vas? —preguntó.

—Te escribo pronto —le di un beso en el cachete y pasé por el laberinto que había en el sótano de la escuela, caminé entre balones de básquetbol y palos de hockey, justo cuando empezó a sonar la campana. Subí las gradas tan rápido que me empezaron a doler los muslos. Cuando llegué al pasillo principal, me di cuenta de que todos me veían fijamente. *Tal vez solo es mi imaginación*, pensé. Vi a Rayshawn junto a su casillero. Pasé a decirle hola; no quería solo saludarlo de lejos. Parecía sorprendido de verme, pero de buena manera.

—¿Qué onda?

—Nada —dije y tomé aliento.

—Oye —respondió, pero la felicidad que había en su rostro pronto desapareció y parecía ahora estar preocupado—. ¿Estás bien?

—Sí —dije—. ¿Tú estás bien?

—Ahora estoy bien. Escuché que ahora Chris Sweet va a una escuela privada. Supongo que sus padres se estaban volviendo locos por lo mal que le iba a Chris en las clases.

—¿Qué?

—¿Verdad? Bueno, no importa. Yo sigo en el equipo. Mamá no quería que siguiera sin ir a la escuela. Cree que el tutor no me estaba ayudando mucho y es cierto.

—¿Entonces, ¿averiguaron quién hizo el meme?

—No. Pero me alegra que Chris se haya ido de la escuela. Así no me miran con odio porque tomé su puesto en el equipo.

—Sí, bueno. —Me apreté la cola del cabello.

—Oye, Lili, ¿y tú estás bien? Estás un poco… distraída.

No quería explicarle lo que había pasado con Erin en la clase del señor Phelps. Al menos no en ese momento. Dejé salir todo el aire de mis pulmones.

—Estoy bien. Oye, te veo más tarde.

—Está bien… —Pude sentir el peso de su mirada mientras iba por el pasillo para devolverle el pase para ir al baño al señor Phelps.

De camino a clases, vi que Génesis estaba esperando afuera de la oficina de orientación. Dije su nombre, pero no me escuchó, entonces me acerqué a ella.

—¡Génesis! —la llamé y otras dos chicas que estaban junto a sus casilleros voltearon a verme.

Me ubiqué justo enfrente de ella, pero aun así no reaccionó.

—Oye, ¿estás bien?

Entrecerró los ojos, como si estuviera muy enojada. Su rostro parecía hecho de piedra.

—No me aceptaron en Yale —dijo, escupiendo las palabras.

—Oh… —dije pensado que eso apestaba.

—O sea, postergaron mi solicitud, pero da igual, no logré entrar.

Me acerqué a darle un abrazo, pero ella levantó la mano y me detuvo.

—No hagas eso —ordenó.

—Génesis…

—No pretendas que somos amigas. Solo soy tu compañera METCO, nada más.

—No seas así, Génesis —dije—. Sí somos… amigas.

Génesis no respondió, solo señaló al tablero de los anuncios. Volantes colgados en ángulos extraños y de colores rosas, verdes, azules y amarillos anunciaban clases de preparación para los exámenes de SAT y clubes extracurriculares.

—¡Es una MIERDA! —señaló—. O sea, durante los últimos cuatro años he estado prácticamente en todos los clubes de esta maldita escuela, además de mantener un promedio de 3.9. Además, hablo tres idiomas, soy voluntaria en el refugio de animales y en una escuela bilingüe, y también soy actriz, salgo en las obras de la escuela, ¿y para qué? O sea,

¿realmente crees que quiero ser la hermana malcriada en *El traje nuevo del emperador*? Me gusta estar en el escenario y todo. No creas que no. Pero tuve que agregar una cosa más a mi vida, ¿sabes? Y todo fue por nada.

Pensé en qué decir, en hallar las palabras correctas para hacerla sentir bien.

—Mira, tal vez la persona que revisó tu perfil era… tal vez estaba de mal humor o algo así. ¡Todavía te pueden aceptar! Me acabas de decir que postergaron tu solicitud, ¿no?

—Sí, claro. Abrazó con fuerza los libros que llevaba en las manos—. Es curioso que me des consejos, Liliana, a pesar de que no tomas los míos.

Di un paso hacia atrás.

—¿A qué te refieres?

Hizo una mueca.

—No te hagas la tonta.

—No soy ninguna tonta. —constesté sin dejar de preguntarme a qué se estaría refiriendo.

—Ah, ¿no? —dijo ella—. ¿Entonces por qué estás con Dustin Walker? ¿Por qué vas con él al sótano como una zorra? Te dije que te alejaras de los chicos blancos. Pero no me hiciste caso.

—Oye, oye. ¿A quién le dices zorra?

Jamás había estado en una pelea. Ni siquiera con mis hermanos, pero en ese momento estaba lista para darle un manotazo a Génesis y quitarle esa mirada orgullosa de buena estudiante.

Génesis quedó con la misma cara llena de orgullo y siguió hablando.

—¿Crees…? ¿Crees que eres la primera chica que Dustin lleva allá abajo? Corrección. ¿Crees que eres la primera chica del programa METCO que él lleva allá abajo? ¡Ay, por favor! No había pensado al respecto, pero ¿y qué tiene? Seguramente Dustin tuvo otras novias antes que yo.

—No —respondí con timidez—. Pero eso es cosa de él. Además, ¿y a ti qué te importa?

Se rio de forma sarcástica y eso fue todo. La empujé con tanta fuerza que se cayó de espaldas y sus libros salieron volando. La verdad es que parecía un poco aturdida. Hasta quedó boquiabierta. Me alejé de ella y su actitud, no sin antes voltear a ver a las chicas que estaban frente a sus casilleros como diciéndoles: "ni se les ocurra contarle a nadie lo que vieron". Corrí a entregarle el pase de baño al señor Phelps, agarré mi mochila y fui a tomar el bus de vuelta a casa.

No podía dejar de pensar en lo que dijo Génesis de Dustin.

Le envié un mensaje de texto, pero no me respondió. Entonces lo llamé, ¡pero no atendió mi llamada! Algo raro estaba pasando. Recordé que él debía irse porque tenía partido como visitante con el equipo de fútbol sala. Uno de los buses en el estacionamiento tenía que ser el bus de su equipo. El autobús tenía las luces rojas encendidas. No tenía mucho tiempo. Corrí al fondo de la fila de buses y ahí estaba él, a punto de subirse a otro bus.

—¡Oye, Dustin! —dije, casi sin aliento. El piloto del bus aceleró el motor, por lo que tuve que levantar la voz—. ¡Oye!

—¡Ay, hola! —dijo y volteó a ver a sus compañeros de equipo, que estaban detrás de él.

—¿Recibiste mi mensaje? Y te acabo de llamar, hace como un minuto…

—¿Qué? Ah, no. No lo vi. ¿Qué onda? —De repente dudé de él.

—No pasa nada. Solo te quería hacer una pregunta sobre Génesis.

—¿Ahora? Me tengo que ir. Tengo partido, ¿recuerdas? Aun así, se hizo a un lado, para dejar que sus compañeros se subieran al bus.

—Sí. Estaba muy rara hoy y, pues tú la conoces, ¿no? ¿De dónde la conoces?

—¿Yo? —Dustin se alejó otro poco de la puerta del bus.

Okey, algo está pasando. Y te apuesto que sé —¡¿cómo no iba a saber?!— qué es.

—¿Saliste con… saliste con ella?

—¿Que si salí con Génesis? Em, o sea, no, realmente.

Quedé boquiabierta.

—¿Y eso qué significa? ¿"No, realmente"?

El entrenador del equipo de Dustin hizo sonar su silbato y apresuró a los chicos que estaban haciendo fila para subir al bus, les dijo:

—¡Apúrense, señoritas! —Nadie se rio de su broma. Mucho menos yo.

—¿Saliste con ella o no? ¿Sí o no? —insistí y por el ruido del motor casi tuve que gritar. Dustin llevó su peso de un pie al otro mientras miraba a su alrededor, no era capaz de sostenerme la mirada. Entonces, su amigo idiota, el tal Steve, llegó a darle un golpe en la nuca. *Genial, supongo que Steve es el representante de Erin*, pensé—. Oye, amigo, nos tenemos que ir —señaló.

Le hice caras. Él me volteó a ver y le dijo a Dustin:

—Deja de hablar con Dora la Exploradora y súbete al puto bus.

Tuve que pensar dos veces en lo que había dicho Steve.

—¿Perdón?

—Olvídalo—dijo Dustin muy rápidamente y empujó con fuerza a Steve—. Oye, vete y ya.

Steve soltó una carcajada y se subió al bus. Lo seguí con la mirada. *Guau. Okey, ese tipo debe irse muy lejos y quedarse ahí. ¿Acaso me llamó…?*

—Escuchaste lo que dijo, ¿no? —dije, expresándole mi enojo a Dustin.

Él me tomó de la mano.

—Es un idiota. Oye, ¿podemos hablar después? —propuso y volteó a ver al bus—. Es que… me tengo que…

—No —dije, con toda la intención de interrumpirlo e hice las manos a un lado.

—¿Qué?

Le sostuve la mirada a Dustin.

—¿Vas a permitir que Steve me hable de esa manera?

—No lo dijo en serio… O sea… No es para tanto, Lili. —Volvió a agarrarme las manos y de nuevo me hice a un lado.

—¿No es para tanto? ¿Es en serio?

Steve bajó la ventana del bus.

—¡Vámonos, muchacho! —lo llamó, en español.

Todos dentro del bus se rieron. Yo quería desaparecer y nada más.

—Tienes buen gusto a la hora de escoger amigos, Dustin —ironicé y me di la vuelta; caminé hacia mi autobús, a otra parte del mundo.

* * * *

De camino a casa le envié un mensaje de texto a Génesis; me temblaban las manos mientras escribía.

Yo: **Génesis? Estás ahí?**

Génesis:

Yo: **Lo siento.**

Génesis:

Yo: **ya, hablando en serio, qué pasó entre tú y Dustin?**

Génesis:

Yo:

Al fin Génesis: **No tienes ni idea.**

Yo: **?**

Génesis: **te llamo en 5**

Siendo honesta, no quería saber qué habían hecho Dustin y Génesis, o sea, juntos, entonces tenía miedo de atender la llamada de Génesis. Además, básicamente la había empujado al suelo. Luego, cuando finalmente sonó mi teléfono, pasé mi dedo sobre el botón rojo, pero al final apreté el botón verde. Ambas dijimos "Lo siento" al mismo tiempo.

Entonces me contó todo. Me contó que ella estuvo saliendo un tiempo con Dustin y luego él intentó negarlo todo cuando su "verdadera" novia —una chica que iba a algún internado por ahí— lo acusó de engañarla. Aparentemente, se volvió un escándalo y todos apoyaron a Dustin o Génesis. Hasta los chicos del programa METCO tomaron un bando. Así, hasta que todos lo olvidaron. Por supuesto que me pregunté si seguía saliendo con esa su novia.

—Desde que pasó eso, Dustin y yo no nos dirigimos la palabra —aclaró Génesis—. Solo digamos que ya salí con suficientes chicos blancos. O sea, ya no más. ¿Me entiendes?

Sentí que me habían tomado por sorpresa, pero también sentí un extraño alivio. Todo cobró sentido entonces. Desde ese día en el que Génesis me vio yendo al sótano con Dustin, había empezado a actuar como toda una loca.

—Supongo que creí que sabías —dijo Génesis, increíblemente calmada—. Todo mundo lo sabe.

—¿Y qué onda con Yale? —le pregunté.

—¿Qué onda con Yale?

—¿No crees que habrán muchos chicos blancos en Yale?

—Ja. Pues, me postergaron, ¿recuerdas?

—Como te dije, te van a aceptar. Ya verás. ¡Sé positiva!

—¿De lo contrario?

—De lo contrario… voy a decirle a Steve que te vaya a hablar.

—¡Guácala!

Y empezamos a reírnos.

De camino a casa todo cobró sentido para mí. Dustin y Génesis… ¿qué? Luego, Dustin y yo. *¿Acaso le gustan las chicas exóticas del programa METCO o algo así?*, pensé. *¿Qué tipo tan raro? ¿Le gusto o solo soy "su tipo"? Tal vez piensa que puede llegar "más lejos" con las latinas o algo así.* Génesis no fue lo suficientemente buena para ser una novia verdadera y la relegó para ser su conecte, su plan B. ¿Y yo qué soy? Empezó a dolerme el estómago. Lo peor de todo es que no me defendió. Sinceramente, me gusta mucho Dustin, pero la verdad es que para él no vale la pena defenderme. Abracé mis piernas e intenté no llorar. Me sentí muy mal, como una basura y sabía qué hacer.

Después de cenar llamé a Dustin y me contestó. Salí con el teléfono en la mano y me senté en el pórtico, a pesar de que afuera estaba bajo cero. Al menos así se sentía.

—Pues, esto es lo que pasa, Dustin —comencé y apreté los hombros como si obviamente pudiera verme—. Simplemente no entiendo cómo pudiste quedarte ahí sin hacer nada, mientras Steve actuaba de forma tan racista.

—Lil…

—No. En serio, ¿cómo fue que pudiste… no hacer nada? O sea. No soy cualquier persona. Soy… yo—. Sentí un nudo en la garganta. *Ni se te ocurra llorar. Ni se te ocurra llorar.*

—No es lo que parece. Yo… No sé cómo explicarlo.

—¿Y por qué no lo intentas? Además, ¿por qué nunca me dijiste que habías salido con Génesis?

No dijo nada.

—¿Es cierto? ¿Es cierto que empezaste a salir con Génesis mientras tenías novia?

Escuché su respiración. Luego suspiró.

—Lo voy a tomar como un sí—. Y otra vez no dijo nada, entonces continué—: Pero hablemos de Steve. No te importa, ¿verdad?

—Yo…

—No te importa lo suficiente como para interceder.

No dijo nada.

Cerré los ojos y los apreté con fuerza. No había vuelta a atrás.

No quería dar vuelta atrás.

—Okey, supongo que se acabó.

—Pues… supongo que nos vemos—respondió bien rápido y colgó la llamada.

Guau. Así nomás. Terminamos. Me recosté en la baranda y empecé a llorar. Cuando vi que una mujer paseando a su *poodle* blanco se acercaba a mí, me limpié los ojos y corrí de regreso al edificio.

Estaba tan enojada y tan, pero tan triste. Esa noche no pude dejar de pensar en Dustin. Nos imaginé abrazaditos en el graderío, durante el receso, y luego recordé la vez que, al salir de clases, fuimos a su casa (ese día que iba con la capucha de mi sudadera como si fuera un testigo protegido, ja) y las veces que me junté con él frente a su casillero y cómo sonrió mi cuerpo entero la primera vez que lo vi entre la multitud. Y su olor. Y la combinación de su champú y su humectante de labios. Me metí a la cama. *Esto. Apesta.*

Resulta que no tenía ni idea de lo mal que iban a ponerse las cosas. Después de llorar tanto que hasta lástima sentí por mi misma, revisé Twitter para distraerme y vi que Steve había hecho una publicación llena de ignorancia . Decía **ALGUNAS PERSONAS** no saben de qué están hablando y deberían simplemente **CALLARSE** y **VOLVER DE DÓNDE VINIERON**. En serio que casi me caigo del colchón. ¡Y noventa y siete personas compartieron su publicación! Y fue como si la publicación de Steve hubiese encendido un fósforo. Otro chico empezó a publicar artículos e imágenes a favor de propaganda nacionalista. No podía creer lo que estaba leyendo y no podía dejar de leer esos artículos. Sentí un apretón en el estómago.

Lo único que hice el resto de la noche fue enviar mensajes de texto. Desde el confort de mi cama le escribí a Holly, Jade, Brianna, Rayshawn y Génesis. Otros chicos del programa METCO. Escribí hasta que me empezaron a doler los dedos y, aun así, no pude parar de escribirles a mis amigos. A una persona no le escribí: Dustin.

30

Entonces muy tarde esa noche, alguien publicó, de forma anónima, un meme. De mí. En Instagram.

De *mí*.

La primera que me avisó fue Holly. Me mandó un mensaje de texto antes del amanecer, antes siquiera de salir de la cama. **Lili. OMG. Perdón por mandarte esto, pero WTF???** y me envió un enlace. Después de un momento de duda —¿realmente quiero ver esto? — apreté el enlace. Y ahí estaba yo. Ahí estaba mi cara, *mi* cara, la habían sobrepuesto encima de una piñata y arriba alguien había escrito la palabra "mojado". Hice todo mi esfuerzo para no tirar el teléfono contra la pared.

Siete mil pensamientos empezaron a dar vueltas en mi cerebro. *¿Quién lo hizo? ¿Es en serio? ¿La gente piensa que vine de mojada, que soy una mojada? ¿La gente piensa que, o sea, crucé el Río Grande para llegar a los Estados Unidos? Porque eso significa ser un "mojado". ¿Es en serio?* Además de ser un término muy ofensivo, ¿qué tiene de malo si es que tuve que cruzar el Río Grande para llegar al país? Y… ¿qué tiene de malo si papá vino a este país de esa manera? Estaba furiosa.

¿Quién demonios pudo haber hecho ese meme? Y, ¿en serio?, ¿una piñata? Nadie sabía de lo de mi papá excepto Jade, Ernesto... ¡y Dustin! ¡Ese imbécil! Pero ¿realmente sería capaz de hacer algo así y solo porque terminé con él? ¿En serio?

Tuve que hacer mi teléfono a un lado porque me estaban temblando las manos. ¡Dustin! El corazón me latía a mil por hora. Abrí la ventana de mi cuarto, pues necesitaba sentir el aire. Creí que estaba teniendo un ataque de pánico. La parte lógica de mi cerebro pensó: *Conozco a Dustin. No sería capaz de hacer algo así, de ser un idiota de tal magnitud. No pudo haber sido él. ¡Pero es la única persona en Westburg que sabe de lo de papá!*

Todo el mundo vería ese meme. *¿Y si mis papás también lo ven?* Nunca les llegaría un meme, pero mi cerebro estaba fuera de control. No podía dejar de tomar mi teléfono y ver esa imagen una y otra vez. Sentí el sabor de la bilis en mi garganta. Tenía que calmarme. Respiré profundo. Recordé lo que hace mamá cuando está nerviosa. Abre y cierra las manos. Hice precisamente eso. Empuñé las manos con tanta fuerza que empezaron a dolerme. Y ese dolor se convirtió en algo más porque, de repente, un solo pensamiento sereno llegó a mi cabeza. Lo que me hizo tomar una decisión calmada. Le tomé foto al meme y se lo envié al señor Rivera. De inmediato me mandó un correo electrónico en el que me pedía que fuera de inmediato a su oficina, tan pronto llegara a la escuela. Le mandé un mensaje de texto a Jade. Me respondió con un meme de una mujer cubriéndose la boca en cámara lenta.

La caminata del bus hacia la escuela la sentí tan larga, tan larga como una maratón. No levanté la mirada ni una sola vez. Pude sentir la mirada de todos a mi alrededor. Me ayudó el hecho de que iba dentro de una chaqueta, con bufanda y gorrito. No es que los estudiantes de Westburg no usen chaquetas para el invierno. Estoy consciente. Seguramente, en casa tienen parkas de plumas de ganso que cuestan mil dólares, pero no las llevan a la escuela. Supongo que van directamente de sus carros, con asientos térmicos de cuero, a edificios calientitos y lo mismo de regreso. No tienen que esperar por transporte público o por el bus de la escuela mientras afuera está helado. Pero eso es otro tema. A veces desearía que mi cerebro fuera capaz de concentrarse sin demasiado esfuerzo.

Minutos después, ya estaba en el sillón de la oficina del señor Rivera. Él ya les había mostrado el meme a los miembros de la administración de la escuela y me contó que elaborarían un reporte formal, aunque eso no lograba nada inmediato. También me dijo que no estaba obligada a ir a mi primera clase, que podía faltar si no me sentía lista. Incluso, me dio un pase y me pidió quedarme en su oficina y se puso a hablar con otros administradores y a llenar papelería.

No estaba lista para ir a clase, pero me sentía tan en llamas que no podía quedarme ahí sin hacer nada. Sí. En llamas.

Deseé no haber hecho toda mi tarea. Deseé haber llevado mi cuaderno donde escribo. Lo que sea para distraerme. Carajo. Incluso, trabajar en mi presentación METCO era mejor que quedarme ahí sentada. Me empezó a brincar la pierna como si me hubiera tomado cinco tazas de café, como si a cada neurona dentro de mi cuerpo alguien le hubiera pasado electricidad. Sí, en llamas. Y me cayó el veinte. ¡El proyecto METCO! ¡Sí! *Deja que esos administradores llenen más y más hojas, que lo hagan por la próxima década, Liliana, tú guarda la calma*. Los chicos y chicas del programa METCO les vamos a dar una lección a esos tontos racistas de la asamblea, pensé. Hasta entonces, tenía que aguantarme todo e ir a clase y, lo más importante, tenía que hallar a Dustin. Tenía que hablar con él urgentemente.

Antes de la clase de Geometría, lo vi al final del pasillo, pero de inmediato entró a la clase más cercana. *¿Será que me vio? ¿Está evitándome? Es un gran cobarde. Da igual. Le hablo después.*

Durante la hora del receso, me fui a sentar con los otros chicos METCO. Sip. Hizo falta que alguien hiciera un meme racista burlándose de mí para que me invitaran a sentarme con ellos, pero igual. Vi a Holly observándome. Estaba en nuestra mesa de siempre, pero sabía lo que estaba pasando y me hizo una mirada como diciéndome: "Ve allá, chica. No te preocupes". Los chicos METCO estaban tan bravos como yo. Hablaban en voz alta y eran contundentes.

Brianna me tomó del brazo.

—No puedo creer que haya pasado esta mierda. No. De hecho, sí lo puedo creer.

—¿Sabes qué? ¡Al carajo con ellos! —dijo Marquis y casi se ahoga por hablar con la boca llena de comida.

—No te mueras, Marquis —bromeé y todos soltaron una risita.

—Oye —dijo y tosió con fuerza para aclararse la garganta—. Estoy al tanto. Esos idiotas deberían alegrarse de que no empecé a publicar cosas en respuesta a lo que ellos pusieron. Escúchame. Se me pudo haber ocurrido algo para responderles. —Hizo una pausa—. Igual seguro me expulsan de la escuela en un abrir y cerrar de ojos.

Brianna le pegó una mordida a una zanahoria.

—No pueden expulsarte sin antes expulsar al tonto ese que no sé cómo se llama.

—Steve —señalé—. Te refieres a Steve. —Le di muchas vueltas a lo que había escrito Steve en Twitter. De hecho, tuvo mucho cuidado. Sabía que no lo iban a suspender por decir cosas como "algunas personas" y "volver de donde vinieron".

—Da igual. ¿Él no es el que salió en *Teen Jeopardy!*? Bueno, no importa. No me interesa si salió en la televisión. Es un tonto ignorante—. Marquis le dio una gran mordida a su hamburguesa.

—Ya, hablando en serio, ¿cómo se les ocurre hacer un meme de ti sobre una piñata…? —dijo Brianna, pero no pudo siquiera terminar de hablar—. ¡Yo perdería la cabeza!

—¡Yo ya perdí la cabeza! —reconocí.

—No. O sea, yo iría con el que hizo ese meme y solo... —dijo y apretó los puños.

Dustin. Imaginé su rostro, su flequillo sobre sus ojos. Ush. Ese pensamiento me había invadido un millón de veces y con tanta intensidad que sentí palpitaciones en el cerebro. Nadie más de la escuela sabía lo que le había pasado a papá.

Y luego, ni te imaginas, Dustin llegó a buscarme. Por un segundo pensé que me lo estaba imaginando.

—Oye —dijo y parecía estar muy incómodo—. ¿Podemos hablar?

—En realidad, yo tengo que hablar contigo —respondí e intenté hablar con calma.

Escuché que sus amigos que estaban a dos mesas de distancia empezaron a reír y toser. Entonces, agarré una caja de leche y levanté el brazo. No me duró nada eso de tratar de mantener la calma.

—¡Lili! —gritó Dustin.

En serio que estaba a punto de echarle la leche encima.

—¿Cómo pudiste, Dustin?

—¿De qué hablas?

—Sabes exactamente de qué estoy hablando —señalé. Perdí completamente la calma y puse todo mi esfuerzo en no llorar. Sus amigos empezaron a aullar.

—No, no sé —replicó.

—¡Por Dios! Al menos ten los huevos para admitirlo. ¿El meme? ¿El meme que hicieron con mi cara?

—Al menos ten los ¿qué?

—*BALLS!* —grité. Si hubiera girado la caja de leche tan solo un poco, le hubiera echado toda la leche encima a Dustin.

—Oye, ¡relájate! —dijo y se estiró para quitarme la caja de leche y ponerla luego sobre la mesa—. No fui yo, Lili. No fui yo, te lo juro. A eso vine, a decirte que no fui yo. Imaginé que pensarías que fui yo. —Noté la seriedad en su rostro cuando se acercó a mí y, sin levantar la voz, dijo—: Nunca te haría algo así. Nunca. Sabes que no soy así.

Lo vi de reojo y me senté.

—¡Lili! —insistió como en preámbulo, pero no dijo nada más.

—Espera —respondí—. Tú sabes quién fue.

—Mierda. —Dustin volteó a ver a donde estaban sus amigos—. Mira para allá —dijo y señaló las ventanas.

—Fue Steve, ¿verdad? —lo animé. ¡Por supuesto! No podía ni siquiera voltear a ver sus amigos. Sabía que si cruzaba la mirada con Steve iba a perder la calma.

—Lili—lo juro. Nunca le dije nada a Steve. Imaginé que pensarías que yo le conté lo de tu papá. Pero él no sabe nada al respecto…

—Sí, claro. Se supone que debo creerte. —De nuevo sentí la bilis en mi garganta—. Entonces, dime, ¿cómo lo supo? ¿Cómo se enteró?

—No lo sé. Supongo que solo lo hizo porque es un idiota. Siempre está haciendo memes. Pero te juro que…

Escuché a medias lo que Dustin dijo. En su lugar, recordé las veces que Steve se había puesto celoso porque Dustin estaba conmigo y no con él. Como si le estuviera quitando a su amigo. Guau. *Tal vez Dustin tiene razón*, me dije. Muy en el fondo, ¿estaba completamente segura de que Dustin nunca haría algo tan terrible como contarle a Steve lo de papá? Seguramente Steve se había enojado por lo que había pasado con Erin en la clase del señor Phelps. Sí, todo tiene sentido. Y, de hecho, me alivió saber que no había sido Dustin el que había hecho el meme. Es algo muy patético, ¿no? El alivio me duró apenas un segundo porque me di cuenta de que Dustin seguía siendo amigo de Steve, incluso después de haber hecho ese meme. Dustin permitió que Steve me hablara así. Levanté la mirada y Dustin estaba mordisqueando su pulgar con tanta fuerza que temí que se arrancara el dedo. Déjame adivinar, no le dijo ni un carajo.

—Da igual, Dustin —dije y me alejé de él.

A pesar del hecho de que, seguramente, al menos la mitad de las personas en la cafetería estaban viéndonos, no me importó. No sé con certeza qué sentía en ese momento porque recuerdo haber sentido muchas cosas al mismo tiempo. Estaba confundida, enojada, aliviada, avergonzada, triste. ¡En verdad que Dustin no es la persona que imaginé que era! Y eso realmente apesta.

Me senté y vi a Holly a tres mesas de mí. Estaba usando su teléfono. Recién acababa de instalar una aplicación para mejorar su vocabulario para las pruebas de SAT. Estaba obsesionada con esa *app*. Me puse de pie y tiré mi almuerzo a la basura.

Volteé a ver a Briana y le dije:

—Nos vemos.

—Nos vemos.

Me acerqué a Holly.

—Oye. ¿Te importa si te interrumpo?

Levantó la mirada.

—No te preocupes —dijo ella—. Odio esta mierda. Odio los exámenes. Pero dime, ¿cómo estás tú?

Llegué a casa y mamá estaba en la mesa de la cocina con las manos en la cabeza. Caminé aprisa hasta estar a su lado y me arrodillé frente a ella.

—¡Mamá! ¿Qué pasa? ¿Le pasó algo a papá?

—No, mija —respondió y su voz parecía desinflada; me dio miedo.

—¿Qué pasó, entonces?

—Llamaron de la escuela.

Oh. *Oh*.

—Liliana —dijo e hizo una pausa. Luego, como si alguien hubiera encendido un fósforo dentro de ella, agregó—: Liliana, he estado pensando. ¿Acaso mi hija puede ser así de irresponsable? ¿Acaso no entiende la situación en la que estamos?

—Mamá, no, esperá un momento…

—No, tú esperá un momento. Escucháme. Liliana, el consejero de la escuela me llamó para contarme lo de la foto de tu cara y la piñata, y que le escribieron esa palabra: "mojado". Lo primero que pensé fue: *¿Quién le haría eso a mi hija?* Me quedé aquí un rato alimentando mi enojo. Luego pensé en cómo alguien en tu escuela sabría eso. ¿Cómo saben eso, mija? Pues, no sos una mojada, pero intento entender por qué pensarían algo así. Seguramente saben de tu papá y de mí, ¿no? ¿O cómo? ¿Tenés alguna idea?—. Nadie podía pararla.

—Mamá…

—¿A quién le contaste? ¿A esa chica Holly?

—¡No!

—¿Qué estabas pensando? ¿Qué pasa si alguien llama a ICE? ¿Te podés...? ¿Se te ocurrió qué…? Si ICE se entera de que… —Ella no podía siquiera terminar de decir una oración de lo enojada que estaba.

—Mamá, nadie va a hacer algo así. —No tenía el valor de decir "ICE".

Casi se le salen los ojos.

—¡Tú. No. Lo. Sabés!

Tal vez tenía razón. Oh… no. Pero, no.

—Mamá, fue un niño tonto que me hace comentarios racistas porque papá y vos son de Centroamérica. Nada más.

—Nada más —repitió ella y empezó a masajear la cruz dorada que tiene siempre sobre el pecho—. Mija, he estado pensando que quizás ya no deberías ir a esa escuela. Si no te sentís segura… Si alguien llega y dice que sos…

Otra vez con eso de dejar las oraciones sin terminar, pensé.

—No—repliqué y mi voz sonó muy grave, como si fuera una madre regañando a su hija—. No voy a ningún lado. No dejaré que unas personas ignorantes tengan la autoridad de decirme dónde puedo y no puedo estar.

Me sostuvo la mirada por un segundo, mientras decidía si me refería a ella. ¡No me refería a ella!

—Mamá. Nadie sabe nada de nosotros, nada en específico. Estoy bien. Estamos a salvo. No va a pasar nada.

Eso fue lo que le dije. Pero en mi cabeza repetí una rápida plegaria pidiéndole a Dios que Dustin realmente me hubiera dicho la verdad en el receso, que Steve no supiera nada de mi papá o mi familia. Pero sí que había tocado un nervio... O, más bien, le había dado un martillazo.

A mamá se le llenaron los ojos de lágrimas. Me agarró y me senté sobre sus piernas, y eso que ya somos de la misma altura. No sé cuándo fue la última vez que me senté sobre ella.

Luego me dio la noticia de que íbamos a pasar Navidad con mi tía Lynn. Por primera vez en la historia, no quería que llegara la Navidad. Ush. Usualmente, es mi época favorita del año, pero con todo lo que estaba pasando en la escuela —o sea, faltaban como tres segundos para la asamblea y, además, papá seguía muy lejos— las fiestas de fin de año y nuestro arbolito, pues, serían de lo peor. Apestarían. *Claramente mi palabra del mes es "apesta"* me dije. De hecho, solo habíamos puesto un pequeño árbol de plástico en la sala, el que poníamos sobre la encimera de la cocina. Ni siquiera nos molestamos con ir a traer el gran árbol que guardamos en el sótano de nuestro edificio. Y, pues, sí, vamos a abrir regalos durante la Nochebuena y nos vamos a quedar despiertos hasta medianoche comiendo tamales, solo que esta vez vamos a dormir en sacos para dormir. Ush y requete ush.

Llevé mi teléfono a la sala y me estiré en el sillón mientras parpadeaban las luces rojas y verdes del árbol falso que estaba a mi lado. Intenté enfocarme en el Google Doc de mi computadora Chromebook (gracias, Westburg). ¡Había sido un día tan loco que casi me olvido de la asamblea de mañana! Sí, mañana. Vi con atención la pantalla y lo mismo, una y otra vez, y en algún momento me quedé dormida. Mamá me tocó el brazo y me dijo que si estaba cansada que me fuera a la cama.

—Vas a dormir mejor en tu cuarto. Andá. Regreso en un ratito. Voy a recoger a tus hermanos.

Pero era demasiado temprano para irme a dormir y ni siquiera había cenado. Justo en ese momento sonó mi teléfono. Había recibido un mensaje de Dustin.

31

Dustin me envió un mensaje de texto, pero no el tipo de mensaje que esperaba de él. Sabes, otra disculpa o algo por el estilo. En vez de eso me envió un mensaje que decía, **oye, puedes dejar mi sudadera en mi casillero? grax.**

De repente estaba muy despierta. Debo admitirlo, eso dolió. Era como si estuviera borrándome, eliminándome. ¿Su sudadera? ¿Habla en serio? La había guardado debajo de mi cama para que no la encontrara mamá. Ahora tenía que buscarla y de nuevo sentir el olor de Dustin. Y eso hice. Y otra vez sentí su dolor.

No le respondí.

Sentí un gruñido en mi estómago; mi estómago se sentía igual que yo. Dustin ya había superado nuestra relación. Yo debía hacer lo mismo. Además de estar enojada, tenía hambre. Decidí intentar hacer arroz otra vez. Solo que esta vez le eché una pizca de sal que primero medí con una cuchara, en vez de echarla directamente del salero y calculé el tiempo con el cronómetro de mi teléfono. Realmente quería terminar de preparar la cena antes de que volviera mamá con mis hermanos, pero eso no pasó. Mis hermanos entraron al apartamento, tiraron sus mochilas al suelo y se fueron directamente al baño.

—¿Hola? —dije y alguien tiró de la cadena del inodoro.

Benjamín se asomó a la cocina. Todavía tenía puesta la chaqueta y tenía un poco de nieve en los hombros.

—Ay, no. Otra vez está cocinando Liliana. ¡Por favor, no le prendás fuego al apartamento esta vez!

—Muy chistoso.

Pero en vez de seguir molestándome, Benjamín regresó a la cocina y dijo:

—¿Quieres que te ayude? —me sorprendió no escuchar ni una pizca de sarcasmo en su voz.

—¿Hablas en serio?

—Sí. Hazte a un lado—. Abrió la puerta del refrigerador y sacó unas salchichas—. Ten. Corta estas en trocitos de un cuarto de pulgada.

Hice lo que me indicó.

Luego me pidió que metiera al microondas unas arvejas y maíz, y luego los agregó a la olla del arroz. Después tomó una de esas bolsitas naranjas que mamá mantiene en la alacena, entre la sal y el tomillo, y que dicen "Sazón", y le echó un poco a la mezcla.

—¡Gracias! —le dije a mi hermano, el chef.

—No hay de qué. Solo mantenlo en fuego lento por unos diez minutos y todo bien.

—Como que sí estás aprendiendo mucho en el club de cocina, ¿no?

—Sí. Cuando regrese mi papá no se la va a creer.

Le sostuve la mirada a mi hermano. *Exactamente, hermanito*, dije con los ojos. En su mirada había cautela, pero dentro de sus ojos pude ver un pequeño rayo de esperanza. Luego gritó: "*I got skills*!" y se a su habitación.

Da igual, o sea, ¡hice la cena! O, bueno, *hicimos* la cena. ¡Y no hice solo macarrones con queso! ¡Y no se había activado el detector de incendios! *Oye, Benjamín tiene razón*, pensé. *Cuando papá regrese y vea que mis hermanos son todos unos chefs, se le va a volar la tapa de la cabeza*. Mientras tanto, le envié un mensaje de texto a Jade con una foto de la cena. Me envió el emoji de los pulgares hacia arriba y me pidió que le guardara un poco.

A pesar de lo cansada que me sentía antes, cuando finalmente me metí debajo de las sábanas, no pude dormir. Intenté pensar qué hacer para la presentación, pero la verdad es que me puse a ver mi teléfono, como esperando recibir otro mensaje de Dustin. Algo. Lo que sea. Pero nada. ¡Patético! Ya sé. Pero ni modo. Pasé de estar enojada a estar triste. Y así, enojada, triste, enojada, triste, cada dos minutos. ¿Somos así de desechables? ¿Ya no siente nada por mí? Tenía que recuperar el control. Le escribí a algunos amigos del programa METCO. ¡Nunca imaginé decir algo así! Brianna me envió unos GIFs de ruptura muy graciosos, incluyendo uno de una chica en un sillón con el control remoto en la mano y un mensaje que decía "Estás cancelado". Sí. Me causó mucha risa.

Anoche no me pude concentrar en la presentación, pero eso fue lo primero que pensé al recién despertarme. Estaba TAN nerviosa que me cambié de playera unas seis veces antes de salir a tomar el bus —sí, en serio— e igual regresé a casa para ponerme otra, una entre rosada y morada que era, además, con la que todo había empezado. En la escuela lo primero que hice fue ir a la oficina del señor Rivera. Supongo que quería sentirme inspirada o que me diera palabras de ánimo. De camino a la oficina del señor Rivera, una chica de mi clase de francés llamada Rosie, que tenía pecas en todo el rostro y hasta en las orejas, me detuvo en el pasillo.

—Oye —dijo—. Solo... Solo te quería decir que hicieron muy mal al publicar eso de ti. Algunas personas son unos ignorantes y unos idiotas.

Me tomó un par de segundos registrar lo que me había dicho ella. El meme. Lo había visto ella. Por supuesto que lo había visto. Al parecer, todo mundo lo había visto.

—Ay, gracias —dije, le sonreí y seguí mi camino. Sí, hay personas que son ignorantes y unos idiotas. Pero me alivió saber que ella no era así.

El señor Rivera no estaba en su oficina cuando llegué, entonces empecé a husmear su librero en lo que llegaba. En el lomo de un libro había una foto de unos niños que parecían ser estudiantes del programa METCO. Lo abrí y le di una hojeada. Y, no puede ser —pero obvio, SÍ lo era— adentro había actividades para ayudar a grupos a hacer exactamente lo que íbamos a hacer con eso de la asamblea. Le di una hojeada a las páginas hasta que una me llamó la atención. *Es una idea genial*, me dije. Solo necesito ajustarla un poco. De nuevo, me sentí inspirada. Como aquella vez en la biblioteca. Tenía el ojo puesto en una cosa nada más, la asamblea.

Justo después de la hora de receso, nuestro grupo METCO se reunió para ultimar detalles. Para entonces, estaba súper inquieta, pero de buena manera. Se me había ocurrido una idea que sería capaz de... sería capaz de...

—No estoy segura, ustedes —dijo Ivy cuando entré al salón, mientras se mordía sus agrietadas uñas rojas, lo que interrumpió mis pensamientos.

—¿De qué no estás segura? —quiso saber el señor Rivera y frunció el ceño.

—De que... ¿cuál es el punto de todo esto? Es que creo que, al final, nadie nos tomará en serio.

—Es cierto, *bro* —coincidió Marquis.

—¡Es cierto! —repitió Rayshawn. Otros más asintieron con la cabeza.

—Lo malo es que... —agregó Marquis—, ya hicimos todo este trabajo y te ayudamos a encontrar fotos de muros memorables durante la historia—. Dejé caer un micrófono invisible al suelo—. *Y* no edité los pies de foto que escribiste en aquel Google Doc. Solo digo. Entonces...

—Sí, pero eso fue después de que encontráramos las citas —añadió Ivy—. Y, no es por nada, pero si agregaste las fotos, pudiste haber escrito los pies de páginas tú mismo desde el principio. Tuvimos que hacerlo porque habías dejado ese espacio en blanco.

—Es cierto —asentí.

—Sí, ustedes las tenían todas desordenadas—respondió Marquis.

—Y que no se te olvide que con el tipo de tecnología hicimos todas las conexiones necesarias para usar el equipo del sonido—dijo Biodu.

—Eso también es cierto —señalé.

Marquis dijo, levantando la voz:

—*Yyyyyy* algunos de los pies de notas son oraciones completas, pero otros son como notas, sin puntos ni comas.

—¡Marquis dijo "sin puntos ni comas"! —bromeó Brianna.

Ivy soltó una risita.

—Ya sé. Fue mucho trabajo y, para serles sincera, aprendí mucho. Pero ¿y si se ríen de nosotros?

Tragué saliva. *¿Qué onda con todos? Tenemos que hacerlo. Todos tenemos que estar ahí. Y eso incluye a Ivy. ¿Tienes dudas? Sí, lo entiendo. Pero... cada vez estoy más y más convencida de que si no decimos nada, entonces nada va a cambiar. Si no intentamos generar un cambio, de alguna forma decimos que no importamos como personas, ¡incluso nos lo decimos a nosotros mismos!* El señor Rivera empezó a caminar de un lado a otro dentro del salón; hasta él parecía un poco ansioso. Pero, no puede ser. Lo menos que podía hacer en ese momento —o lo menos que podíamos hacer todos nosotros— era enfrentar a un montón de estudiantes ignorantes que pensaban que los memes, como el que hicieron de Rayshawn y el que hicieron de mí, son motivos de risa. ¿Y por qué no intentar conectar con otros estudiantes —¡como Rosie! — quienes probablemente no tienen nada que ver con esa basura y que, como nosotros, piensan que son bromas estúpidas? Y… no es por nada, pero es *nuestro deber* realizar la asamblea. De lo contrario, nos haría ver como unos debiluchos. Quería decirle todo esto a los chicos y chicas del programa METCO, pero lo único que pude decir en ese momento fue:

—¡Oigan, nosotros podemos! —Muy elocuente, ¿no?

Ivy se aflojó la cola con la que sostenía su cabello. Pasaron unos segundos de un silencio muy espeso. No estaba segura de qué iba a pasar.

Entonces Biodu intervino:

—Ta bien.

—Ta bien —dijo Marquis—. O sea, como dije, trabajamos muy duro. Lo menos que podemos hacer es concluir la presentación.

—Ta bien —coincidió Brianna.

Finalmente, Ivy y los demás también dijeron: "Ta bien". ¡Fiu!

—Escuchen, sé que ya es muy tarde, pero tengo una idea de algo *cool* que podríamos hacer durante la presentación —anuncié y les mostré un libro. El señor Rivera levantó una ceja, como diciendo: *ya veo que estuviste en mi librero*. Pero no estaba molesto, parecía estar orgulloso.

Abrí el libro en el que había pegado un Post-it y dije:

—Se me hace algo muy *cool*. Hacemos grupos según raza y etnia, y nos hacemos tres preguntas: "¿Qué quieres que sepamos de ti en términos de raza y cultura? ¿Qué es algo que nunca más quisieras escuchar? ¿Cómo podemos ser un aliado tuyo y ayudarte?". ¿Qué les parece?

Nadie dijo nada por tres largos segundos y luego Marquis exclamó:

—¡Me encanta!

—Sí, es muy universal, pero muy personal al mismo tiempo —opinó Rayshawn.

Y, lo juro, todos suspiramos. ¡Era la pieza que nos hacía falta! Incluso, el señor Rivera dijo: —Solo nos falta decidir una cosa. ¿Quién será el o la maestra de ceremonias?

Todos voltearon a verme a MÍ.

Dije que no con la cabeza.

Brianna se inclinó hacia adelante.

—¿Por qué no, Lili? —La chica de los Doritos es ahora mi porrista personal.

—Hablar en público, frente a un auditorio lleno de gente, es mi... ¡No, solo no!

—Oye, lo dijiste hace un rato. Nosotros podemos —insistió Rayshawn—. Lo que significa que tú también puedes.

—Es cierto —sonrió Marquis.

Sí, es importante decir la verdad. Tomé aliento. El hecho es que papá se había ofrecido a trabajar como conserje para que yo pudiera ir a una buena escuela. La verdad es que mamá limpió baños ajenos para que yo pudiera crecer en este país. La verdad es que mis papás aprendieron inglés y aun así nos enseñaron a hablar ambos idiomas. La verdad es que estaba muerta de miedo, pero sabía que era capaz de hacer cualquier cosa.

Y, en lo que pareció un abrir y cerrar de ojos, se inició la asamblea. Al final, terminó teniendo un nombre malísimo: "Westburg High en nombre de la diversidad", porque era el único que aprobó la administración de la escuela. El auditorio estaba lleno. Un chico, sentado frente a mí, arrancó una hoja de su cuaderno y la enrolló como si fuera un cigarrillo. El chico al lado se rio. Mientras todos encontraban un lugar donde sentarse, corría la presentación de las citas, las fotos de importantes líderes de los derechos civiles y más fotografías de los muros emblemáticos que hallamos.

Luego de la última diapositiva, el director dijo algunas palabras sobre "las actividades en línea que han ocurrido últimamente, las cuales son muy decepcionantes" y luego todos cantamos algunas canciones: el himno nacional y "I See The Light". El decano dijo que como escuela debíamos dejar atrás esos "episodios" y mejorar nuestras relaciones entre razas. También leyó un comunicado con mucho bla, bla, bla que decía que "la escuela de Westburg está comprometida a poner en práctica una política en contra de la discriminación y a promover la equidad en sus programas educativos, servicios y otras actividades disponibles para todos sus estudiantes y empleados". El decano habló sin parar. La asamblea, unas canciones, un discurso aburridísimo. Hasta yo puedo hacer algo así. Yo puedo. ¡Yo tengo que hacerlo!

Finalmente, llegó nuestra oportunidad de hablar. El público guardó silencio, fue un silencio que me dio mucho miedo. Mientras tanto, Rayshawn, Anthony, Brianna y todos los demás subimos al escenario. Yo me acerqué al podio; tenía la boca tan seca como el desierto del Sahara. Ajusté el micrófono. Le di tres toquecitos. *¿Por qué la gente hace eso?* Carraspeé. Pude ver que Dustin estaba ahí, entre la gente; estaba junto a su grupo de amigos, pero no vi a Steve cerca de él. Me obligué a dejar de verlo y atrapé la mirada de Holly. Me mostró los pulgares, me miró con cara de mamá osa orgullosa y yo casi rio al verla.

—Buenas tardes, Westburg —dije suavemente. Acerqué el micrófono mientras empezaba a esfumarse dentro de mí el calor de la inspiración que había sentido antes. No estaba segura de si podía hacerlo. Me quedé ahí parpadeando y con el micrófono en la mano. Entonces, escuché en mi cabeza esa voz, una voz llena de actitud: *¿Sabes qué es difícil? Que tu papá intente cruzar la frontera para reunirse contigo, tu mamá y tus hermanos, y que lo manden de vuelta una y otra vez. Eso sí que es algo muy duro y difícil. ¿Sabes qué más? Que tu mamá se faja todos los días y, al mismo tiempo, trabaja duro para que tu papá pueda volver a casa. Eso sí que es difícil. Lo que vas a hacer es un paseo por un parque. Es hora de madurar. Ya eres una mujer. Madura. Es hora de hacer esto.*

Seguramente, Holly se dio cuenta de que necesitaba algo que me motivara, porque empezó a aplaudir. Otros hicieron lo mismo, como Peter, de mi clase de francés y Paula de mi clase de escritura creativa. Asentí con la cabeza y continué.

—Mi nombre es Lili… Liliana Cruz. —El micrófono rechinó y le di un toquecito—. Algunos saben que quienes estamos aquí en el escenario somos los "chicos METCO", pero hoy queremos compartir con ustedes algunas cosas que puede que no sepan. Hoy, en vez de contarles una historia tonta y aburrida… ¡Perdón!

Los estudiantes se rieron. Algunos maestros fruncieron el ceño, pero otros también se rieron.

Tú puedes.

Continué.

—Okey, con todo lo que pasó recientemente en línea —dije y tosí con fuerza—, hay mucha tensión acá en la escuela, y acá mismo, en esta escuela, esta semana… —agregué y dudé si continuar o no, sentí calor en el rostro—, …alguien publicó un meme de mi cabeza sobre una piñata y escribió "mojada" en la imagen. —Muchas personas parecían sorprendidas. *Un momento, ¿hay gente que no sabe lo que pasó?* Una maestra cerca del pasillo se llevó la mano a la boca. Continué—. En vez, de mostrarles una presentación aburrida con estadísticas o lo que sea, pensamos que sería más interesante contarles cosas que puede que no sepan de nosotros. Eso es todo. Tenemos la esperanza de que, con eso, reflexionemos y seamos capaces de tener conversaciones reales. Al terminar, quisiéramos invitar a algunos de ustedes a que suban al escenario y hablen de sus experiencias.

Y... no lo puedo creer, pensé. La gente empezó a aplaudir. No solo Holly, sino mucha, mucha más gente. Vi a Lauren, la amiga de Holly. Parecía estar un poco avergonzada, pero igual me saludó desde lejos.

¡Concéntrate, Liliana!

—Okey, ahora es el turno del señor Rivera—anuncié y le entregué el micrófono.

El señor Rivera se puso frente a nosotros, los estudiantes del programa METCO y dijo:

—Si te identificas como afroamericano, por favor, da un paso adelante—como en ese juego de niños *Mother, may I?*, diez estudiantes dieron un paso hacia adelante.

—Gracias. Ahora les voy a hacer tres preguntas y por favor sean honestos. Primera pregunta: ¿Qué quieren que sepamos de ustedes en términos de raza y cultura?

Ay, Dios, ojalá esto funcione, pensé. A propósito, el señor Rivera llevaba una corbata con la bandera de Puerto Rico. ¡Muy bien por él!

El primero en hablar fue Rayshawn. Dijo con mucha confianza:

—Vivo con mi mamá y mi abuela, pero no somos pobres. Mi mamá trabaja como enfermera, igual que mi abuela.

Si antes me parecía que había silencio dentro del auditorio, luego fue como si alguien hubiera presionado el botón de MUTE.

Luego habló Ivy.

—Tengo un primo que va a la escuela de leyes —contó—. Y otro primo que está en la cárcel.

Alguien más dijo:

—No a todos nos gusta el pollo frito. ¡De hecho, yo soy vegetariana!

Todos se rieron.

Alguien más aportó:

—Queremos recibir buena educación, igual que todos los demás. Y merecemos recibir educación de calidad.

El señor Rivera se llevó el micrófono a la boca.

—Gracias. Gracias. Próxima pregunta. ¿Qué es algo que nunca más quisieran escuchar?

Mis amigos respondieron de inmediato.

—Ah, como eres negro, seguramente conoces a algún traficante de drogas, ¿no?

—Tu mamá es adicta al *crack*.

—¿Por qué ustedes no saben nadar?

—Si logras entrar en una universidad de la Liga Ivy es gracias a las políticas de acción positiva.

—¿Es cierto lo que dice la gente de los hombres negros?

Todo mundo en el auditorio reaccionó a ese último comentario. Algunos niños dijeron: "¡Ah, rayos!" y "¡Lo dijo!" y "¡Oh, por Dios!".

—Sigamos, por favor —interrumpió el señor Rivera levantando la voz—. Última pregunta. ¿Cómo podemos ser un aliado para ustedes y ayudarlos?

METCO tomó las riendas en el asunto.

—Por favor, hagan preguntas. No solo asuman las cosas.

—Somos más que nuestro cabello. Y, no, no puedes tocar mi cabello.

—Conóceme. No solo al color de mi piel.

—Tal vez deberías ir a mi vecindario de vez en cuando.

—Maestros, por favor no me pregunten a cada rato si necesito un pase para ir al laboratorio de computación. O sea, tengo una MacBook en casa.

Tras ese comentario, me di cuenta de que algunos de los adultos en el auditorio parecían estar incómodos en sus asientos.

—Gracias —dijo el señor Rivera y una de sus cejas la tenía muy, muy, muy en alto—. Pueden dar un paso hacia atrás. Ahora, si te identificas como latine o *Latinx*, por favor da un paso al frente.

Éramos menos. Siete para ser exactos. Sip, había personas birraciales en el grupo. Sé que tengo que participar y todo lo demás, y sé lo que quiero decir, pero no sé si tengo el valor para hacerlo.

—Okey. La misma primera pregunta. ¿Qué quieren que sepamos de ustedes en términos de raza y cultura? —dijo el señor Rivera.

Brianna no tuvo problemas con levantar la voz.

—Saben qué —afirmó con la mano en el aire—: soy más que mi acento, mis uñas y mi actitud. Mucho más. Me encanta el *snowboarding*. Y los niños. Creo que quiero ser maestra de preescolar. O veterinaria. —Hizo una pausa—. Eso es todo.

—Gracias, Brianna. ¿Quién sigue? —continuó el señor Rivera.

—Soy hijo único. Sorprendente, ¿no?

—No hablo español, pero me gustaría aprender japonés. Quizás tome clases de japonés en la universidad.

—Me encanta hablar español, pero no me gusta que me pidan ayuda para hacer sus tareas de español.

—Mis papás son ciudadanos americanos.

Al escuchar ese último comentario se me cerró la garganta. El escenario empezó a desaparecer. Pero... *sé que puedo hacerlo.*

—Pues, yo nací acá, pero mis papás no—dije—. Son de Centroamérica. Mi papá es de Guatemala y mi mamá es de El Salvador. No son criminales ni violadores. Vinieron a los Estados Unidos en busca de mejores oportunidades. Ya saben, acceso a salud, educación, mejores trabajos. Y... —cerré los ojos y apreté con fuerza. Cuando volví a abrirlos, agregué—: ...hace cuatro meses deportaron a mi papá.

Vi al público, a las filas de adolescentes y maestros y maestras, lista para escuchar algún comentario ignorante. Grillos, nada más. Luego, juro que escuché un par de personas moquear. Quizás fue el maestro que estaba junto al pasillo.

Lo raro es que... me sentí... libre. Sí. Había expuesto mi verdad ante el mundo. Ya no estaba solo dentro de mí. Sí.

—Gracias—dijo el señor Rivera. Parecía tener los ojos... ¿llenos de lágrimas? *Un momento, ¿está llorando?*, pensé.

Luego él parpadeó con fuerza—. Segunda pregunta, ¿qué es algo que nunca más quisieran escuchar?

Génesis levantó la mano.

—Que debería volver de donde vine. Porque yo vine del vientre de mi madre y volver a su panza sería muy incómodo —dijo, lo que provocó que más gente aullara e hiciera ruido.

Después de una pausa incómoda, Brianna agregó:

—Ay, yo ya estoy harta de que la gente me pregunte si como burritos todos los días. ¡Soy dominicana! ¡Ni siquiera hacemos burritos!

Alguien más dijo:

—Que estoy aprovechándome del sistema y que mi familia y yo dependemos de los programas de asistencia social.

—Vete de vuelta a México.

—Vete de vuelta a Boston.

—Muchas gracias —dijo el señor Rivera al terminar.

Y así llegó el final de la presentación.

Guau.

Habíamos terminado… y nos había ido… ¿bien?

Un momento. Al señor Rivera se le olvidó hacer la tercera pregunta. Le iba a decir cuando un chico entre la multitud se puso de pie. Fue Steve. ¿En serio? Y entonces gritó: —¡Oye, Lili! ¿No le vas a pedir a algún chico blanco que suba al escenario? ¡Las vidas de las personas blancas también importan!

Nos vimos los unos a los otros muy sorprendidos y volteamos a ver al señor Rivera.

Steve insistió.

—O sea, te interesa eso de la equidad racial o lo que sea. ¿Entonces, por qué no podemos estar en el escenario con ustedes? Dijiste que ibas a permitirlo.

—Sí, ¿y por qué no invitaron a estudiantes asiáticos? —preguntó otro niño; volteé a verlo para ver quién era.

—¿O a nativos americanos? —aportó alguien más.

—¿O musulmanes?

El señor Rivera le dio unos toquecitos al micrófono.

—De acuerdo, calma, por favor. Calma.

—¡Tienes razón! —respondí. El señor Rivera se dio la vuelta, como sorprendido por lo que dije.

O sea, técnicamente Steve tiene razón. Todos tiene la razón y, si hubiera sido más paciente, se hubiera dado cuenta de que ese era nuestro siguiente punto.

—Empecemos contigo, Steve.

Para mi sorpresa, Steve se puso de pie, avanzó por el pasillo y se subió al escenario.

—¿Alguien más quiere subir? —pregunté y respiré profundo. El señor Rivera me llamó, pero lo ignoré. No pude evitar voltear a ver a Dustin, quien literalmente empezaba a encogerse en su asiento.

Varios chicos blancos terminaron uniéndosele a Steve en el escenario, unos diez.

—Entonces, las mismas preguntas para ustedes —informó el señor Rivera mientras se apretaba la corbata—. ¿Qué quieren que sepamos de ustedes en términos de raza y cultura?

Una chica dio un paso al frente antes de que Steve pudiera abrir la boca.

—Pues, supongo que quiero que sepan que los blancos no pueden ser agrupados en un gran grupo, de igual manera que pasa con la gente de color. No debe ocurrir.

Otra chica blanca agregó:

—Soy blanca… pero sé bailar.

Steve entonces dijo:

—Soy blanco y estoy orgulloso de serlo, y no creo que otros debieran sentirse avergonzados por ser blancos. Si no puedes controlar el color de tu piel, ¿entonces cuál es el gran escándalo?

Al señor Rivera casi se le salen los ojos.

—Tiene razón —coincidió Matt, de mi clase de Matemática—. O sea, no somos dueños de esclavos o lo que sea. ¿Por qué nos culpan por todas las cosas malas que pasaron en la historia, o lo que sea?

Algunos estudiantes en el público aplaudieron.

—Próxima pregunta —continuó el señor Rivera—. ¿Qué es algo que nunca más quisieran escuchar?

—¡Ay! ¡Yo sé! —dijo Steve; aparentemente ahora estamos en El Show de Steve—. Eres blanco. No puedes jugar básquetbol. Emm… sí, sí puedo. —Levantó los brazos como para lanzar un balón a una canasta. *Ay, por favor*, pensé y vi que Brianna hizo una mueca.

Sentí cierta tensión entre la multitud.

—¿Alguien más? —preguntó el señor Rivera.

Otra chica sobre el escenario levantó la mano.

—No todos somos millonarios.

Luego, otro chico agregó:

—Y algunos de nosotros queremos aprender, ya saben, de otras culturas, pero no siempre es fácil ir con alguien y decirle: "Oye, cuéntame de tu cultura". —Algunas personas se rieron, pero fue una risa como para mostrar su apoyo, como para demostrar que estaban de acuerdo con él. *Y sí, el chico tiene un punto a favor.*

El señor Rivera intervino:

—Okey, está bien. La pregunta final es: ¿cómo podemos ser aliados para ustedes y ayudarlos?

Un chico estaba listo para responder.

—Bueno, como dijo Steve, no es culpa nuestra que seamos blancos. ¿Por qué tenemos que dar un paso atrás y dejar que… los demás… reciban becas y viajes a universidades, cuando nuestros padres y familias también han trabajado muy duro para darnos acceso a educación? Eso no es justo.

La gente aplaudió. Vi a mi alrededor con inquietud. No era lo que me había imaginado.

El señor Rivera insistió.

—Sí, pero ¿cómo podemos ser aliados para ustedes y ayudarlos?

—Pues —dijo Steve—, también debería haber becas para estudiantes blancos.

Brianna y Rayshawn gritaron en simultáneo:

—¡Las hay!

Justo entonces alguien del público gritó:

—¡Las vidas blancas importan! ¡Las vidas blancas importan! —Y luego alguien agregó—¡Que construyan el muro! ¡Que construyan el muro! —Y otros más empezaron a cantar—: ¡Las vidas blancas importan! ¡Que construyan el muro!

Maestros y maestras empezaron a señalar a los estudiantes y a decirles que guardaran silencio. Al ver que no les hacían caso, los maestros empezaron a decirles que los iban a enviar a la dirección. Pero eso solo hizo que todos se pusieran más locos.

Entonces, alguien me tiró un lápiz y este pasó a muy cerca de mi ojo derecho. Estaba demasiado conmocionada como para moverme. Acto seguido, alguien me tiró un lapicero, pero cayó sobre el escenario. Alguien más tiró otro lápiz, un borrador y otros objetos que no pude distinguir porque empecé a alejarme del peligro. Me cubrí la cabeza y me agaché detrás del podio, y casi me topo con Rayshawn, que hizo lo mismo que yo. Algunos estudiantes se pusieron de pie y se aglomeraron en los pasillos. Los maestros y miembros de la administración de la escuela gritaron:

—¡Quédense sentados! ¡Ni un paso más, de lo contrario...! —Pero nadie les hizo caso. A continuación, empezaron a escupirnos. Los insultos volaron más rápido que los lápices y papeles arrugados que nos tiraron. ¡Alguien, incluso, aventó un libro al escenario!

Los estudiantes del programa METCO empezaron a responder. Volaron más libros de texto. Uno golpeó a Rayshawn en la cabeza. Perdió el control y se bajó del escenario. Me asomé desde atrás. Todos los estudiantes habían enloquecido. Había chicos gritando: "*Black lives matter!*" mientras otros les respondían con "¡Las vidas blancas también importan!". Hubo golpes, gente esquivando golpes, gritos, llanto. Dentro del auditorio todo era un caos. Los maestros empezaron a gritar y a amenazar a los estudiantes, pero nadie les hizo caso.

Parecía que al señor Rivera le iba a dar un aneurisma.

Fue ahí cuando sonó la voz del director en la bocina del altavoz, ordenándonos a todos que volviéramos a nuestras aulas. ¡De inmediato! Y de inmediato todos, estudiantes y catedráticos, dejaron de moverse y, como si hubieran sido entrenados para ello, todos, a regañadientes, empezaron a salir del auditorio. El director nos dijo que debíamos permanecer en nuestras aulas hasta que sonara la campana al final del día. Además, canceló los entrenamientos de los equipos escolares y las reuniones de los clubes. Ya sabía que un montón de estudiantes del área iban a decirle a sus padres que los estudiantes del programa METCO habían empezado todo el relajo, lo que era mentira. Aun así, si se supone que nuestra presentación iba a aminorar el racismo en Westburg, diría que fallamos rotundamente. O sea, fue un fracaso total.

32

Adormecida. Me sentía adormecida. El clima era horrible, todo nublado. Llovía a cántaros y así fue durante todo el día. De camino a casa, luego de dejar atrás los suburbios, trozos de concreto apelmazado y el tráfico de la ciudad empezaron a poblar mi paisaje. Esa es mi ciudad. Conforme nos acercamos a Forest Hills, vi otra porción de Boston aparecer a cuentagotas. *Incluso los bancos de nieve son diferentes aquí*, pensé. En Westburg son todos limpios y la gente los apila para formar unas lindas montañitas, mientras acá parecen masas deformes como concreto bajo la lluvia. Un anciano muy delgado se atravesó una intersección hasta llegar a un semáforo para pedir limosna. En un pedazo de cartón había escrito: "NO HE COMIDO EN DOS DÍAS. DIOS LOS BENDIGA". Una conductora afroamericana discutía con un ciclista blanco sobre quién iba en el carril equivocado. Al cabo de un rato, el ciclista le mostró el dedo de en medio a la conductora y se fue.

Me bajé en mi parada y en vez de caminar con calma a casa, me fui temblando al parque. Estaba vacío, excepto por un tipo solitario que estaba montando su patineta. Una bolsa vacía de Fritos pasó frente a mis pies. No quería ir a casa a pesar de que, incluso si había dejado de llover, el frío empezaba a enfriar mis huesos de esa manera en que luego te toma una eternidad calentarlos. Igual, me senté en una banca llena de grafiti y saqué mi cuaderno morado. Recordé entonces que papá me había comprado ese cuaderno en Walgreens. Ni siquiera lo había comprado en oferta.

¿Dónde está en este momento?, me pregunté. *¿Será que está pensando en mí, en mis hermanos o en mamá? ¿Qué pasa si...? ¿Qué pasa si no lo volvemos a ver?* Quizás él nunca más volvería a ver estas calles. Pensé en que, aparentemente, quiénes somos en teoría importa tanto como... No, ¿a quién estoy engañando? Quiénes somos en teoría o quienes somos según un pedazo de papel, importa más que quiénes somos en la vida real. Y, a pesar de que la presentación fue un GRAN desastre, habíamos logrado nuestro cometido. Lo habíamos logrado porque ahora sabemos que nuestras vidas valen. Y eso es lo fundamental, ¿no? Logramos algo. Lo intentamos.

De repente, empecé a llorar y a escribir en mi cuaderno. Mis padres siempre se esfuerzan y jamás se dan por vencidos, y yo seguía escribiendo incluso cuando un par de tipos con sus patinetas llegaron al parque. Empezaron a golpear sus tablas en las gradas de concreto mientras hacían trucos y piruetas. Sentía que cada vez hacía más frío. Me temblaban las manos y ya no podía escribir. Los tipos se quedaron un rato, pero eventualmente se fueron. La banca que estaba frente a mí estaba llena de pintas, pero por primera vez me tomé el tiempo de leer los mensajes. *Boston Strong* y *Más poesía, menos policía*. Ese último tenía un buen juego de palabras. Me gustó mucho. Era como poesía sobre la poesía misma. Papá se hubiera dado cuenta, él siempre se da cuenta de esas cosas. Muy dentro de mí, sabía qué me hubiera dicho sobre lo que pasó en la escuela y lo mal que reaccionaron los estudiantes. Me hubiera dicho algo tipo: "Intenta provocar un cambio. Esfuérzate más".

* * * *

Al llegar a casa no me pude concentrar en mi tarea, entonces empecé a darle los toques finales al salón de belleza de Sylvia, que momentáneamente había dejado de lado. Me obsesioné cortando pequeñas flores de papel para luego pegarlas en palillos de dientes. Las pondría dentro de unos floreros diminutos que había hecho usando tapas de botellas de champú. Quería terminar los floreros antes de que mamá volviera a casa con mis hermanos. Debí haber estado preparando la cena, pero no pude evitarlo. Tenía que terminar los floreros. Y, sí. ¡Los terminé! Entonces vibró mi teléfono. Había recibido un mensaje de Jade. Me preguntó si podía ir a su casa.

—Oye, chica, te quedó muy bien—dije, mirando a mi alrededor, dentro del cuarto de Jade.

Mi amiga finalmente había terminado el mural que había empezado semanas atrás. ¡Vaya si lo había terminado! Había pintado una escena bajo el agua, pero también era dentro de una ciudad. O sea, un grupo peces nadaba entre unos rascacielos y las algas marinas hacían espirales alrededor de las señales de tránsito. *¿Cómo es que se le ocurren este tipo de cosas?*, pensé.

—Gracias, Liliana.

—No, en serio. Te quedó…

Jade se sentó en su cama y abrazó una almohada; tenía una gran sonrisa en el rostro. Sí, mi amiga tiene mucho talento.

—Da igual. Pero dime, ¿cómo estás tú?

—Pues, bien. Pero, en serio, me impresiona lo que hiciste aquí. Eres muy talentosa, ¿lo sabías? Nada, en la escuela todo se fue a la mierda.

—¿Cómo así? ¿Qué pasó?

—Pues, ¿recuerdas que nos estábamos reuniendo en la biblioteca para realizar una asamblea? Pues la asamblea fue hoy y empezó bien, digamos, pero de la nada se volvió un desastre. Otros estudiantes empezaron a tirarnos libros y a decirnos cosas racistas tipo: "¡Que construyan el muro!" y así. Nos fue muy mal.

Jade quedó con la boca abierta.

—¿Es en serio?

—Es muy frustrante y creo que todos en la escuela nos metimos en problemas. Ojalá pudiera hacer algo más.

Jade no dijo nada. Tenía los ojos puestos en su mural y noté algo extraño en su mirada.

—Conozco esa mirada —dije—. ¿Qué estás pensando?

—Tranquila. Dame un minuto. Eso que dijiste. Liliana, tengo una idea.

—¿Ah, sí?

—Pues, deberías construir uno.

Pues, sí, me dije. *Jade perdió la cabeza.*

—Em, ¿será que puedes repetir eso una vez más?

—Escúchame…

La dejé hablar. Antes de lo que hubiera previsto, recibí una llamada de mamá, que me preguntó que dónde estaba, y si me había devorado algún monstruo. Le rogué que me dejara quedarme en la casa de Jade hasta las nueve de la noche y aceptó. Jade y yo pasamos las siguientes horas planificando. Supongo que cuando llegas al fondo del mar, lo único que puedes hacer es volver a la superficie.

33

La mañana siguiente, casi me deja el bus. Era día de sacar la basura y, como se me había olvidado sacar los botes, tuve que sacarlos muy aprisa en la mañana. Hacía tanto frío que, cuando los saqué, me dolieron los dedos de la mano. Había perdido mis guantes, seguramente los había dejado en el parque. Ush.

Cuando llegué a la escuela, me enteré de que el director nos había quitado el derecho de usar la máquina de yogurt congelado que está en la cafetería y, también, prohibió el uso de pases de acceso. Ah, además canceló el *rally* de invierno, pero luego se retractó. Aparentemente un padre había ido a quejarse con él y le dijo que era "inaceptable" que cancelara un evento escolar que promueve valores positivos. Después se volvió a retractar y dijo que realizaríamos el *rally* a principios de enero.

Los maestros estaban al límite y los estudiantes apenas se veían a los ojos. Y, además, el director anunció que cualquiera que se "portara mal" sería suspendido de inmediato. Ah, un administrador de la escuela entraba a los salones cada cinco segundos. Estaba lavándome las manos cuando el subdirector entró al baño y dijo: "Solo revisando que todo esté bien". ¿Revisando qué? Además, estaba en el baño de mujeres y él no es una chica. *Whatever*. Da igual. La verdad es que cada vez que me topaba con un chico blanco en el pasillo, yo redirigía la mirada. Además, empecé a evitar a Steve y Dustin como si fueran una hiedra venenosa. A la vez, estaba muy energizada y sentía una vibración dentro de mí. Todo había empezado desde que hablé con Jade anoche.

En el salón de estudios, le pregunté a la señorita Dávila si me podía dar un trozo de papel azul del tablero de los anuncios y que fuera tan largo como la longitud de la cafetería, o sea, el largo de ocho tableros de anuncios.

—¿Para qué lo quieres? —preguntó mientras abría una caja de pinturas de acrílico y empezaba a ordenarlas por color.

Le ofrecí una sonrisa muy angelical y dije:

—Creo que puede confiar en mí, ¿no?

Me miró con ojos de "no creo que una chica que hace miniaturas sea capaz de dar problemas" y asintió con la cabeza.

—Sí, está bien. A ver. Déjame ayudarte.

Al salir del salón, reparé en que había olvidado tomar algunos artículos clave para lo que quería hacer.

—Ah, ¿me puede dar también unos marcadores negros? Ah, ¿y un poco de hilo y cinta adhesiva? ¿Y crayones también? —A cambio, le di una sonrisa de cien watts—. ¡Muchas gracias!

Luego, envié un mensaje grupal a Génesis, Brianna y Holly, pidiéndoles que se reunieran conmigo después del tercer periodo, junto al tenis. La vibración dentro de mí aumentó cuando las vi.

—Chicas, escúchenme. Tengo una idea. Vamos a poner de cabeza el asunto ese del muro. O sea, hagamos un muro de verdad. El muro puede tener tres secciones, o sea, igual que las tres preguntas de la asamblea y, frente al muro, vamos a poner marcadores y otras cosas para que todos los que quieran participar puedan hacerlo, pero necesito de su ayuda.

Tomé aliento. Todas me miraban atentamente. Tenía que cumplir mi misión.

—Bueno, ¿y quién se apunta? —proseguí.

A Holly se le llenaron los ojos de lágrimas.

—¡Yo!

Volteé a ver a Génesis y luego a Brianna. Génesis dijo:

—*Man* y yo creí que hablaba rápido. Claro, chica, cuenta conmigo.

—¿Bri? —quise saber.

—Dame la cinta adhesiva.

Nos reunimos de nuevo a la hora del receso. Holly y Génesis sostuvieron el papel mientras Brianna y yo pegábamos las esquinas para asegurarlo a la pared. Creo que esa fue la primera vez que las tres hicieron algo juntas. Era absurdo, considerando que han estado en la misma escuela desde primer grado. Con los crayones dibujamos ladrillos en el papel para que pareciera un muro de verdad. A Holly se le ocurrió usar diferentes colores para los ladrillos. Al terminar, dimos un paso hacia atrás para ver el resultado. Bri había dibujado unas sombras para que el muro se viera más tridimensional y las demás hicimos lo mismo. Génesis dibujó sombras de varios colores y llevó nuestra obra a otro nivel. ¡Quedó muy *cool*! Luego dividí el muro en tres. Sobre cada parte escribí una de las siguientes preguntas:

> *¿Qué es algo que quieres que sepamos de ti?*
> *¿Qué es algo que nunca más quisieras escuchar?*
> *¿Qué podemos hacer aquí en Westburg para ayudarte?*

De repente, Bri nos dijo que faltaban cinco minutos para que sonara la campana. Rápidamente, atamos los marcadores, los pegamos a la pared y sonó la primera campana justo cuando terminamos. De inmediato, Holly tomó un marcador.

—Estamos listas, Holly. ¡Vámonos! —dije. No era parte del plan quedarnos ahí paradas mientras todos pasaban enfrente del muro de camino a sus clases.

—¡Oigan! —se detuvo Holly, en una actitud tan suya—. Creo que me gustaría escribir algo en el muro.

—Ah, claro—asentí y la dejé a solas; Génesis, Brianna y yo nos fuimos caminando por el pasillo.

Brianna se detuvo de repente.

—¡Esperen” —dijo—. ¡Yo también quiero escribir algo!

—De acuerdo. ¡Pero, apúrate!

Brianna hizo una pausa al ver la primera pregunta, pero luego tomó un marcador y empezó a escribir. Al terminar, se frotó los ojos.

—¿Qué pasa? —pregunté.

—Nada —respondió Brianna—. Vámonos.

Le eché un vistazo a lo que había escrito mi amiga.

Soy una chica y me gustan las chicas.

Volteé a ver a Holly y a Génesis, y luego vi a Brianna.

Génesis rompió el hielo diciendo:

—Ay, chica, dinos algo que no sepamos ya.

Y todas empezamos a reírnos, incluso Brianna.

Génesis sacó su teléfono y empezó a tomar fotografías, algunas muy de cerca, de lo que habían escrito en el muro y luego una foto panorámica de todo el muro. Veinte minutos después ya estaban en Instagram.

* * * *

Y, pues, tengo que admitirlo, estaba preocupada. *¿Qué pasa si nadie toma en serio nuestro muro?*, me preguntaba. *¿Y si la gente va a escribir un montón de comentarios crudos y racistas, y escriben con marcadores permanentes? ¿Y si nadie escribe nada?* Lo cual, para mí, era igual de malo. *¿Y qué pasa si el director se pone bien bravo por eso del muro?*

Estaba volviéndome loca, así que después de la clase de Geometría, tomé otro camino para ir a mi siguiente clase y pasé por el muro. Un grupo de chicas estaban frente a él y cada una tenía un marcador en mano. Un tipo muy alto estaba cerca de ellas, como haciendo fila para comprar entradas para ver una película o algo así. Me acerqué y mi corazón dio un saltito. ¡El muro estaba llenándose de mensajes! Empecé a leer los ladrillos y me preparé para lo peor. O sea, evidentemente habría comentarios desagradables, ¿no?

Dicho y hecho. Había uno que decía: *WTF. Soy víctima de racismo en reversa*. Y otro que decía: *Honestamente, yo no veo colores, entonces no entiendo por qué hacen tanto escándalo por las razas de las personas*. Eché un vistazo rápido en busca de más comentarios igual de molestos, pero esos eran los únicos.

Ya, más tranquila, aminoré el paso y leí con calma todos los mensajes.

¿Qué es algo que quieres que sepamos de ti?

Soy mitad colombiana, pero nadie lo sabe.

Solo porque soy blanco no significa que sea un supremacista blanco.

Me da vergüenza compartir.

Me gustaría que los chicos afroamericanos fueran... más amigables. A veces no sé qué decirles.

Mis papás me prohibieron salir con un chico afroamericano.

Mi papá es un alcohólico en recuperación.

Mi papá no es mi verdadero papá.

No sé qué puedo hacer para ayudar. ¿Qué puedo hacer? O sea, ¿qué puedo hacer solo yo?

Soy judía y a veces eso es difícil. En este pueblo hay como diez judíos, nada más.

Algunas personas incluso pegaron Post-its en el muro. Tal vez no querían que nadie viera qué estaban escribiendo. Igual qué bien por ellos.

Soy chino y me va mal en la clase de Matemática.

Soy gay.

Yo también soy gay.

Ojalá hubiera más musulmanes en esta escuela.

¿Qué es algo que nunca más quisieras escuchar?

Eres gay.

Te van a aceptar en Harvard solo porque tu papá da clases ahí.

De seguro tienes mucho dinero.

¿De dónde eres?

Si una chica tiene sexo es una puta. ¡¡No soy una puta!!

Perra.

Perdedor.

¿Y tú qué eres?

¿De dónde eres, de verdad?

De seguro sacaste una nota perfecta en tu SAT. La verdad es que me dio un ataque de ansiedad la noche anterior a la prueba y ni siquiera fui a hacerla

Spic.

Chico blanco.

¿Me puedes prestar un poco de dinero?

Y, finalmente:

¿Qué podemos hacer aquí en Westburg para ayudarte?

Deberíamos conversar sobre raza, como en la clase. No solo en asambleas y de la nada

Contraten más maestros de color.

Tal vez debería haber un día de conferencias por el día de la diversidad, organizado por los estudiantes y que vengan varios conferencistas. En mi antigua escuela teníamos un día así y era muy cool.

Excursiones a Boston.

Que el programa METCO crezca

Ofrezcan un programa de trabajo y estudio para los estudiantes que lo necesiten.

En definitiva, traigan más conferencistas (¡como Beyoncé!).

De acuerdo, algunas de esas ideas no eran muy realistas que digamos, pero igual.

* * * *

Eventualmente, el señor Rivera se enteró de quiénes habíamos puesto el muro (de seguro, la señorita Dávila le contó). Nos felicitó y nos dijo que iba a ir a hablarle al director para que supiera lo que habíamos hechos, pero le pedimos que no lo hiciera. Queríamos que todo fuera anónimo. Durante el resto del día, otros niños y niñas siguieron agregando cosas. Advertí que algunos maestros también escribieron en el muro, porque dudo mucho que algún adolescente haya escrito algo tipo, *Buscar oportunidades de desarrollo profesional para aumentar la competencia cultural.* Pero fue algo muy *cool* saber que todo mundo estaba participando. A ver, no digo que después todo fluyó sin problemas y que Westburg se convirtió en un modelo nacional para la diversidad o algo por el estilo, pero… sí hubo avances.

Luego, en la clase de escritura creativa, la señora Grew escribió en el pizarrón, con un marcador azul, el siguiente mensaje: "*Escribe sobre un vecino que tuviste cuando eras niño o niña*". No me pude contener. Iba a escribir sobre personas que había conocido en mi vecindario y me iba a atrever a compartirlo con los demás. En serio. Pensé en escribir sobre Jorge, el tipo que tiene unos cuarenta años y vive con su mamá en el B-3 de mi edificio de apartamentos. Pensé en escribir sobre la señora Luz, que cada septiembre le da útiles escolares a todos los niños de la cuadra. Marcadores y todo lo que se te ocurra. Y marcadores Crayola, no de los baratos que venden en la tienda de todo por un dólar. Esos dejan de pintar bien después de usarlos un par de veces. *Anyway.* También se me ocurrió escribir sobre mi dentista, que está en Centre Street y las historias que me cuenta de cuando trabajaba en la República Dominicana: cuando tuvo que arrancarle un diente flojo a un bebé que había nacido con todos sus dientes o la vez que un reconocido general del ejército llegó a verlo porque tenía un diente podrido que le palpitaba y le olía muy mal, y el dentista tuvo que quitárselo sin anestesia. Me emocionó pensar en todas las posibilidades.

Escribí, escribí y escribí. Cuando la señora Grew pidió voluntarios, levanté la mano muy en alto. Además, fui la primera en levantar la mano. ¡Puntos por participar! Hasta Rayshawn volteó a verme como extrañado. Y ¡llamen a la prensa! La señora Grew llamó mi nombre. Me puse de pie para leer. Leí lo que había escrito de mi barrio en Boston y no, no todos son adictos a las drogas o están en alguna mara. De hecho, la mayoría no están en maras. Solo una de mis vecinas es adicta a las drogas y es una mujer muy graciosa. O sea, a veces la molestamos porque se pone botas durante el verano y sandalias en el invierno. Después de compartir lo que había escrito, mis compañeros de clase aplaudieron y la señora Grew apuntó algo en su portapapeles.

Después de clases, saqué el segundo borrador del ensayo que había escrito sobre el viaje con mi familia y se lo entregué a la señora Grew. Lo había tenido en mi mochila ya un tiempo, pero seguía atrasando la entrega porque tenía miedo de que me dijera que ya era muy tarde para cambiar la nota. Pero ese día, en ese momento, no me importaba nada. De repente, se iluminó el rostro de la señora Grew: estaba un tercio sorprendida, un tercio contenta y un tercio curiosa. Paula llegó a hablarme y me dijo que le había gustado mucho lo que había leído. Después, Jeremy D. me dio un toquecito en la espalda como para felicitarme. Fue más un golpecito de lo fuerte que me dio, pero decidí permitírselo. De camino a casa me sentía tan emocionada y orgullosa que le tomé una foto a lo que había escrito y la publiqué en Instagram. Y, lo juro, para cuando llegué a Jamaica Plain tenía setenta y tres notificaciones en la aplicación y, es más, compartieron mi foto doce veces. Lo primero que pensé fue: *Mi papá estaría orgulloso*. Lo segundo que pensé fue, *¡Rayshawn le dio like a mi foto!* Bueno, para ser sincera, tal vez mis primeros dos pensamientos ocurrieron en otro orden. TAL VEZ. Aun así, no pude evitar darle *refresh* a la página. Lo hice tantas veces que, *BOOM*, se le acabó la batería a mi teléfono. Y sí, sabes muy bien que lo que más quería hacer era llegar a casa y poner a cargar mi teléfono y volver a revisar mi Instagram.

34

Cuando subía las escaleras de mi edificio, vi que el apartamento arriba del nuestro tenía luces de Navidad neón que parpadeaban, seguramente alguien las acababa de poner. También vi que alguien había regresado los botes de basura a su lugar junto al patio lateral del edificio. *De ninguna manera mis hermanos hicieron eso*, pensé. Las tareas del hogar que hacen ellos son guardar su ropa limpia y quitarles las sábanas a sus camas.

Podría jurar que escuché a mamá haciendo ruido dentro del apartamento. *Ya va. ¿Se está riendo? Ha de estar hablando por teléfono.* No la había escuchado reírse en mucho tiempo. De hecho, no desde que… ¡mi papá!

Subí las gradas de dos en dos y abrí la puerta de golpe. De inmediato, mamá pegó un brinco para levantarse del sillón. Tenía el rostro embarrado de maquillaje, parecía un mapache. Luego escuché la voz de mis hermanos, riéndose y hablando entre sí en otra habitación. *¿Qué está pasando?*

—Liliana—dijo mamá.

Entonces, escuché que alguien más dijo mi nombre, una segunda voz.

—Liliana.

¿Papá?

¡Papá!

¡Es mi papá!

Me di la vuelta ¡y ahí estaba papá, pasando a un lado de la sábana que separa nuestra sala del cuarto de mis hermanos! Casi me desmayo y no es mentira. Sé que la gente dice eso todo el tiempo, eso de "casi me desmayo", pero en ese momento juro que estuve a punto de desmayarme. Sentí que dentro mi cuerpo no tenía sangre, sino puro aire.

Mis hermanos salieron corriendo detrás de él. Y él, papá, MI PAPÁ, estaba a mi lado y me tomó en sus brazos.

—¡Liliana, mija! —dijo con esa voz que había escuchado dentro de mi cabeza por los últimos cuatro meses. Y no lo solté hasta asegurarme de que era real, que él era real y estaba ahí y que no estaba soñando. Pero… *¿cómo? ¿Cómo es que está aquí?*

Finalmente, di un paso atrás para verlo. Estaba más delgado. Más bronceado también y, de alguna manera, sus ojos parecían los de alguien mayor a él. Llevaba el cabello corto, pero no tenía un estilo en particular y eso, sumado a sus cachetes hundidos, lo hacía lucir triste, muy triste, pero… *es papá*, pensé. *¡Mi papá!*

—Estás…—empezó a decir y atrapó el llanto en su garganta—. Estás bien grandota, mija. Sos toda una señorita.

—Puaj—soltó Benjamín y todos nos reímos.

Me di la vuelta y le dije a mamá:

—¿Por qué no me avisaste? ¡Papá! ¿Cuándo llegaste?

—Mija, pero si te llamé. Te llamé tan pronto llegó tu papá a la casa. Eso fue…—dijo y miró su reloj—, hace cuarenta y cinco minutos.

—¿Qué? —me extrañé y revisé mi teléfono, pero seguía muerto. Claro—. Pero, ay, Dios. ¡Papá! ¿Cómo es que estás aquí? O sea, ¿cómo llegaste? ¿La tía Laura y el tío R te dieron dinero? Pues, obvio que sí, supongo. Así viniste. Oye, ¿tenés hambre? Benjamín y Christopher ahora son unos excelentes cocineros. ¡Yo también! Bueno, más o menos. Pero, ¿cómo te sientes? ¿Estás cansado? ¿Qué paso?

No pude cerrar la boca. No dejé que respondiera una sola pregunta. Tenía la necesidad de decir todo lo que tenía que decir, por si papá volvía a desaparecer en los próximos tres segundos.

—Oye, Liliana, *chillax* —dijo Benjamín.

—Okey, sí. Perdón, ¡estoy muy emocionada! Pero, sí, papá, contános todo.

Papá se sentó en el sillón y todos nos pegamos a él. Mamá tenía una mano sobre su hombro. Christopher le agarró un brazo y yo, el otro. No pude dejar de acariciar su mano, como si fuera un gatito. Benjamín se sentó en la alfombra, mirando hacia arriba como si papá fuera alguien famoso.

—Andá, contános. Todo. Que no se te olvide nada —dije casi como una súplica.

Papá sonrió. Sus dientes blancos contrastaron con su piel morena.

—Primero, mija, contáme todo vos. ¿Qué tal te va en la nueva escuela?

—Sí, te voy a contar todo, pero vos primero. ¡Dale!

Benjamín me dio un pellizco.

—Oye, Liliana. Eres muy mandona. Acaba de volver a casa. Deja que se relaje.

Me aguanté las ganas de decirle que se callara.

—Ya hablás como todo un adulto, mijo—se enorgulleció papá y Benjamín se dio un toquecito en la espalda. Es un bobo, mi hermano.

—Papá, ¿por favor? —le rogué—. Danos, al menos, la versión resumida. Ay. ¿Querés tomar café? Te puedo preparar una taza de café. Ah y los gemelos. Tenés que ver lo que pueden preparar. Pero ¿querés una taza de café? Después, nos podés contar tu historia.

Papá empezó a reír.

—Mija, parece que tomaste mucho café hoy. Yo estoy bien.

—¡Papááááá! Danos al menos la versión corta, ¿sí?

—Vaya, vaya —dijo, viendo a mamá. Ella asintió con la cabeza muy suavemente.

Entonces empezó a contarnos que nos había extrañado mucho y que pensó en todos en cada momento.

—Créanme. Por ustedes es que estoy acá. Por ustedes y gracias a Dios. —Papá nos miró a todos y cada uno de nosotros, y tenía los ojos llenos de lágrimas—.

Cruzar la frontera ahora es muy peligroso, mis hijos. Más que nunca. Tienen que creerme. Yo intenté cruzar cuatro veces.

—El desierto—agregó, a pesar de que nadie había dicho nada del desierto—. El desierto es muy seco, mis hijos. Te hace recordar que solo somos unos cuerpos, hechos de carne y hueso, y que necesitamos agua, cualquier tipo de líquidos para poder vivir. —Miró a lo lejos, como poniéndole atención a una imagen que el resto no podía ver y que tampoco querríamos ver. Carraspeó y dijo—: ¿En serio quieren escucharlo todo?

—¡Sí!

Mamá se persignó.

Papá continuó:

—Al final tuve suerte. Una vez, hace unas semanas, casi me ve la policía cerca de la frontera, pero había muchas de esas plantas rodadoras en el área y me escondí detrás de una que era tan grande como un carro. Me aferré a ella tan fuerte como pude. Si la soltaba, seguro me habrían visto.

—¿Una planta rodadora? ¿Te salvó una planta rodadora? ¡Qué LOCURA!

Papá asintió.

—¡Era tan grande como un carro! —Por supuesto, yo quería saber más detalles.

—¿Y luego qué pasó? ¿Cómo llegaste a Boston? ¿Y dónde dormías mientras esperabas cruzar la frontera? ¿Cómo fue que…?

—¡Liliana! —gritaron mis hermanos al mismo tiempo.

Pero papá se rio y nada más.

—Hay cosas que nunca cambian—dijo y se puso bien serio—. Pues…—agregó y vació sus pulmones—. Ya estoy acá.

Eso es lo importante. Sylvia, ¿me puedes dar un vaso con agua?—. Fue como si solo el hecho de pensar en cruzar el desierto le hubiera dado sed.

—¡Claro!—respondió mamá, que parecía tener más energía en ese momento que toda la que había tenido durante los últimos meses.

—¿Y de verdad te tocó trepar un muro cuando llegaste a la frontera? —quiso saber Christopher.

Papá se frotó las manos.

—Yo era parte de un grupo de personas que iba a cruzar la frontera. Nuestro coyote lo organizó todo. Primero, mi grupo se reunió en Tijuana, donde rentamos un cuartito y ahí nos quedamos una noche. Al día siguiente, cerca del amanecer, empezamos a caminar. Y caminamos por horas. Entonces...—dijo, pero se le cerró la garganta.

Mamá volvió con un vaso con agua. Lo vimos tomar de su vaso como si fuéramos padres que ven su bebé dar los primeros pasos. Todos estábamos muy cerca de él y la sala cada vez se ponía más y más oscura. Durante el invierno, anochece más temprano.

—De repente, nos topamos con un niño chiquito—señaló—. Me enteré de que tenía cinco años. Lo encontramos solo en el desierto. Se había parado en un cactus y nadie en su grupo lo esperó o lo ayudó. Quién sabe cuánto tiempo estuvo ahí quitándose las espinas. No podía caminar y apenas lograba hablar. Estaba alteradísimo. No tuve otra opción. Lo ayudé a levantarse y me lo llevé cargado.

—¿En serio? —preguntó Christopher mientras se subía a las piernas de papá.

—En serio, mijo. El coyote me dijo que lo dejara ahí, que yo era un tonto y que si nos agarraban no me iba a reembolsar el dinero que le había pagado. Pero tenía que llevar a este niño. Y lo haría otra vez.

—¡Ay, Fernando!—dijo mamá y empezó a limpiarse los ojos con un pedazo de papel.

No podía creer lo que estaba escuchando. De repente, sentí un calambre en la pierna. Me levanté para estirarme, me volví a sentar junto a papá y le tomé la mano.

—¿Y después qué pasó?

—Después nos recogió un tipo en un carro. Fuimos hasta un punto de reunión donde había más gente esperando cruzar la frontera, unas quince personas en total. De ahí, otro hombre nos llevó en su carro hasta llegar a un parqueo vacío.

Christopher puso cara de sorpresa.

—No te preocupes, mijo—lo tranquilizó papá—. Estoy bien. Acá estoy. Ya vine. —Benjamín presionó su cara contra la pierna de mamá y papá le acarició la cabeza.

—Esperamos en el parqueo hasta que llegó un tráiler que llevaba bananos. El coyote nos hizo subir al tráiler. Dijo: "Adentro hace frío. Van a ir en el congelador, pero hay un área para que se pongan cómodos. También hay tres galones de agua. El viaje dura unas tres o cuatro horas. No pueden hablar y no pueden hacer ruido. No pueden hacer nada que los meta en problemas". Entonces se fue.

—¡Ay, Dios mío!—comenté, y me cubrí la boca.

—Había una mujer muy joven con nosotros—siguió papá y volteó a verme—. Estaba embarazada. También iba con nosotros un padre muy joven con su nene. Todos volteamos a vernos. Y, pues, bueno, nos metimos en ese lugar tan chiquitito y apretado, ¡y adentro hacía un frío! Deseé tener un abrigo para dárselo a esa mujer o al niño que iba conmigo. Esas tres horas se convirtieron en cuatro horas, en cinco, siete horas.

—¡Dios guarde!—dijo mamá y cargó a Benjamín para que se sentara junto a ella.

—Y el niñito, ¿dónde estaba? —preguntó Benjamín.

—Lo senté junto a mí. Me contó que el día siguiente era su cumpleaños. A cada rato me decía: "Mañana cumplo seis. Mañana cumplo seis". Pero no teníamos forma de saber qué horas eran. Entonces, a la medianoche, o cuando consideré que ya era medianoche, le di un abrazo y le dije: "Feliz cumpleaños, feliz cumpleaños, ya tienes seis años". Quería asegurarme de que alguien lo felicitara.

Christopher se acercó aún más a papá, lo cual yo no creía que fuera posible.

—¿Qué le pasó a ese niño? ¿Dónde está ahora? ¿Qué se hizo el niño?

—Cuando finalmente nos dejaron salir del tráiler, ya estábamos del otro lado, en los Estados Unidos. Gracias a Dios. Otro coyote nos estaba esperando y nos dividieron en grupos, dependiendo de a qué ciudad iba cada uno. Un rato unos. Luego, otros, para que no fuera evidente que íbamos juntos, ¿sí? Estábamos todos tan cansados. La mujer embarazada tomó de la mano al niño y me dijo que se haría cargo de él, que a todos les diría que era hijo suyo.

Christopher parecía muy impresionado por lo que le dijo papá.

—O sea, ¿que se lo entregaste a ella y ya?

—Era todo lo que podía hacer, mijo. —La voz de papá se extinguió y su mentón dio un brinquito. Pero tenía razón. ¿Qué podía hacer él? ¿Traer el niño a casa? Se vería incluso más sospechoso.

—¿Y entonces? —pregunté.

—Ya de este lado de la frontera, tomé un bus de camino a Houston. Al llegar, llamé a un amigo que conocí cuando yo manejaba maquinaria pesada. Él iba de camino a Nueva York, pero me trajo hasta acá, a Boston. —Papá apretó los ojos—. Se desvió ocho horas para traerme hasta acá.

—¿Por qué? —quise saber. Evidentemente, no aguantaba las ganas de conocer todos los detalles.

—Porque es un buen tipo—respondió papá.

De repente, Benjamín se puso muy serio, parecía incluso estar molesto.

—Te pueden volver a deportar, ¿no?—. Apreté todos los músculos de mi cuerpo. Yo también tenía la misma duda.

Mamá suspiró, pero él ni siquiera se inmutó.

—Así es, mijo—afirmó y acarició el rostro de mi hermano—. No te voy a mentir. Sigo estando indocumentado. Eso significa que no tengo los papeles necesarios para permanecer en este país.

Mis hermanos asintieron con la cabeza.

Papá levantó el mentón de manera desafiante.

—Voy a hacer todo lo posible para arreglar mis papeles y así ya no tener miedo de nada.

—¿Y qué pasa con ICE? —preguntó Benjamín.

Me quedé boquiabierta. Ni siquiera sabía que él sabía esa palabra.

—Eso es suficiente por hoy—interrumpió mamá repentinamente. Soltó la mano de papá y encendió otra lámpara, pero él se quedó sentado en donde estaba. Luego, puso la cara entre las manos y empezaron a temblarle los hombros.

Benjamín tomó a papá del brazo.

—¡Papá, papá! ¿Estás bien?

Unos momentos después, papá se irguió de nuevo y se secó las lágrimas.

—Sí—dijo muy suavemente—. Solo… me alegra estar de vuelta.

—Vamos a pedir una pizza —dijo mamá, mientras se alisaba la blusa—. Liliana, andá a buscar unos cupones en el refrigerador.

—Okey. Solo, un minuto más, ¿sí? —le rogué con la mirada.

—No, Liliana. Ya estuvo bueno. Tu papá está cansado.

Papá se puso de pie.

—Me parece una buena idea pedir pizza. Y tu mamá tiene razón, mija. ¡Quiero saber de ti y tu vida!

—De acuerdo, papá. ¿Querés saber de mí? Quiero que vayamos a Castle Island. ¡Podemos ir mañana! —dije.

—Un momento ahí —intervino mamá—. ¡Estamos en invierno!

Encendí la última lámpara por encender en la sala y vi a mis hermanos muy emocionados.

—Y... quiero que miremos un *show* de la WWE, ¡tipo *WWE SmackDown* o *Chaotic Wrestling*!

Nunca imaginé ver a Christopher y Benjamín tan quietos. En serio que parecían maniquíes.

—¿De verdad, Liliana? —dijo papá—. Las entradas son bien caras.

—¡No, en transmisión en vivo! Podemos pagar el *streaming*. Es más práctico.

—Pues supongo que algunas cosas sí que cambiaron desde que me fui—advirtió papá y de nuevo me tomó en sus brazos.

Mi papá estaba de vuelta. Mamá, con sus ojos de mapache y todo lo demás, parecía finalmente estar en paz. O sea, podía desordenar las especias y mamá no diría ni pío. Y eso me hizo pensar en algo más. Fui muy aprisa a mi cuarto y regresé a la sala con un edificio de cartón.

—¡Ay, Liliana!—dijo papá—. ¡Qué chulo!

—Gracias—respondí sonriendo—. Pero no es para ti.

—Oh...

Y todos nos reímos.

—Es para ti, mamá. —Y en sus manos le entregué el salón de belleza Sylvia. Mamá miró con atención las letras en cursiva color rosa, las imágenes de los rulos para cabello, los secadores de pelo que estaban en las pequeñas ventanas del salón y el papel aluminio que Christopher me sugirió usar para hacer una pequeña antena de televisión en el techo del local. Vi que se le arrugó el rostro. Entonces se paró muy recta y me abrazó con fuerza. Sentí que su mentón temblaba contra mi cuello. Luego me apretó aún con más fuerza.

A la mañana siguiente seguía muy emocionada por tener a papá en casa. A cada rato tenía que recordarme que no era un sueño, que sí estaba ahí. Me había ido a dormir muy tarde, por la emoción y llegué a la escuela muy contenta. ¡¡¡Mi papá está de regreso!!! Fui a buscar el libro de Matemática en mi casillero y, al cerrarlo, vi a Dustin frente a mí. Literalmente, brinqué del susto.

—Ay, Dios, ¡me asustaste!

—Perdón—dijo e inmediatamente dirigió la mirada a sus zapatos Converse.

Dustin. Qué cobarde. Respiré profundo e hice un gran esfuerzo por mantener la calma.

—¿Por asustarme? —pregunté. Sentí su olor, el olor a su champú y protector labial, y vaya que no estaba lista para que esa experiencia sensorial me sacudiera el cajón de los recuerdos.

Me sorprendió lo que respondió.

—Por todo, Lili.

Se quedó ahí un buen rato. Finalmente, levantó la mirada y me miró a los ojos. Parecía como si quisiera decir algo. Dejé que hablara.

—Lo acusé—señaló Dustin.

Parpadeé una, dos veces, mientras intentaba procesar lo que acababa de decirme. No podía dar crédito a lo que estaba escuchando.

—¿A Steve? —me sorprendí.

—Sí, a Steve. Por haber hecho los memes.

—¿Es en serio?

—Mira, tienes que creerme. No fui yo quien le contó a Steve lo de… tu papá. De verdad, no fui yo. Nunca le conté a nadie. Absolutamente a…

Lo interrumpí diciendo:

—Te creo. —Y dije la verdad.

—¿Me crees?

—Sí.

Dustin dejó escapar un suspiro.

—No creo que él haya hecho *todos* los memes racistas del mundo, pero sí hizo algunos—dijo, mirando su pies. Luego me miró a los ojos—. Su familia es un desastre. A su papá no le dieron no sé qué ascenso en el trabajo y le dijo a Steve que fue porque era un hombre blanco, y otras cosas así.

Hice una mueca.

—Ya sé. Ya sé. No hay excusas. Pero, sí. Lo acusé. Supongo que lo suspendieron.

—Guau…

—Sí. Sus papás están súper enojados. Aparentemente, su papá se puso como loco. Dijo que algo así iba a afectar sus oportunidades de entrar a Harvard. O sea, y con eso se queda corto, pero da igual. Ahora Steve me odia.

—Me imagino.

Ambos nos quedamos ahí callados.

—Supongo que te veo—dijo Dustin.

—Sí, te veo.

—¿Sí? —Había esperanza en su voz y podría jurar que se acercó un poquito a mí.

—Sí.

No me pude resistir pasar a revisar el muro antes de ir a clases. Cuando doblé una esquina, lo que vi provocó que parara en seco. ¡Un par de los administradores de la escuela estaba quitando el muro! ¡Y los estaba ayudando el señor Rivera! Sentí el calor de unas lágrimas gordas en los ojos. *Pero ¿por qué lo quitan?*

—Perdón, emm, ¿qué están haciendo? —pregunté e intenté sonar firme, demostraba con mi voz la inocencia de un estudiante.

—Ay, hola, Lili. Me alegra verte…—dijo el señor Rivera.

Pero lo interrumpí.

—¿Van a tirar el muro que hicimos? ¿Van a tirarlo, señor Rivera? Es un gran error. Sabe que muchos estudiantes… —y, entonces, me di cuenta de que él estaba al lado de una chica que no había visto antes. ¿Era latina?

—Por eso te quería hablar. ¡Tengo maravillosas noticias! Una reportera de un periódico local quiere hacer un reportaje de... tu muro. Quiere venir con un fotógrafo, así que llevaremos el muro a la oficina principal por un par de horas. Allá hay mejor luz.

Pestañeé.

—¿En serio?

—Sí. Y después seguramente vamos a poner una parte del muro detrás de una ventana de plexiglás. Este muro ya es parte de la historia de esta escuela. —Sonrió—. ¡Felicidades, Liliana!

No sabía qué decir.

No me aguantaba las ganas de contarle a papá lo que había pasado.

Ahora podía hacerlo.

Ir a casa.

Hoy mismo.

Y contarle.

—¿Liliana? ¿Estás bien?

Sin importarme si era o no apropiado, fui muy aprisa a abrazar al señor Rivera. Cuando estaba fuera, pero muy a punto de irme, el señor Rivera dijo:

—Ah y una cosa más, Liliana. Conoce a Yasmina. Ella es nuestra más reciente estudiante del programa METCO.

Yasmina tenía el cabello corto y colocho. Sus ojos eran... ¿verdes? Abría y cerraba los ojos muy rápidamente, y llevaba unos lentes de montura oscura. Además, vestía una chaqueta muy linda de cuero sintético, aunque los zapatos de tacón que dejaban ver sus dedos eran demasiado para mi gusto. ¿Por qué se viste como si fuera al set de una comedia romántica ambientada en una secundaria? *¡Oye, oye! Un momento, Liliana*, me dije. *No seas tan juzgona*. ¡Ja! Entonces recordé cómo se comportó la chica de los Doritos durante mi primer día, mientras estábamos en el graderío. Recordé a Holly quitándose aquel chicle del zapato.

—Me llamo Liliana—dije y con una gran sonrisa en el rostro le di la mano.

35

El primer sábado después de Navidad, Jade tocó tres veces mi ventana y gritó con fuerza:

—¡Oye, Liliana!

—¡Un momento! —le respondí. Había nevado la noche anterior y había mucho viento. Necesitaba ponerme un abrigo, llevar mi botella de agua, y sí, le había puesto la cobertura de Guatemala que la tía Laura y tío R. me habían dado. Sobre todo, *necesitaba* llevar mi cuaderno. Lo NECESITABA. Sí, el morado en el que había escrito la historia que quería presentar en el taller de escritura creativa, pero no lo encontraba. Ya eran las nueve menos diez y el taller empezaba a las nueve. Usualmente, me toma quince minutos llegar ahí caminando, menos si voy corriendo. Pero igual. La señorita Amber nos había dicho que, si llegábamos tarde, no nos iba a dejar entrar.

—¡Un momento, J! —dije mientras abría y cerraba gavetas.

Un minuto después, Jade estaba en mi cuarto y llevaba unos nuevos tenis morados.

—¡Chica, ayúdame!—chillé—. No puedo encontrar mi cuaderno.

—Ya sabes qué horas son, ¿no? No pienso ir hasta allá para que la señorita Amber me cierre la puerta en la cara. O sea, ¿para qué me desperté tan temprano?—. Había convencido a Jade de que tomara la clase de escritura conmigo a cambio de acompañarla a algunos talleres de arte en el Urban Project.

¿Dónde está ese fregado cuaderno?, me pregunté. Metí la mano entre mi cama y la pared, y ¡*boom*! Ahí estaba.

—Vámonos—indiqué, agarré mi chaqueta y fuimos aprisa a la puerta.

Cuando íbamos por la cocina, sentí un olor a menta. Paré en seco y vi que mamá estaba frente a la estufa, batiendo algo dentro de una olla.

—Mamá, ¿estás preparando *pho*?

Dejó de batir y sonrió como loca, pero una loca muy feliz. ¡Sí! ¡Mamá estaba preparando *pho*! ¡Mamá estaba preparando *pho*!

—Mamá…—dije y, no pude evitarlo, se me llenaron los ojos de lágrimas.

—Dame un beso de despedida—me pidió.

—Vamos de camino al centro de escritura. ¡Ya me tengo que ir!

—Un beso—repitió.

Un beso. Y entonces:

—¡Adiós!

Luego me topé con papá en el vestíbulo; él iba con un periódico en la mano.

—¡Ay, Dios! ¡Ay, Dios!—suspiró—. ¿Y a dónde van ustedes tan aprisa?

—¡Al centro de escritura! ¡Mamá sabe dónde queda! —anuncié y le di un abrazo.

—¡Apúrate, chica! —me apuró Jade desde la puerta del apartamento.

—¡Adiós!

—Tené cuidado, hija. —Había tanto sentimiento en su voz.

—Siempre.

Luego, papá insistió.

—¿Liliana? —dijo.

—¿Sí?

—Tal vez el próximo fin de semana podemos ir a algún lado. Aquí dice —señaló, mientras agitaba el periódico en el aire— que la otra semana hay entrada libre al Museo de Ciencia.

—Es una buena idea, papá—respondí. De veritas que era una buena idea. De veritas, de veritas.

Mientras Jade y yo íbamos bajando las gradas, sentí olor a hierba rancia, pero también sentí el olor de la comida tan rica que prepara doña Rosario (mmm… ¿sancocho?) y prácticamente me fui flotando hasta llegar a su puerta. Pero alguien cerró la puerta en mi cara y podría jurar que, si hubiera sido una puerta de vidrio, se hubiera roto, pero nadie tiene puertas de vidrio en mi edificio de apartamentos; el casero es muy tacaño. Pero no te confundas. No me iría a vivir a otro lado. Al menos, no en este momento. Hay tanto que ocurre en todo momento. Nunca me quedo sin cosas que escribir o construir. Estoy al tanto.

Corrimos. Ya íbamos exactamente un minuto tarde a la clase. Jade iba detrás de mí, riéndose y gritándome. Aquel tipo hispano—corrección, es dominicano; no nació en España—, el de bigote, y que se mantiene frente a la Licorería de Don Lorenzo empezó a chiflarnos. Sé que debí haberme visto bien loca, yendo por ahí toda sonrojada, con la chaqueta abierta a quince grados. Lo que pasa es que ahora, más que nunca, la escritura es como un oxígeno para mí. Ja. Te la creíste. Nunca escribiría algo así; eso es un gran cliché. En 826 estaba aprendiendo sobre ese tipo de cosas: los clichés, tropos, distancia narrativa y agregarle SAPs (sentimientos, acciones y pensamientos) a los diálogos. Cosas así.

Cruzamos la calle sin siquiera esperar a que nos diera vía el semáforo y llegamos hasta la puerta del edificio. Tocamos el timbre y Vicky (que tiene quince, pero actúa como si tuviera veintiún años) abrió la puerta y empezó a mover un dedo como de forma santurrona (otra palabra que aprendí en la clase de vocabulario) diciendo:

—Mal portadas, mal portadas. Vinieron tarde.

Da igual. Pasamos a un lado de ella.

Dentro del edificio, nos saludaron algunas fotos de rostros de niños. Había tantas historias ahí. Tantas historias dentro de nosotros. Tantas historias dentro de ese lugar, donde tallereábamos nuestras historias y habíamos inaugurado sesiones de micrófonos abiertos, donde estampas y volates de colores neón cubren el podio: SOMOS UNA NACIÓN DE INMIGRANTES. NO A LAS DEPORTACIONES. NO AL MURO.

Me hizo ruido la panza. No había desayunado. Alguien había puesto *bagels* y queso crema y empanadas en platos de papel al fondo del salón. Los *bagels* habían sido apilados hasta formar una torre bien alta y ya casi no había empanadas. Alguien debería preparar más empanadas para la próxima clase. Un momento. *Tal vez yo debería prepararlas*, pensé. Podría pedirles ayuda a mis hermanos. Papá probará la primera y dirá algo tipo: "¿En serio vos hiciste esto, Liliana?" y no va a sonar como una duda, sino como una sorpresa.

AGRADECIMIENTOS

El día en que se vendió mi libro, mi papá me envió un emoji de una sandía y un mensaje que decía: “Estas son buenas noticias, el fruto de tu esfuerzo ha llegado”, pero la verdad es que nada bueno en mi vida sería posible sin la ayuda de mis padres, sin su trabajo duro. Mi madre y mi padre, Dora y Luis De Leon —¡que celebraron cincuenta años de estar en Estados Unidos en el 2021— me han motivado a esforzarme todos los días de mi vida. Mamá, tú me has brindado apoyo desde el primer día y papá, muy a tu manera, tan callado y reservado, también tienes el primer lugar en mi corazón. A mis hermanas, Karen y Caroline De Leon, gracias por todo. Las amo.

No hubiera terminado este libro sin el ánimo, apoyo y retroalimentación de tantas personas. Son demasiadas para nombrarlas a todas, ¡pero voy a intentarlo!

A Faye Bender, mi brillante, feroz y amable agente: gracias por organizar esa semana tan mágica en la que mi libro se fue a subasta. Tu fe y entusiasmo significan un mundo para mí, y estoy agradecida por tu presencia más de lo que puedo expresar. A mi excelente editora, Caitlyn Dlouhy: tú me inspiraste a hacer el trabajo duro. Sostuviste una lámpara mientras yo cavaba y, cuando ya no sabía a dónde ir, iluminaste el camino con dos lámparas. Eres increíble. Me siento honrada de trabajar a tu lado. Gracias a Elena Garnu por haber hecho esta portada tan hermosa. A Justin Chanda, Clare McGlade, Milena Giunco, Alex Borbolla y a todo el equipo de Simon & Schuster/Atheneum: son los mejores.

A mi amado equipo de escritura, los Chunky Monkeys, Christopher Castellani, Chip Cheek, Calvin Hennick, Sonya Larson, Celeste Ng, Alex Marzano-Lesnevich, Whitney Scharer, Adam Stumacher (¡más información, después!), Grace Talusan y Becky Tuch: gracias por sus superpoderes como escritoras y porristas. Además, ustedes llenan un vacío y me siento muy afortunada porque aceptaron reunirse en el apartamento de Sonya aquella vez. Han pasado tantos años y hemos escrito tantas páginas que me siento unida a ustedes de por vida.

A Eve Bridgburg y el GrubStreet Creative Writing Center, les debo un abrazo de oso. No puedo imaginar mi vida sin Grub Al Fab Five, mi primer grupo de escritura. A Kris Evans, Jeremy Lakaszcyck, Lily Rabinoff-Goldman, Barbara Neely y al programa de maestría de UMASS en Boston. Gracias a los editores y las revistas que apoyaron mi trabajo, especialmente *Kweli*, *Ploughshares* y *Briar Cliff Review*. Especialmente, gracias a Julia Alvarez, Sandra Cisneros y a todas las grandes que vinieron antes de mí; a todas las latinas sabias. Yo soy, porque ustedes fueron primero.

También quisiera darle las gracias al Voices of Our Nation Arts Foundation (VONA), el Macondo Writer's Workshop, Bread Loaf Writers' Conference, Virginia Center for the Creative Arts, Hedgebrook, Vermont Studio Center y a Richard Blanco por permitir que Adam y yo escribiéramos en tu cabaña en Maine. No pudo haber sucedido en un mejor momento. Gracias al Boston Book Festival y One City, One Story; Sarah Howard Parker: tú eres las mejor. A mis maestros y guías de escritura: Askold Melnyczuk, Miguel Lopez, Herb Kohl, Jennifer Haigh, ZZ Packer, Jenna Blum, Holly Thompson, Chris Abani, Reyna Grande y, especialmente, a Junot Diaz. Tengo, al menos, cuatro cuadernos llenos de tu sabiduría, notas que hice cuando fui a VONA y vuelvo a ellas más de lo que crees. Gracias a Laura Pegram ¡por empezar *Kweli*! y por esa llamada tan mágica que me hiciste cuando estaba en el parqueo de la Biblioteca Pública de Milton.

A Tayari Jones, por *aquella otra* llamada en la que te tomaste el tiempo para ayudarme a ver lo mucho que valemos mi tiempo y yo. Gracias. Jamás voy a olvidarla.

Es probable que este libro no existiese sin el apoyo increíble de los asociados de la residencia de escritura de la biblioteca pública de Boston o sin el apoyo de mi estudiante y amigo Josie Figueroa, que me envió un correo electrónico con información sobre la residencia.

El año que pasé en la Biblioteca Pública de Boston, dentro de mi oficina muy al estilo de Harry Potter, tuve la oportunidad de E-S-C-R-I-B-I-R, ¡y vaya que fue un regalo maravilloso! Gracias al donante anónimo que cambió mi vida.

A We Need Diverse Books y comité de becas del programa Walter: la beca me mantuvo motivada de muchas maneras y también a Liliana Cruz. Al programa de City of Boston Artists in Residence, Karen Goodfellow y a mis colegas de Boston AIRS: juntémonos pronto en alguna azotea para brindar. Al New England Foundation for the Arts (NEFA).

A todos los que leyeron versiones anteriores de este libro: Katie Bayerl, Niki Marion, Hasadri Freeman, Karen Boss, Stéphanie Abou, Lexi Wangler, Rob Laubacher, Hillary Casavant y, por supuesto, a Jenna Blum y a todos en su taller por sus comentarios tan generosos e inteligentes. A Alonso Nichols, ¡por mi retrato de autora! A Sonja Burrows, por mi sitio web y por tantas otras cosas. A Francisco Stork, gracias por tu trabajo tan bello e importante, ¡y por presentarme a Faye! A los estudiantes del programa METCO, a las y los adolescentes del Young Adult Writing Program (YAWP), y a aquellos que conocí en el salón para jóvenes de la Biblioteca Pública de Boston. Eso incluye a maestros y consejeros. Gracias por su apoyo y por ayudarme a responder mis preguntas. Especialmente a JJ por tus consejos a la hora de usar jerga. *Literalmente*, eres una bomba, estoy al tanto…*lol*.

Por su amistad de tantos años, gracias a Hannah Levine Vereker, Patricia Sánchez-Connally, Katie Seamans, Abby Greco, Aylin Talgar Pietz, Glen Harnish, Jamie Arterton, Emily Schreiber-Kreiner, Yeshi Gaskin, Wanda Montañez,

Norma Rey-Alicia, Ru Freeman, Charles Rice-Gonzalez, Amanda Smallwood, Yalitza Ferreras, Tim Host, Carla Laracuente, Desmond Hall, Val Wang, Eson Kim, Willy Barreno, Tasneem Zehra Husain, y a Justin Torres, Frances Cowhig, y a mis colegas meseros de Bread Loaf. A Anne Flood Levine: gracias por llevarme a sitios como Vermont, Nantucket y DC. A Leroy Gaines, Kristen Miranda, Jerica Coffey, gracias por dejarme dormir en sus apartamentos mientras iba a talleres de escritura de VONA en San Francisco. A Carissa y Carra Joyce-Dominguez, las veces, en la escuela primaria, en que compartimos por teléfono nuestras propias novelas, nos disfrazamos para la fiesta de Año Nuevo, y a todos los programas SMOC que me dieron una niñez llena de juegos y diversión. Un agradecimiento a Judy Levine por tomarme en serio cuando tenía dieciséis años y le dije que quería pasar un verano en Zimbabue. ¡Ocurrió gracias a ti! A mis mentores, cuando era joven, especialmente a Margo Deane (descansa en paz, querida amiga), Argentina Arias y Esta Montano.

A mi maestra de sexto grado, la señora J. Shapiro, que años después fue a mi lectura en el Harvard Bookstore; me alegra haber podido despedirme de ella. Gracias por creer en mí. Muchas gracias a Carolyn Chapman, por ponerme de pie una y otra vez. A Aime Galindo y todos mis estudiantes de la Arbuckle Elementary School en San José, California, mientras era parte del programa Teach for America.

A todos mis estudiantes y antiguos colegas, especialmente al Boston Teachers Union School. Ustedes son una inspiración para mí. A mis estudiantes y colegas de la universidad estatal de Framingham, ¡gracias por su apoyo! A las maestras y bibliotecarias, que están en la primera línea de batalla y ponen mis libros en las manos de niños y niñas, gracias. A todos los y las jóvenes que leen esto, necesitamos de ustedes, ustedes tienen el poder que necesitan para seguir avanzando. A todos los niños y niñas que están allá afuera, esperando que vuelva a casa algún familiar indocumentado que fue deportado, los veo. Aguanten.

¡A mi gran familia! Somos demasiados para incluirlos a todos en una página, pero tengo que mandarle un saludo a mi primo Mynor Flores (te perdono por haber escrito con marcador permanente en mi pizarrón de tiza) y a mi sobrino Julian Flores. Tienes un futuro muy brillante.

Le doy gracias a Dios por tanto, especialmente por haber puesto a Adam en mi camino. Este libro no existiría sin ti, Adam, mi esposo y pareja, mi compañero de crianza; a la hora de escribir, dar clases y más. Todos los caminos me llevan a ti y pierdo el aliento al pensar en lo afortunada que fui y soy, en lo afortunados que somos. Finalmente, a mis niños, Mateo y Rubén. Todo lo hago por ustedes.